KB144965

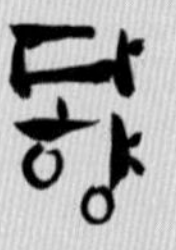

www.bbulmedia.com

다시,
고백

다시,

고백

초판 1쇄 찍음 2015년 3월 24일
초판 1쇄 펴냄 2015년 3월 30일

지은이 | 반해수
펴낸이 | 정 필
펴낸곳 | 도서출판 **뿔미디어**

편집장 | 이재권
기획 · 편집 | 주종숙, 정시연

출판등록 | 2002년 9월 11일 (제1081-1-132호)
주소 | 경기도 부천시 원미구 소향로 17, 303(두성프라자)
전화 | 032)651-6513 / 팩스 | 032)651-6094
E-mail | dahyangs@naver.com
블로그 | http://blog.naver.com/dahyangs
홈페이지 | http://bbulmedia.com

값 9,000원

ISBN 979-11-315-6332-8 03810

YANG ROMANCE STORY

다시,
고백

반해수 장편 소설

Contents

프롤로그

자극을 견디다 못해 저도 모르게 허리가 들렸다. 악다문 입술에서 새어 나오는 신음에 연우는 두 눈을 질끈 감았다.

쉴 틈도 없이 맞대어 오는 아랫도리가 정처 없이 흔들렸다. 눈가를 타고 진득하게 번지는 물기를 닦는 남자의 손길은 부드러웠지만 독점적이었다. 몇 번이고 질척하게 맞춰지는 농도 짙은 키스에 연우는 떨리는 손가락으로 그의 뺨을 감싸 쥐었다.

연약한 입술은 용암 같은 혀끝으로 침범당하며 갈구하듯 빨리고 빨렸다. 그의 뺨을 감싸 쥐고 있는 가느다란 손가락 위를 포개는 남자의 손이 느껴졌다.

연우는 떨어지는 입술 사이로 거친 숨을 뱉어 내며 입술을 힘껏 깨물었다. 참고 있던 눈물이 후두둑 쏟아졌다.

"하, 하경 씨……."

연우가 쉰 목소리로 그의 이름을 부르며 조금이라도 긴장을 풀기 위해 단단한 어깨에 손을 두르는 순간, 다시 남자는 욕심껏 욕망을 밀어 넣고 휘청이는 작은 몸을 품었다. 침대가 요동치며 흔들릴 때마다 길고도 새된 신음이 터져 나왔다.

그 순간에도 흐르는 눈물을 닦아 주는 남자의 손길에 그를 원하고 있는 심장이 떨렸다.

"……하경 씨."

"쉬, 울지 마."

연우는 부드럽지만 명령과도 같은 그 말에 고개를 끄덕였다. 열락을 이기지 못하고 결국 뱉어 내는 남자의 신음에 연우는 몸을 부르르 떨었다.

"이렇게 울면 밤새도록 더 울리고 싶어지잖아."

충만해진 애정으로 그를 올려다보았다. 깊고 뜨거운 까만 눈동자에는 제가 담겨 있었다.

연우는 눈을 번쩍 떴다.

파리해진 손가락으로 땀에 젖은 머리카락을 쓸어 올린 연우는 깊은 한숨을 내쉬며 옆으로 돌아보았다. 꿈속에서의 저를 비웃기라도 하듯 반듯하게 정돈된 자신의 옆자리가 눈 안에 들어왔다. 꿈이었다.

연우는 땀으로 흘러내리는 두 눈을 손등으로 쓸어 내고 어둠을 응시했다. 아무도 없는 어둠이었다. 고요한 새벽은 그 남자의 눈동자만큼이나 깊은 어둠이었다.

"미친 거야. 연연우. 하경 씨 꿈을 왜 꾸는 거야. 그것도……."

이런 음란한 꿈을.

연우는 고개를 내저으며 어둠을 헤집고 부엌으로 걸었다. 그리고 손을 더듬어 찾은 시원한 냉수를 벌컥벌컥 들이켰다. 순식간에 발끝까지 시원해지는 기분이었다. 식은땀이 공중으로 흩어지며 등줄기에 한기가 돌았다.

자신을 바라보며 쾌락을 이기지 못한 표정으로 머리를 쓸어 올리던 그, 귓가에 속삭이던 욕망 젖은 목소리.

"정신 차려."

주먹으로 머리를 쥐어박았다. 아프지는 않았지만 정신이 들기 시작했다.

"……몇 시간 남지도 않았네."

2년이란 시간이 흘렀지만 최하경, 그는 아직도 제 일상을 방해하는 가장 커다란 요인이었다. 연우는 앞으로 쏟아지는 머리칼을 넘기며 다시 침실로 몸을 어기적어기적 옮겼다.

월요일 출근 첫날부터 자신의 잠을 방해하는 이 엄청난 꿈으로 아직 시작도 하지 않은 일주일의 처음을 모조리 망쳐 버린 기분이었다.

눈을 다시 감고 오지도 않는 잠을 청하려 몸을 뒤척였다. 정말 꿈에서 나눈 사랑 때문인 건지 흠뻑 젖어 버린 시트에 연우는 몇 번이나 감았던 눈을 다시 뜨기를 반복했다. 그러더니 편두통이 찾아오기 시작했다.

내일 출근은 망했다. 순전히 그 남자 때문에.

1. 다시, 너

이디에이 호텔, 이미 미국을 비롯한 해외 여러 나라에 체인을 두고 있는 이디에이는 우리나라 최고의 호텔이라 불리었다. 이디에이 호텔은 그 명성에 버금가는 최고의 레스토랑을 보유한 호텔로 레스토랑은 평일, 주말 할 것 없이 언제나 예약이 풀로 차 있었다.

눈코 뜰 새 없이 바쁜 일에 힘든 기색 한 번 할 법했지만 연우는 바쁘게 지나다니면서도 생긋 웃었다. 우리나라 최고의 호텔에 들어온 만큼이나 눈코 뜰 새 없이 바쁨은 그녀에게 만족감을 주는 일이었다. 그리고 그녀에게로 다가온 직원 하나가 바쁘게 속삭였다.

"연우 씨, 캡틴이 찾아요."

음식을 나르다 말고 연우는 예준이 저를 찾는다는 호출에 서둘러 그를 찾아갔다. 그의 표정에서 지친 기색이 역력한 걸로 보아 문제가 생긴 듯했다.

“캡틴, 찾으셨어요?”

“연우 씨, 대경그룹 VIP 손님 예약 다음 주 월요일인 거 확실해?”

“예. 29일 오후 1시 예약하셨습니다.”

“그런데 저쪽에선 28일이라고 계속 그러시는데?”

“그럴 리가요. 제가 분명 몇 번이나 확인했었는데. 그래서 특별 주문하신 요리 중에 들어갈 고급 재료들은 29일 오전 중으로 예약 주문해서 도착 예정이고요. 제가 직접 말씀드려 볼게요.”

“아냐. 내일 찾아 주신다고 하셨어.”

예준은 더 나설 것 없다는 듯 연우의 어깨를 톡톡 두드렸다. 그리고 그녀의 가슴께에 매달려 있는 삐뚤어진 명찰을 정갈하게 정돈해 준 예준은 제 손목시계를 내려다보며 연우를 향해 싱긋 웃었다.

“퇴근하면 같이 가자.”

“일찍 퇴근하세요?”

“응. 같이 갈 거지?”

연우는 고개를 끄덕이며 웃었다. 예준은 그제서야 그녀에게서 등을 돌려 마치 전쟁통 안으로 들어가듯 바쁘게 지나다니는 직원들 틈으로 돌진했다.

사무실을 나서기 전에 연우에게 호텔 앞에서 보자는 문자를 보낸 예준은 호텔 앞을 살펴보았다. 아직 퇴근 전인지 연우의 모습은 보이지 않았다.

그래서 호텔 앞의 번잡함을 피해 한쪽에 물러서 기다리고 있는데, 손가락으로 목을 매만지며 걸어오는 연우가 보였다.

그런 연우를 유심히 보던 예준은 그녀에게 다가가 손을 뻗어 그녀의 가방을 낚아채듯 가져왔다. 놀란 연우의 눈이 예준에게로 향했다.

"내가 들어줄게."

"아니에요. 선배."

"이 정도는 괜찮아."

그 말에 예준에게로 뻗은 손이 허공을 헤매다 다시 제자리로 돌아왔다. 연우는 시린 손을 비비며 가방을 잃은 손으로 코트를 여몄다.

호텔에서 얼마 떨어지지 않은 근방 빌라에 도착한 연우는 그에게 넘겨줬던 가방을 돌려받으며 고개 숙여 인사했다. 그리고 발걸음을 돌리려 할 때, 예준은 연우를 불러 세웠다. 그를 뒤돌아보는 그녀의 눈동자에 남자는 괜히 제 목을 매만지며 시선을 땅으로 떨어뜨렸다.

"이번 주 토요일에 저녁이나 같이 할까? 아니, 뭐. 혼자 사는 사람이 주말 저녁까지 혼자 먹으면 슬프잖아. 그날 약속 없지?"

연우는 안 될 것 없다는 듯 고개를 끄덕였다. 이상하게 하루 종일 꽁꽁 얼어 있는 것만 같던 연우의 얼굴에 오늘 처음으로 꽃이 활짝 폈다.

"그럼 들어가. 내일 호텔에서 보자."

예준은 그런 연우의 따뜻한 봄바람 같은 미소에 저도 입술이 말려 올라갔다.

아침 일찍 출근한 직원들은 나이프를 닦다 말고 호들갑을 떨어댔다.

연우는 조잘대는 직원들의 목소리에 테이블을 정돈하다 말고 고개를 들었다. 연우를 발견한 미희가 수다에 동참하라는 듯 그녀를 향해 손짓했다. 하지만 연우는 의미 없는 웃음으로 대꾸하며 고개를 돌리고 다시 정돈을 시작했다.

그들의 화제는 오늘 취임하는 새 대표이사에 대한 이모저모였다.

"이번에 취임하는 대표이사님이 우리 호텔 회장님 아들인데, 이번에 미국에서 돌아왔나 봐."

"전에 같이 일하던 내 선배 레스토랑에 그분이 식사를 하러 왔었는데 장난 아니었대. 눈매, 콧대, 입술, 무엇 하나 떨어지는 게 없대. 그런데 제일 멋있었던 건 목소리래. 완전 중저음 미칠 듯한 보이스……."

빠져들 듯 두 손을 모아 제 뺨에 가져다 댄 은비는 상상만으로도 행복하다는 듯 웃었다.

"세상에 웬일이야. 그분이 우리 호텔 대표이사님이 된다는 거야? 나 회사를 향한 충성심이 막 생길 것 같아."

영양가 없는 가십 아닌 가십에 연우는 웃으며 고개를 절레절레 저었다. 확실히 구미가 당기는 가십이기는 했다. 아직까지 윗분들과의 로맨스에 대한 꿈을 버리지 못한 직원들은 그저 이 상황이 흥미롭고 가슴 떨리기만 한 모양이었다.

그러다 반듯하게 유니폼을 차려입고 걸어오는 예준을 발견한 직원들이 허리를 숙여 인사했다. 대표이사건 전무이사건 별 관심이 없는 것은 저뿐만이 아닌 듯했다.

"대표이사님 취임식 갑시다."

예준도 직원들의 쑥덕거림에 전혀 관심 없는 표정을 하고 있는 연우를 향해 싱긋 웃으며 말했다.

"어제 잘 들어갔어?"

"그럼요. 바로 집 앞까지 데려다주셔 놓고."

연우의 말에 예준이 '그렇네.' 하며 바보 같은 대답을 했다. 하지만 기분이 좋은지 연신 부드러운 미소를 띠고 있었다.

아침부터 내내 대표이사를 안줏거리 삼아 만담을 나누던 직원들도 예준의 미소에 곧 관심을 그에게 돌렸다.

"캡틴, 기분 좋은 일 있으세요?"

"그래 보이나요?"

"예."

예준의 미소에 빨이 발그레해진 은비는 괜히 목을 흠흠, 하고 가다듬었다. 미소천사라 불리는 예준의 별명이 새삼 가슴으로 확 와 닿는 순간이었다.

연우는 그런 은비를 보며 소리 없이 웃었다.

대표이사의 취임식 때문에 일렬종대로 서 있는 직원들은 저마다 옷매무새를 가다듬고 머리를 매만졌다. 그리고 그 틈에서 가만히 자리에 서 있던 연우는 고개를 들고 화분을 가져다 나르는 직원들을 보았다.

"뭐야. 대표이사님이 특별히 주문하신 백합 어디 갔어?"

"곧 도착한다는 연락 받았습니다."

바쁘게 화분들을 나르는 직원들의 대화를 듣던 연우는 꽃다발 하나 정도는 제가 들기 위해 다시 왔던 길을 되돌아갔다.

직원들이 취임식 준비를 위해 이리저리 뛰어다니는 와중에 여러 화분들 사이에서 화사하게 장식이 되어 놓여 있는 백합을 향해 다가간 연우는 그것을 품 가득 안아 들었다. 가득히 제 품을 채운 꽃잎으로 앞이 잘 보이지 않아 간신히 시야를 넓히고 길을 찾았다.

그런데, 품 안에 들어와 있는 백합을 보니 생각하고 싶지 않은 사람이 다시 떠올랐다. 지난 2년 동안 그와 관련된 사소한 것들이 자꾸 자신의 기억을 반추시켰다. 생각하고 싶지 않은 제 머리에 반하는 일이었다.

어느새 취임식이 시작된 것인지 바쁘게 지나다니는 직원들의 발소리가 잦아들고 있었다. 서둘러 조용해진 로비를 통과해 행사장으로 향한 연우는 슬며시 행사장 문을 열다가 그대로 굳어 버렸다.

“대표이사의 훈화말씀이 길어질수록 직원 여러분들이 좋아하지 않는다는 거 잘 알고 있습니다. 그럼 저는 이쯤에서 끝내겠습니다.”

날카롭고도 잔인하도록 검붉은 저 눈을 잊을 수 없었다. 그래서 그런 꿈까지 꾸었다. 독점적이었고 미치도록 격렬했으며 입술을 잡아 뜯듯 물어 삼키는 그의 자비 없는 소유욕에 숨을 헐떡거렸었다. 미쳐 버릴 만큼 뜨거운 그의 품 안에서 사경을 헤매듯 비명을 질렀다. 그것은 그와 나누는 사랑에 대한 응당 받는 보상과 같은 것이었다.

연우는 뒷걸음질 쳤다.

“잘 부탁드립니다. 대표이사 최하경입니다.”

백합을 있는 힘껏 끌어안았다. 그리고 그대로 등을 돌려 달아났다.

사라져 버린 백합의 행방에 대해 소문이 나돌기 시작했다. 꽃

이 예뻐서 누가 훔쳐 간 거다, 꽃을 가지고 오던 여직원이 납치된 거다, 애초에 꽃 자체를 배달받은 적이 없다 등, 직원들의 추측이 점점 엉뚱한 방향으로 난무하기 시작했다.

테이블 위에 음식을 세팅하고 손님에게 깍듯이 인사를 마친 연우는 자신의 캐비닛 안에 처박혀 있는 백합을 떠올렸다.

7년이었다. 그와 만남을 해서 끝을 본 것까지 걸린 시간은.

스물하나, 대학 시절 그를 처음 만났었다. 그 남자는 자신보다 두 살이 많았고, 가슴 떨리는 첫사랑이었다. 누구보다 격렬하고도 뜨거운 청춘을 함께 보냈으며 연우의 모든 것을 가져갔던 남자. 그리고 2년 전 겨울 연우와 하경은 헤어졌다. 아니, 떠났다. 미국으로 간다는 단 한 마디 말과 함께.

"연우 씨, 뭐해. 일하다 말고."

갑작스레 다가와 어깨를 툭 건드리는 은비의 행동에 화들짝 놀란 그제야 연우는 지금 자신의 일터인 호텔, 레스토랑 안에 있다는 사실을 알아챘다.

묻지 못했다. 아직 왜 그때 그렇게 떠나 버린 것이냐고 묻지 못했다. 묻고 싶었지만 그런 질문까지도 하고 싶지 않았다. 그가 미워 견딜 수가 없었다.

그가 다정하게 이름을 불러 주지 않으면 외로워 잠조차 청하지 못한다는 사실을 다 알면서도 그는 그렇게 떠났으니까. 그가 없으면 이 세상에 홀로 남겨질 자신을 알면서도 그는 떠났으니까.

연우는 비틀거렸다. 하루빨리 정신을 차려야 한다. 미워해 봤자 더는 소용도 없는 이 상황에서 어서 정신을 차리고 제 갈 길을 찾아야 한다.

연우는 그렇게 마음을 다잡으며 돌아오는 빈 접시를 주방으로 날랐다. 어차피 대표이사와 말단 직원이 만날 만한 일은 거의 없으니 자신만 그를 피해 다니면 되는 문제였다. 사적인 일로 만날 일은 더더욱 없으니.

어느새 식은땀 범벅이 되어 벽을 붙잡는 연우를 불러 세운 것은 예준이었다. 연우가 다가오는 그를 올려다봤다.

"어디 아파? 안색이 안 좋아 보여."

"그냥 좀 힘이 없어서요."

"오늘은 일찍 들어가는 게 좋겠어. 이러다 쓰러지기라도 하면 어쩌려고."

그의 친절을 물리치지 않았다. 오늘만큼은 한시라도 빨리 이 호텔에서 나가고 싶었다.

연우는 비틀거리는 걸음으로 텅 빈 탈의실로 걸어가 캐비닛 문을 열었다. 커다란 제 몸을 다 펼치지 못하고 잔뜩 구겨져 있던 백합이 이때다 싶어 캐비닛 밖으로 터져 나왔다. 나풀거리는 꽃잎을 다시 안으로 쑤셔 넣은 연우는 옷을 갈아입고 빠르게 탈의실을 나왔다. 다시 떠오르는 아까의 그 상황에 연우의 두 눈이 꽉 감겼다.

연우는 두 눈을 감은 채 고개를 절레절레 흔들었다.

'꿈일 거야. 이건 꿈일 거야.'

그리고 다시 눈을 떴다. 유니폼을 깔끔하게 차려입은 직원들이 바쁘게 로비를 지나다니고 있었다. 눈앞에는 대표이사 취임에 쓰였던 화분들이 곳곳에 장식되어 있었다.

꿈이 아니었다.

잔뜩 웅크리고 있던 몸을 일으킨 연우는 곁에 있던 점퍼를 걸쳤다. 잠깐 집 앞으로 나와 보라는 예준의 문자에 잔뜩 헝클어져 있던 머리카락을 대충 귀 뒤로 쓸어 넘기며 신발을 신고 집을 나섰다.

아직 가시지 않은 추위에 예준은 두 손을 주머니에 넣고 어깨를 웅크리고 있었다. 그리고 그는 의미 없이 발끝으로 바닥을 툭툭 치며 코를 훌쩍이고 있었다.

연우를 발견한 예준은 자신의 손목에 달랑거리는 종이봉투를 바로 쥐고 그녀에게로 다가갔다. 파리한 안색의 연우가 눈 안에 들어왔다.

"많이 아파?"

"아니에요. 좀 피곤했나 봐요."

"네가 그렇게 가고 나서 다들 걱정 많이 했어."

연우는 미안한 얼굴로 그에게 사과했다. 자신이 걱정이 되어 이렇게 들른 그를 보니 더욱 미안해졌다.

"아 참, 죽 좀 가져왔어. 어떤 죽을 좋아하는지 몰라서 그냥 집에 있던 야채로 대충 끓였어. 입맛에 맞을런지 모르겠네."

"정말 괜찮은데……."

그의 친절에 연우는 문득 콧잔등이 시큰거렸다. 그의 작은 배려에 바보처럼 감동의 눈물이라도 날 것 같았다. 급하게 죽을 쒀서 나왔는지 대충 옷을 걸쳐 나온 그의 어깨가 시려 보였다.

연우는 예쁘게 포장되어진 죽을 받아 들다 주춤했다. 아무래도 이렇게 그를 돌려보내기는 미안했다. 아니, 그래도 제가 죽을 맛있게 먹는 모습이라도 보여 줘야 할 것 같았다. 그래서 연우는 머뭇거리며 입을 열었다.

"같이 먹을래요?"

"어?"

"죽 같이 먹어요."

연우의 연약한 입술에서 흘러나온 꿀같이 달콤한 말에 예준의 입술이 상승곡선을 그렸다. 두 사람의 발걸음이 같은 곳을 향해 걷기 시작했다.

김이 모락모락 나는 죽을 두고 가만히 서로를 바라보던 두 사람은 말없이 숟가락을 쥐고 있었다. 연우가 모락모락 김이 나는 죽을 떠 입 안으로 넣었다. 고소한 참기름 맛에 입 안이 따뜻해졌다. 예준은 연우의 입에서 떨어질 말을 기다리며 저도 조심스레 죽을 떴다.

"맛있어요."

"이거 진짜지 그냥 하는 말인지 구분이 잘 안 가는데?"

"정말이에요. 저 솔직한 거 아시잖아요."

"알지. 잘 알지."

연우는 그가 맞춰 주는 맞장구에 슬쩍 웃음을 흘렸다.

"아프지 마."

예준의 말에 연우가 고개를 들었다.

"네가 아프니까 어떻게 해야 할지를 잘 모르겠잖아."

그가 하고 싶은 말을 잘 캐치하지 못한 연우가 한참을 침묵했다. 죽을 열심히 삼키던 예준이 그제야 고개를 들고 멍하니 자신을 보는 연우를 바라봤다. 그리고 곧 변명하듯 제 입장을 설명했다.

"아니…… 이렇게 죽을 줘야 할지 아니면 병원이라도 데려가야 할지……."

"전 괜찮아요. 이 정도 아픈 건 아무것도 아니에요. 그러니 너무 신경 쓰지 마세요. 근데 선배, 저 너무 편애하는 거 아니에요? 다른 직원들이 보면 캡틴이 한 직원만 편애한다고 또 뭐라 하겠어요."

가볍게 흘려 넘기며 다시 숟가락을 죽 속으로 푹 담그는 연우를 보며 예준이 입을 열었다.

“네가 그만큼 열심히 하잖아. 다들 수긍할 거야.”

예준은 혹여나 제 마음이 탄로 날까 입가에 묻은 죽을 마른 혀로 닦으며 초조한 듯 침을 삼켰다. 곧 연우의 가벼운 웃음이 돌아왔다.

“그래서 항상 고마워요. 선배.”

연우는 잔뜩 긴장한 예준에게 웃으며 답했다.

별것 아니라는 듯 그렇게 말하고 넘기는 연우를 보며 예준은 쓴웃음을 지었다. 갑자기 목이 답답해지는 느낌이었다.

하지만 연우는 진심이었다. 성인이 되자마자 사고로 부모님을 여의고 홀로 남겨졌던 그녀를 가장 괴롭게 하는 것은 외로움이었다. 그래서 하경과도 더욱 애틋했고 더 사랑했었다.

연우는 제가 하경을 떠올렸다는 것을 깨닫고 곁에 놓아두었던 물을 벌컥거리며 마셨다. 식도를 지나쳐 폐부까지 차가운 기운이 꽉 들어차는 느낌에 연우는 고개를 들고 아직 자신을 바라보고 있는 예준을 보았다.

“뭐 더 드릴까요?”

“……아냐.”

예준은 뻑뻑하게 굳어 가는 입 안에 숟가락을 식탁 위로 놓고 입을 다물었다. 연우도 곧 수저를 식탁 위로 놓으며 조용히 식사를 마쳤다. 예준은 까끌까끌한 제 목을 손으로 더듬으며 연우에게 저도 모르게 재촉하듯 말을 내뱉었다.

“이번 주 토요일, 그러니까 내일 저녁 약속 잊지 않았지?”

“네.”

연우는 웃으며 대답했다. 그리고 그녀는 죽에 대한 고마움도 잊지 않고 다시 한 번 덧붙였다. 예준은 그녀의 웃음에 저도 모르게 입술이 올라갔다. 그러다가 다시 속절없이 올라가는 제 입술을 깨닫고 헛기침을 했다.

호텔 앞에서 연우를 만난 은비가 손을 흔들며 그녀에게 인사를 해 왔다. 연우는 아침부터 활기찬 은비를 보며 저도 힘껏 손을 흔들었다. 추운 아침 공기에 입에서는 입김이 올라왔다.

“연우 씨. 몸은 괜찮아요?”

“네? 아, 네. 괜찮아요.”

“다들 어제 얼마나 걱정했게.”

은비는 저를 닮은 벙어리장갑을 낀 손으로 머리를 긁적였다. 그리고 곧 정말 궁금하다는 듯한 목소리로 열변을 토해 냈다.

“근데 진짜 대표이사님 백합 누가 가져갔지? 아니, 그게 없어질 이유가 없잖아.”

연우는 은비의 말에 저도 모르게 옅게 립스틱이 칠해진 제 입술을 깨물었다.

“가져갈 거면 대표이사님을 가져가지 왜 대표이사님의 백합을 가져가냐 말이야, 내 말은.”

그런 연우의 상태를 눈치채지 못한 은비는 제 말에 설명만을 덧붙였다.

"아니 그러니까 내 말은, 훔칠 거면 잘생기고 멋있는 대표이사님이 더 훔칠 만하지 그깟 꽃다발이 뭐라고 그걸 훔쳐 가냐 이 말이야."

"꽃 예쁘던데……."

"네?"

"네?"

서로 놀란 듯 반문한 두 사람은 곧 호텔도어를 열며 입을 다물었다. 은비가 놀란 듯 벙어리장갑을 낀 투박한 제 손으로 입을 가렸다.

"대, 대표이사님이다."

은비의 소리 없는 외침에 연우는 하고 있던 녹색 머플러를 입까지 끌어 올리고는 지나가는 직원들 틈 사이로 몸을 숨겼다. 언젠가는 마주친다고 해도 지금은 마주하고 싶지 않았다.

어렵사리 들어온 회사를 그 남자와 마주치기 싫다는 이유 하나로 때려치우고 싶은 생각은 추호도 없었다. 잘못은 네가 했는데 왜 내가 회사를 그만둬? 연우는 주먹을 꽉 쥐었다.

스쳐 지나가는 연우의 옆에서 은비의 쨍쨍하면서도 간드러지는 목소리가 들려왔다.

"안녕하세요. 대표이사님."

연우는 은비에게 인사를 받고 있는 하경을 스치듯 바라봤다.

그는 자신의 몸에 알맞게 달라붙은 새하얀 화이트 셔츠를 입고, 그 위에는 푸른 톤이 살짝 도는 블랙 슈트에, 연우가 유난히 좋아했던 깔끔하고 세련된 푸른색 넥타이를 매고 있었다. 단단해 보이는 손목에는 한눈에 보아도 고급스러운 메탈시계가 자리하고 있었다.

하경은 은비의 인사를 받으며 임원들과 가볍게 호텔을 돌아보고 있었다. 곧 돌아오는 그의 시선에 연우는 머플러를 더욱 올려 세우며 고개를 홱 돌렸다.

탈의실로 들어와 문을 쾅 하고 닫는 연우에 직원들이 유니폼을 입다 말고 의아한 눈으로 쳐다봤다. 곧이어 은비가 탈의실 안으로 들어섰다.

"나 대표이사님이랑 인사했어요. 부럽죠?"

은비의 말에 직원들은 순식간에 은비를 둘러싸며 연우의 등장을 까맣게 머릿속에서 지워 냈다.

"슈트가 그렇게 잘 어울리는 남자는 처음 봤어요. 웬일이야, 정말."

"우리도 프런트나 객실 쪽으로 갔어야 했어. 왜 레스토랑에 처박혀 가지고."

연우는 다 갖춰 입은 유니폼을 정리하며 직원들이 말을 하든가 말든가 상관 않고 다시 탈의실 문을 열었다.

"일부러 확 넘어지는 척하면서 안겨 볼까요?"

그리고 다시 문을 쾅 하고 닫았다.

직원들이 소스라치게 놀라며 소리 없는 비명을 질렀다. 하경을 비롯해 임원들이 레스토랑과 바를 살펴보러 손수 걸음 했기 때문이었다.

연우는 레스토랑 안으로 들어서는 하경을 보며 눈을 찌푸렸다. 때마침 저를 주방장이 찾는다는 은비의 말에 그대로 걸음을 돌려 주방 안으로 쏙 들어갔다. 그리고는 문 뒤에 몸을 숨기고 안도의 한숨을 내쉬었다.

하경과 다시 쉽게 만날 일이 없을 거라고 생각했던 제가 잘못이었다. 생각해 보니 만날 일은 얼마든지 차고도 넘쳤다. 언제든 로비에서 마주쳐도 이상할 것이 없었다. 또 이렇게 하경이 레스토랑을 찾는다면 마주치지 않기를 바라는 건 무리였다.

"연우 씨."

자신의 이름이 불리는 것에 놀라 고개를 든 연우는 눈앞에 선 예준을 발견했다. 빈 잔을 잔뜩 든 예준은 연우에게로 가까이 다가왔다.

"왜 그래? 아직도 아파?"

"아, 아니에요. 잠깐 생각 좀 하느라."

"생각?"

"아, 잔 이리 주세요."

연우는 예준에게서 잔을 받아 들고 다시 분주히 움직이기 시작했다. 그녀를 알 수 없는 눈으로 바라보고 섰던 예준도 곧 걸음을 돌려 주방을 빠져나갔다. 그리고 주방을 빠져나온 예준은 직원들이 두 손을 모은 채 바라보고 있는 하경을 바라봤다.

젊은 대표이사, 확실히 눈길이 갈 만했다. 여직원들의 입에 오르내리는 눈동자는 확실히 언뜻 보면 검다 못해 붉어 보이기까지 했다. 눈만큼이나 날렵한 인상의 코가 눈에 확 들어왔다. 그리고 예사롭지 않아 보이는 입술선이 그 아래로 곱게 자리하고 있었다.

입술 끝을 누가 올려놓은 것마냥 위로 올라 있는 것이 확실히 눈이 가긴 했다. 그 입술선이 더 날카로워 보이기도 하면서 오히려 어떻게 보면 부드럽게 보이기도 하고. 어떻게 보아도 평범한 인상은 결단코 아니었다.

예준은 자신이 그를 관찰하고 있다는 사실을 깨달은 것은, 하경이 자신에게로 걸어오고 있다는 것을 알고 나서였다.

저에게로 가까이 다가온 하경이 가만히 자신의 가슴께에 매달려 있는 명찰을 보고 있는 것이 느껴졌다.

"정예준 캡틴."

예준은 그의 부름에 고개를 숙였다.

"잘해 봅시다."

간략하지만 힘이 들어간 그의 말에 예준이 고개를 들어 그를 올려다보았다. 그리고 보니 자신보다 키도 반 뼘 정도 더 컸다. 자신도 작은 키가 아닌데 그는 강해 보이는 몸만큼이나 키도 큰 듯했다.

예준은 자신을 지나쳐 가는 하경을 가만히 바라만 보고 있어야 했다. 고개를 들어 옆을 보니 여직원들이 여전히 두 손을 모은 채 자신과 하경의 흔적이 남겨진 그 자리를 바라보고 있었다.

"일들 합시다."

예준의 눈치 아닌 눈치에 직원들은 그제야 제자리로 아쉬운 발걸음을 옮기기 시작했다. 예준은 주위를 둘러보았다. 여전히 연우는 보이지 않았다.

예준은 호텔 앞에서 추운 몸을 비비며 아직 나오지 않은 연우를 기다리고 있었다. 드디어 오늘이었다. 연우와 저녁 식사를 같이 하기로 한 날.

녹색 머플러를 칭칭 감고서 핸드백을 쥐고 나온 연우는 자신을 기다리고 있는 예준에게 빠른 걸음으로 다가갔다. 곧 화색이 돌며 자신에게 눈인사를 하는 예준이 보였다.

"춥지? 뭐 먹고 싶어? 너 먹고 싶은 거 먹으러 가자."

"음. 기름진 거 먹으러 갈까요? 알리오 올리오?"

"좋아."

그녀와 함께라면 뭔들 좋지 않으리. 예준은 웃으며 연우의 제안에 긍정했다. 의미 없이 흔들거리는 연우의 손을 잡고 싶었지만 예준은 그저 가만히 흔들리는 손을 바라만 볼 수밖에 없었다.

그렇게 레스토랑에 자리 잡을 때까지도 예준의 눈은 연우에게만 향해 있었다.

얌전히 자리에 앉는 조심스럽지만 우아하고 단정한 몸가짐, 긴 머리를 귀 뒤로 넘길 때마다 느껴지는 여성스러움, 오목조목 자신을 바라보는 눈과 작지만 봉긋하게 자리에 안착해 있는 입술까지. 예준은 어느 것 하나 눈을 뗄 수 없었다.

"알리오 올리오 하나랑, 선배."

"아, 저도 같은 걸로 주세요."

연우는 기분이 좋은 듯 미소를 띠면서 작은 잔에 담겨진 물을 예준에게 건넸다.

"오랜만이네요. 이렇게 선배랑 둘이 밥 먹는 거."

"그러게. 그동안 바빠서 이렇게 둘이 밥 먹을 시간도 없었네."

오래 지나지 않아 먹음직스러운 파스타가 두 사람 앞에 모습을 드러냈다.

예준은 포크를 들지도 못하고 가만히 제 앞에 앉은 연우를 바라보고 있었다. 그러다가 다시 곁에 놓인 찬물을 한 잔 들이켰다. 오늘은 꼭 하고 싶었다. 이 말을.

"연우야."

"네."

연우는 차근차근 파스타를 포크로 돌돌 말아 입 안으로 집어넣으며 대답했다. 예준은 속이 타는 듯 다시 한 번 냉수를 힐끔거렸지만 물을 마시지는 않았다. 연우는 그의 말을 기다리며 가만히 침묵을 지켰다.

고요하고 차분한, 연인들이 들을 법한 노래가 레스토랑 안에서 흘러나오고 있었다. 예준은 들고 있던 포크를 테이블 위로 내려놓으며 좀 더 뜸 들이기를 택한 듯 입을 다물고 있었다. 그러다 연우의 눈을 보며 말했다. 그 목소리가 조금은 떨고 있었다.

"연우야."

"네, 선배. 저 듣고 있어요."

"우리 만난 지 2년 정도 됐나? 네가 입사한 게 2년 전쯤이니까."

정예준. 그는 연우가 다니던 회사를 그만두고 호텔에 들어왔을 때, 가장 처음 본 사람이었다.

"그러네요. 우리 벌써 2년이나 알고 지냈어요."

싱긋 웃는 그 미소가 예준의 눈에는 더할 나위 없이 참 예뻤다.

"그래, 어느새 2년이나 지났네……."

네가 입사하고 나서 얼마 지나지 않고부터인 것 같아. 나 너를…… 좋아해.

그는 입 밖으로 나오려는 말을 하려다 말고 입을 닫았다. 이 말을 하면 그녀가 자신에게서 멀어질까 봐 그는 선뜻 입을 뗄 수가 없었다.

연연우. 너를 정말 좋아한다.

그는 내뱉지도 못할 말을 삼키며 한숨을 쉬었다.

연우의 손에 들려 있던 포크가 말없이 테이블로 내려갔다. 연우의 미동 없는 눈동자에 예준이 마른침을 삼켜 넘겼다. 손에서 식은땀이 흘러나왔다.

"먹자. 맛있겠다."

"선배 괜찮아요?"

"응? 아, 어, 그럼."

예준은 다시 파스타를 맛있게 먹기 시작하는 연우를 보며 쓴웃음을 지었다. 손을 뻗으면 닿을 거리에 있는 연우는 그렇게 또 한 번 자신에게서 한 뼘이 멀어진 기분이었다.

예준은 식기 시작하는 자신의 파스타를 내려다보며 식욕 없는 침을 삼켰다. 그런 그를 보며 연우가 활짝 웃었다.

월요일 아침 일찍 출근한 연우와 마주친 예준은 난감한 듯한 표정으로 머리를 매만지다 말고 그녀를 보았다. 벌써 마음속으로는 수백 번 고백한 자신의 여자에게 마음속이 아닌 진심으로 고백할 또 한 번의 기회를 놓쳤다.

"캡틴. 어제는 잘 들어가셨어요?"

"그래."

연우에게 다가서기 위해 한 걸음을 더 옮기던 예준이 등 뒤에서 들리는 미희의 목소리에 다시 제자리로 발을 옮겨 놓았다.

"출근하셨어요? 캡틴."

"미희 씨, 대경그룹 VIP 예약손님 맞을 준비는 다 된 거야?"

"예. 예약된 고급 재료들은 이제 곧 도착할 거고 VIP 손님께서 아침 일찍 한 번 더 연락 주셨고요."

두 사람은 바쁘게 말들을 주고받으며 레스토랑 안으로 들어섰다. 예준이 문득 뒤를 돌았을 땐 이미 연우는 자리에서 사라진 후였다.

바쁘게 오전이 지나갔다. 그리고 더 바쁘게 오후를 맞을 준비를 하고 있었다. 연우는 앞에 놓인 음식들을 손님 테이블로 가져가기 위해 바삐 움직였다.

여러 귀빈들과 함께 자리한 VIP 손님을 위해 최고급 요리들이 테이블에 올랐다. 연우는 자리에 착석하기 시작한 그들을 보며 숨을 들이켰다. VIP 손님과 함께 식사를 하는 귀빈 중에는 하경도 있었다.

첫 번째 와인을 지배인이 따른 후, 와인 잔이 비기를 기다린 직원들은 서로 나서서 그들의 비워진 와인 잔에 와인을 따르고, 한눈에 보아도 비싸 보이는 최고급 음식들을 차례차례 테이블로 옮기기 시작했다.

연우는 그들을 힐끔거리면서도 최대한 멀어지려 애쓰며 다른 손님 테이블로 다가갔다. 직원들의 관심은 온통 그들에게 쏠려 있었지만 이내 곧 다시 바빠지기 시작하며 자연스레 직원들의 관심이 다른 곳으로 옮겨 갔다.

바쁘게 발을 움직이며 접시를 제 몸처럼 들고 다니던 예준은 지나가는 연우와 가볍게 눈인사를 하고 지나쳤다.

하경의 등 뒤, 손님 테이블에 있던 연우는 또렷이 들리는 하경의 목소리에 저도 모르게 긴장으로 어깨가 굳었다. 가볍게 웃는 그의 익숙하고도 낯익은 웃음소리가 사정없이 제 귀를 파고들었다.

"최 대표 덕분에 이렇게 맛있는 음식도 먹어 보고 영광입니다."

"별말씀을요."

연우는 답답한 가슴을 움켜쥐고 싶어 하는 손을 억지로 놀려 눈앞에 있는 빈 잔에 물을 채웠다.

그리고 그 순간이었다. 접시가 깨지는 경박스럽고 찢어질 듯한 굉음에 고개를 번쩍 든 것은 연우뿐만이 아니었다. 곳곳에 서 있던 직원들의 눈이 단박에 연우에게로 꽂혔다. 아니, 더 정확히 말하자면 연우의 등 뒤에 있는 남자에게로 꽂혔다. 하경의 옆자리에 앉은 귀빈 중 한 명이 접시를 깨트린 것이었다.

직원들은 어쩔 줄 몰라 하며 순간 가까이로 다가오기 위해 발을 움직였고, 바로 등 뒤에 서 있는 연우는 자신을 보며 어서 가서 해결하라는 예준의 지시에 무겁게 내려앉은 눈을 감았다 떴다. 그리고 곧 등을 돌려 손님에게로, 하경의 옆자리로 다가갔다.

"손님, 어디 다치신 곳은 없으십니까?"

연우는 직원들을 향해 어서 새 접시를 가져오라는 신호를 보내고 다시 한 번 손님에게 물었다.

"괜찮으십니까?"

"흠. 괜찮습니다."

그리고 자신을 향해 쏟아질 듯 내리쬐는 하경의 시선을 느끼고 있었다.

새 접시를 돌려받은 VIP 손님의 괜찮다는 웃음으로 다시 레스토랑 내의 손님들과 직원들은 자신의 할 일을 하기 시작했다.

연우는 다시, 자신을 찾는 손님들의 부름에 응답하기 위해 빠르게 발을 움직였다. 그때마다 저에게 달라붙는 시선이 느껴졌다. 하경이 귀빈들과 웃으며 대화를 하면서도 시선은 자신에게 두고 있는 것을 느끼고 있었다. 긴장과 함께 온몸에 힘이 들어갔다.

직원을 부르는 신호에 고개를 든 연우가 본능적으로 손님 테이블로 다가갔다. 그리고 깨달았다. 자신이 부른 손님이 누군지.

"……필요한 것 있으십니까?"

"우리 레스토랑에 이렇게 친절한 직원이 있는 줄 몰랐군요."

"……."

"인상적이네요."

"……감사합니다."

연우는 하경의 눈을 보았던 시선을 아래로 숙이며 천천히 인사를 했다. 그리고 다시 그에게서 멀어졌다.

갑자기 어깨가 아파 오기 시작했다. 손님들과 직원들의 북적거리는 흔적들을 차단하듯 문을 닫은 연우는 그대로 제 캐비닛으로 다가와 딱딱한 캐비닛에 힘없이 머리를 박았다.

긴장이 한꺼번에 풀리며 어깨가 사정없이 아파 왔다. 피곤으로 눈이 저절로 감겼다.

◇

연우는 눈을 번쩍 떴다. 그리고 제 귀를 의심했다.

"뭐라고요?"

"대표이사님께서 연우 씨를 찾으신다고요. 그 자리에 내가 대신 갔었어야 했는데. 나도 불려 가서 직접 그 입으로 칭찬 듣고 싶다."

"뭔가 잘못 안 거 아니에요?"

"대표이사님 비서가 방금 직접 와서 말하고 갔어요."

우두망찰 서 있는 연우에게로 가까이 다가온 예준이 웃으며 그녀를 토닥이듯 말했다.

"VIP 손님 접대가 만만치 않다는 거 잘 알잖아. 오늘 잘했어, 연우 씨. 칭찬 들을 만해. 다녀와."

연우는 손님이 마시다 남긴 물 잔을 집어 들어 물을 벌컥벌컥 들이켰다. 예준이 그녀의 모습에 희미하게 웃었다.

미희와 은비는 제가 다 긴장이 된다는 둥 가슴을 부여잡고 발을 동동거렸다. 그러거나 말거나 연우는 무거운 걸음으로 레스토랑을 등지고 나와 엘리베이터로 올라탔다.

지난 2년 동안 이 장면을 생각해 왔었다.

그를 만나면 어떻게 할까. 뺨이라도 한 대 올려붙일까? 아니면 왜 아무런 이유도 말해 주지 않고 날 떠나가 버린 것이냐고 따져 물을까? 그것도 아니면 그냥 차갑게 난 너를 다 잊었다고 잔인한 말을 해 줄까?

온갖 상상들을 해 왔었다. 그런데 지금 맞이하고 있는 이 상황은 그런 말들을 할 수 있는 상황이 아니다.

그는 갑작스레 자신이 일하고 있는 호텔의 대표이사로 나타났으며 전혀 다른 모습으로 자신 앞에 서 있었다.

연우는 무거운 눈을 내리감으며 크게 숨을 내쉬었다. 아무 말도 해 줄 것 없다. 그냥 대표이사로서 그가 하는 말을 듣고 나오면 된다. 그래, 그뿐이다.

연우는 크게 심호흡을 하고 천천히 노크를 했다.

"들어오세요."

익숙한 목소리, 곧 보이는 익숙한 잔영. 늘 함께해 왔던 눈코, 입. 모든 것이 익숙하기만 한데 마음은 그가 낯설기만 하다.

연우는 깍듯이 고개를 숙였다.

"부르셨습니까. 대표님."

"앉아요."

연우는 주춤거렸지만 곧 그가 손을 내밀어 가리킨 의자에 앉았다. 시선은 그의 넥타이에만 두기로 했다. 그래서 하경이 어떤 눈으로, 어떤 얼굴로 자신을 보는지 알 수 없었다.

연우는 더욱 고개를 숙여 시선을 넥타이 끝으로 옮겨 두었다.

"연연우 씨."

"네. 대표님."

연우가 딱딱하게 그의 질문에 대답을 마쳤을 때, 비서가 문을 두드리며 조심히 들어왔다. 그리고 조용히 차를 두 사람 사이에 내려놓았다. 하경이 웃으며 보답하듯 말했다.

"고마워."

부드러운 목소리, 따뜻하기만 한 웃음.

'거짓말.'

연우는 그렇게 내뱉을 수도 없어 속으로 중얼거렸다. 그는 연연우가 아닌 타인에게 이렇게 친절을 베푸는 남자가 아니다. 직원들이 말하는 부드럽고 배려 깊고 친절한 최하경은 적어도 연연우가 알기론 없다. 물론 있긴 하겠지. 그저 껍데기일 뿐이겠지만.

비서가 문을 나가자마자 하경은 목 끝까지 채워진 자신의 넥타이를 느슨하게 풀며 좀 더 편한 숨을 내쉬었다.

"어제 출근하면서, 그리고 오늘 오전 레스토랑에서."

"……."

남자는 안타까운 눈으로 옅게 웃었다. 직원들에게 하는 가식적인 웃음이 아닌 그의 본모습, 적어도 연연우가 아는 그의 모습이었다. 그는 자신의 모습을 드러냈다. 그녀 앞에서.

"고개 들어 봐."

명령인 듯하지만 애원과도 같은 그의 부드러운 말.

연우는 여전히 시선을 그의 넥타이로 고정하고 있었다.

"나 봐 줘, 연우야."

연우는 재촉하는 그를 뾰족한 눈동자로 보았다. 자신도 모르게 날카로운 눈빛이 그에게 쏟아졌다.

"오랜만이야."

애타면서도 부드러운 음성이었다. 언제나 늘 남에겐 지독하리만큼 차갑고 냉정한 그가 연우에게만은 태양처럼 뜨거웠고, 봄처럼 부드러웠다. 숨어 있는 그의 따뜻한 시선은 늘 연우, 자신의 몫이었다.

"일주일 전에 귀국했어."

"……."

"보고 싶었어. 보고 싶어서 미치는 줄 알았어. 연우야."

귀국하고 일주일 내내, 저녁 무렵 찾아가 새벽까지 차에 앉아 연우의 집을 바라보며 그녀를 그리워했다. 그렇게 하경은 차마 다가갈 수 없어 연우의 주위를 맴돌고 있었다.

그런 그의 음성에 연우는 갑자기 북받쳐 오는 감정으로 눈을 질끈 감았다. 하지만 곧장 눈을 바로 떴다. 자신을 손바닥 안 보듯 훤히 들여다보는 그가 자신의 마음을 눈치채는 것은 정말 손쉬운 일이었다.

아픈 눈으로 연우를 바라보던 하경은 곧 들려오는 그녀의 차가운 목소리에 천천히 정신을 차렸다.

"하실 말씀 있으시다 들었습니다."

"……연우야."

하경은 아픈 눈만큼이나 쓰라린 목소리로 그녀를 불렀다. 하지만 돌아오는 건 차가움 섞인 침묵뿐이었다.

"연연우."

"……."

아무런 대답 없이 그를 보고 있었다. 한참을 그렇게 침묵 속에 서로를 바라보고 있었다.

"하실 말씀 없으시면 이만 가 보겠습니다."

연우는 자리에서 벌떡 일어섰다. 그리고 고개를 꾸벅 숙였다.

발을 돌리려는 연우에게로 다정하지만 보다 강한 말이 날아왔다.

"네가 가져갔지. 내 백합."

연우는 벌어진 입을 다물며 고개를 돌려 그를 보았다. 아까보단 좀 더 강해진 남자의 어조에 어찌 말을 해야 할까 머뭇머뭇 입술만 벌어졌다 닫혔다 하던 연우는 완전 입을 꾹 다물고 말았다.

하경은 긴 손가락으로 미간을 매만지며 좀 더 강한 숨을 내쉬었다. 그리고 곧 깊은 눈동자로 연우를 바라보았다. 연우는 그 눈동자에 더는 여기 있기 싫다는 듯 문을 열고 나가 버렸다. 그런 연우를 가만히 지켜만 보던 하경이 이내 미간을 매만지던 손을 거두었다.

"……연연우."

연연우, 연연우.

불러도 답 없는 그 이름을 되뇌며 하경은 연우가 나간 자리만 하염없이 바라보고 있었다.

◈

호텔 앞에서 삼삼오오 모여 걸어오던 직원들은 곧 저 멀리서 걸어오는 연우와 예준을 발견하고 손을 흔들었다.

"다들 좋은 아침입니다."

"네, 캡틴. 근데 연우 씨 얼굴이 왜 그래요? 까칠까칠하네."

"어제 잠을 제대로 못 자서요."

"대표님한테 칭찬까지 듣고 왔으면서 잠을 왜 못 자요? 하긴, 나 같아도 잠이 안 오긴 하겠다."

"으이그, 하여튼 주책이야."

은비의 말에 타박하듯 그녀를 쥐어박는 시늉을 한 경란은 직원들 중 그나마도 가장 현실성이 있는 직원이었다. 그도 그럴 것이, 그녀는 레스토랑 파트 기혼 직원들 중 가장 오랜 기간 결혼 생활을 지속하고 있는 사람이었다.

"은비 씨, 그렇게 계속 눈만 키우면 정말 시집 못 가는 수가 있어. 자고로 결혼은 나만 바라보는 그런 지고지순한 남자한테 가는 게 맞는 거야."

"아무리 그래도 적어도 내가 사랑은 하는 사람한테 가야죠."

"그게 대표이사님이고?"

"네."

"허이구. 만난 지 며칠이나 됐다고 벌써 사랑하기 시작했다니. 대단해, 우리 이은비 씨."

직원들은 아침부터 기운이 넘치는지 깔깔대며 에너지를 쏟아부었다.

그렇게 수다를 떨며 탈의실로 가기 위해 아래층으로 내려갔을 때, 목젖을 보이며 깔깔대던 직원들이 하나같이 입을 다물고 손을 모았다. 그리고 고개를 숙였다. 연우도 하경을 보며 천천히 목례했다. 하경은 가볍게 웃어 인사를 받으며 그의 비서와 함께 걸었다.

그때였다. 은비는 하경이 걸어갈 것으로 예측되는 곳으로 빠르게 걸어 나갔다. 누가 봐도 고의적이었다. 은비는 하경의 품으로 안기듯 넘어졌다. 그녀의 발을 떠난 구두 한쪽이 날아가듯 슬라이딩했다.

"어머. 죄송합니다. 대표님."

하경의 단단한 손이 넘어지기 직전인 은비의 팔을 거머쥐듯 잡고 있었다. 지켜보던 직원들이 하나같이 입을 쩌억 벌리며 한 발자국 뒤로 물러섰다.

예준은 나란히 선 직원들의 가장 왼쪽 끄트머리에서 우스꽝스러운 모양새를 하고 있는 은비와 그녀를 붙잡고 있는 하경을 보고 있었다. 하경의 시선이 스치듯 예준을 지나 제게 잡혀 있는 은비에게 닿았다.

"괜찮습니까?"

"예. 전 괜찮습니다."

야살을 떨며 몸을 일으킨 은비는 반듯한 슈트 차림으로 제 구두를 주워 올리는 하경을 있는 힘껏 주시했다. 그는 허리를 숙여 은비의 구두를 집고는 천천히 다가와 은비에게 건넸다.

은비는 제 구두를 받아 들고, 넋이 나간 듯 자신을 지나쳐 가는 하경을 바라봤다. 하지만 그사이에도 하경의 눈은 집요하게 연우를 향해 있었다.

연우는 저도 모르게 눈을 찡그렸다.

'가식.'

그녀가 속으로 외친 말을 알아듣기라도 한 것인지 다시 직원들을 향해 싱긋 입술을 올려 웃은 하경은 그렇게 직원들을 스쳐 지나가 완전히 흔적 없이 사라졌다.

"은비 씨, 미쳤어? 아무리 그래도 그렇지 어떻게 그럴 생각을 해!"

"뭐 어때요. 해고라도 당하겠어요?"

은비는 강아지 전봇대에 볼일 보듯 요상한 폼으로 한쪽 구두를 끼워 신고는 이내 손을 탈탈 털었다. 해고, 그라면 얼마든지 시키고도 남는다. 물론 온갖 구설수를 만들어 붙여 그냥 보기에는 아주 정당한 방법인 것처럼.

직원들이 정말 최하경의 본모습을 알게 된다면 기절하겠구나 싶어 웃기기도 했다. 확 그냥 다 까발려 버릴까 보다. 연우는 콧방귀를 뀌었다.

몰랐다. 정말 모르고 있었다. 연우는 제가 지금 들은 말이 사실인가 싶어 다시 한 번 되물었다.

"뭐라고요?"

"몰랐어? 오늘 우리 레스토랑 파트 회식이잖아."

"아니. 그거 말고요. 그 뒤에."

"아, 대표님도 잠깐 참석하신다는 거?"

"대표님이면 바쁘실 텐데 왜?"

"대표님 취임하시고는 우리 레스토랑 파트 첫 회식이잖아요, 그래서 잠깐 얼굴만 비추고 가신대요."

오늘 고기라도 실컷 먹고 배를 채워야지 했는데 계획이 실행되지 못할 것 같아 기분이 좋지 않았다.

연우는 집에 가서 간단하게 식빵에, 계란프라이를 해서 대충 먹을 생각으로 이른 퇴근을 마음먹은 찰나였다. 그런데 보기 좋게 은비가 타이밍을 치고 들어왔다.

"대표님이 한 분도 빠지지 말고 참석하라고 특별히 말씀하셨대요."

금세 눈썹이 아래로 처지고 우울해진 연우의 표정에 예준이 은근슬쩍 곁으로 다가왔다. 은비는 빈 접시를 건네받으러 빠르게 예준을 스치고 지나갔다. 예준은 연우의 어깨를 괜스레 털어 주는 척하며 더욱 그녀 가까이에 섰다.

"대충 얼굴만 비췄다가 가자. 나도 오늘은 일찍 집에 가야겠다."

연우는 고개를 끄덕였다. 이제 더는 하경만 신경 쓰며 힘겹게 회사를 다닐 순 없다는 생각이 들었다. 그래, 고기가 먹고 싶으면 고기를 먹고 회식 가고 싶으면 회식 가고. 나는 나만의 일을 하자. 연우가 그렇게 마음을 먹었을 때, 직원들은 여느 때와는 좀 달리, 아니 많이 달리 만면에 미소를 띠고 콧노래까지 동원하며 일을 했다. 이건 손님을 접대하는 가식적인 미소가 아니었다. 조금 있으면 다가올 회식을 위해 짓는 진정한 기쁨의 탄성이었다.

경란까지 기쁜 마음을 숨기지 못하고 일을 마쳤을 때, 직원들은 삼삼오오 모여 우루루 호텔을 나왔다.

대표이사님 오셨다는 소식에 자리에서 벌떡 일어나는 직원들을 따라 연우는 고기를 주워 먹다 말고 자리에서 엉거주춤 일어났다. 입 안에서 느껴지는 부드러운 고기의 질감을 즐기며 그러거나 말거나 턱을 움직였다. 제 옆에 앉은 예준이 물을 마시며 입을 헹구는 것이 보였다.

별것 없었다. 그냥 앞으로 잘해 보자는 따분한 말들과 함께 직원들은 대표이사가 건네는 술을 받아 마시고 그에게 아부가 섞인 말들을 전하며 분위기를 무르익게 하는 데 힘썼다.

연우는 다른 직원들은 아랑곳 않고 고기를 먹으며 맥주잔을 채웠다. 술잔을 채우니 곁에 있던 예준이 건배하자는 듯 연우를 향해 잔을 들어 보였다. 연우는 망설임 없이 그 잔에 제 잔을 짠 하고 부딪혔다. 둔탁한 소리와 함께 잔에서 거품이 흘러넘쳤다.

술에 약한 제 자신을 컨트롤하기 위해 반쯤 비운 맥주잔을 식탁으로 내려놓은 연우는 자리에서 일어나 화장실로 향했다. 머리가 어지러워지기 시작했다.

세면대 위의 거울이 빙빙 돌아가고 있었다. 아니, 세면대 위의 거울을 보고 있는 제 눈이 핑핑 돌고 있었다. 정신을 차리기 위해 차가운 물에 손을 씻으며 고개를 이리저리 저었다.

배수 상태가 좋지 못해 금방 물이 세면대 안까지 꽉 차올랐다. 연우는 물을 잠그고 손을 털며 차가운 제 손을 이마 위에 얹고 숨을 크게 내쉬었다. 그리고 소스라치게 놀랐다. 거울 안에 있는 시커먼 남자와 눈이 마주쳤기 때문이었다.

푸른빛이 도는 블랙 슈트를 입은 하경은 자신의 옷차림에 맞는 세련된 걸음걸이로 가까이 다가왔다. 그의 행동에 연우는 움찔거리며 뒤로 물러섰다.

"여기 여자 화장실입니다. 대표님."

"공용 화장실이던데 제가 잘못 본 건가요?"

그제야 연우는 남자용 변기가 구석에 달려 있다는 것을 깨달았다. 순식간에 얼굴이 새빨개졌다.

"그럼 일 보세요. 저는 이만."

"연우야, 얘기 좀 해."

의도된 것인지, 의도되지 않았지만 그리된 것인지는 모르겠지만 그에게서 뒷걸음질 치는 바람에 연우의 등이 벽에 붙어 있었다. 그는 물러설 기미가 전혀 없어 보였다.

하경은 고깃집 앞에서 이리저리 기웃거리고 있는 예준을 떠올리며 화장실 문을 한 손으로 가볍게, 그리고 거칠게 닫았다.

별 표정 없이 그저 고기만을 이것저것 집어먹던 연우 옆에서 그녀를 향해 어쩔 줄 몰라 하는 눈으로 연우만을 바라보던 남자. 저리 기웃대며 기다리는 것을 보니 딱히 약속을 한 것은 아닌 듯하고, 우연을 가장해 연우에게 들러붙을 심산이라는 건데.

"네 옆에 있던 저 남자가 너와 가까운 사인가?"

"무슨 상관이에요?"

"저 남자랑 무슨 사이야."

"대표님이랑은 상관없는 일이에요."

"연연우."

불렀다, 그가. 자신의 이름을. 그것도 애타게.

연우는 등 뒤의 벽을 더듬으며 그를 올려다보았다. 술을 많이 마시지는 않았는데 어쩐지 눈이 젖은 듯 어른거리고 있었다.

"대답해. 저 남자랑 무슨 사이야."

젖은 눈동자는 연우를 향한 갈망에 다시 붉은빛이 돌기 시작했다.

어디까지나 짐작뿐이었지만 하경은 연우가 예준에게 별다른 마음이 없다는 것은 알고 있었다. 예준 혼자 연우를 보며 어쩔 줄 몰라 했고 연우는 그저 별 의미 없는 눈빛을 그에게 보내고 있었으니까. 하지만 확신이 필요했다. 정말 그와 아무런 사이도 아니라는 확신이.

"좋은 사이."

연우는 그렇게 답했다. 애인 사이, 서로 사랑하는 사이 등등의 거짓말은 그 앞에서 쉽게 탄로 나겠지만, 좋은 사이라는 것은 사실이기도 했고 그가 듣고 싶지 않아 하는 말이기도 해서였다.

"비켜 주세요. 대표님."

"다른 남자 쳐다보지 마."

"내가 왜? 하경 씨랑 나 아무 사이 아니잖아. 근데 내가 왜 그래야 해?"

"아무 사이도 아냐? 우리가?"

"아무 사이도 아니지. 그러니까 날 떠나 아무런 말도 없이 미국으로 간 거 아냐?"

하경은 쏘아붙이는 연우의 말에 침묵했다.

"말했었잖아. 사정이 있으니 조금만 기다려 달라고."

"말해? 당신이? 지금 나 놀려?"

"직접 전화하지 못했던 건……."

"됐으니까 비켜 줘."

연우는 입술을 깨물었다. 그가 미워서 눈물이 날 것 같았다. 얼마나 많이 원망했는지 그 날들을 손으로 셀 수 없었다.

"연우야."

갑작스럽게 톤이 낮아진 남자의 목소리에 연우는 뾰족하게 치켜뜬 눈으로 그를 응시했다. 남자는 한숨과 같은 숨을 내쉬며 미간을 잔뜩 찡그렸다. 아픈 눈을 한 그를 본 것은 찰나였다.

"당신 사정이야 어쨌든 중요한 사실은 난 2년 동안 버려졌다는 거야."

"그런 거 아니란 거 너도 알잖아."

"내가 어떻게 알아? 그만 놔줘. 나 가 봐야 해."

다시 나가려 걸음을 돌리는 연우의 어깨를 손으로 잡았다. 아직 밖에 서 있는 예준이 떠올랐다. 연우에게 마음이 있어 보이는 남자의 행동, 그리고 그를 좋은 사이라고 표현했던 연우. 하경은 자신도 모르게 힘을 주어 그녀를 잡았다.

"정말 우리가 아무 사이도 아니라고 생각해?"

"그래. 아무 사이도 아냐."

차갑기만 한 연우를 보며 하경은 손을 뻗어 얇은 허리를 있는 힘껏 끌어안았다. 연약한 허리가 그에게 끌어안기는 건 순식간이었다. 별다른 힘이 따르지도 않았다.

하경은 순식간에 화장실 문을 잠그고 손을 들어 연우의 목덜미를 쓸었다. 그리고 동시에 붉은 입술을 벌려 연우의 입술을 거칠게 파고들었다.

목덜미를 매만지는 그의 손가락 끝에 자리한 차가운 금속 반지가 느껴져 연우는 몸을 파르르 떨었다. 그러다 놀란 눈으로 그를 있는 힘껏 밀어냈다. 그렇지만 그를 밀어낼 만한 힘은 애초에 자신에게는 존재하지도 않았다.

단지 키스만으로도 온몸이 움찔움찔거렸다. 그와 접촉하지 않은 지 2년이나 지났지만 여전히 몸은 오랜 시간 함께한 하경을 기억하고 있었다. 그가 주는 작은 자극에도 그를 기억하고 있는 몸은 힘없이 떨렸다.

"……연우야."

애끓는 남자의 뜨거운 목소리가 귓가에서 속삭이듯 들려왔다. 연우는 그를 밀어내려 하경의 가슴팍을 두드렸다.

하경은 그런 연우를 놓치지 않고 잡아 뜯듯 작은 혀를 빨아 당기며 제 뜨거운 혀를 깊숙이 밀어 넣었다. 거칠고 뜨거운 하경의 입술이 몇 번이나 연우의 입술을 집어삼켰다.

감당하지 못하는 남자의 뜨거움에 다 담지 못한 타액이 절로 입가를 비집고 흘러나왔다. 여전히 연우가 그의 가슴을 쳐 댔지만 하경은 그런 것쯤은 가볍게 무시했다.

익숙한 남자의 손이 제 스커트 안으로 부드럽지만 주체할 수 없을 만큼 뜨겁게 밀고 들어왔을 때, 연우는 화들짝 놀라 어깨를 튕겼다. 그라면 정말 이대로 자신을 안을지도 몰랐다.

하경을 있는 힘껏 밀어내며 떨리는 손으로 그의 가슴을 때렸다. 그제야 떨어지는 입술 사이로 열에 젖은 가쁜 숨이 흘러나왔다.

얼굴이 벌겋게 달아오른 연우는 간신히 숨을 몰아 내쉬었다.

그를 얼마나 미워했는지 모른다. 그런데 그에게 안겨 있는 제 모습은 너무나도 익숙한 그의 품을 기억하고 있었다.

연우는 고개를 저었다. 다시는 너에게 상처받지 않겠다고 얼마나 다짐했는데 고작 키스 한 번으로……. 그래서 더 화가 나고 그가 싫다. 정말이지 그가 밉다.

"그래. 이제 정말 우리는 아무 사이도 아냐. 그러니까 다시는 내게 이렇게 손대지 마. 나 당신 거 아냐."

연우가 하경의 품에서 벗어나 화장실 문을 열고 뒤도 돌아보지 않고 나갔다.

눈앞에서 사라져 버린 연우의 부재에 하경이 두 손으로 아려오는 눈을 꾹 눌렀다. 저를 짓누르고 있는 공허함과 아픔에 하경은 하릴없이 벽을 붙잡은 채 서 있을 뿐이었다.

2.

너와 나의 관계

하경은 탁자 위에 놓인 커피를 마시며 눈을 감았다.

부모와 인연을 끊고 산 지 오래였다. 돈 많은 부모. 그래, 나쁠 것 없었다. 그래서 부모님과 인연을 끊다시피 하고 살아도 돈에 대해 그다지 아쉬운 건 없었다.

일찌감치 부모님으로부터 독립해 살면서 아버지의 뜻인 경영 전공이 아닌 미술 전공을 선택했고, 내가 좋아하는 그림을 그리며 내가 사랑하는 연우와 미래를 그리는 데 모든 것을 쏟았다. 그것이 내 인생에서 전부였다. 나에게 있어 부모님은 존재하지 않는 것과 마찬가지였다.

외동아들이 대대로 이어 가고 있는 아버지의 사업을 물려받지 않겠다고 집을 나가 그림이나 그리고 있다니 그것만으로도 기가 막힐 노릇인데, 아버지의 눈에는 평범하디평범한 여자와 오랜 세

월을 함께하는 자신은 분명 아버지 입장에선 목 안의 가시와 같았을 것이다.

연우에게는 부모님에 대해 어떤 말도 하지 않았다. 할 수 없었다. 부모님을 여읜 연우에게 나와 부모님의 사이가 남보다 못하다는 것이 그녀의 가슴을 아프게 할 수 있기 때문이었다. 하지만 어느 순간부터 연우는 자신이 한 번도 본 적 없는 나의 아버지가 자신을 미워하고 있다는 사실을 어렴풋이 눈치채고 있었을 것이다.

그렇지만 우리는 그것을 암묵적으로 묵인했다. 서로에게 상처일 것이라는 생각 때문이었다.

아버지의 어떤 협박도 나에겐 통하지 않았다.

결국 최후통첩을 하듯 아버지는 말했다. 네가 하고 싶은 일들, 쓸데없이 화가가 된다고 말썽부리지 말고 그림을 포기하고 내 뜻에 따라 회사를 물려받는다면 네 애인 정도는 봐주겠다고.

그것이 무슨 뜻이냐고 묻는 나의 날카로운 반문이 끝나기가 무섭게 뒷말이 이어졌다.

「네가 계속 이렇게 나오는데 내가 그 아이를 가만둘 듯싶으냐?」

구역질 나는 협박이었다.

그래서 코웃음을 쳤다. 협박도 좀 귀여운 협박을 해야지.

「그래서 가만 안 두면 어쩔 겁니까.」

「연연우라는 그 아이, 할머니와 고모가 있더구나.」

「아버지!」

「그래. 난 네 아버지다. 너는 우리 가문 핏줄이다, 이 말이다. 내 말에 따라! 네 애인도 네 애인의 몇 없는 가족들도 지키고 싶으면 내 뜻에 따라.」

나보다 잔인한 영감이다. 하고 싶은 일이 있으면 피를 봐서라도 하고야 마는, 자신이 원하는 바가 있으면 희생을 치러서라도 이루고야 마는 성격. 화가 쏠려 목 안이 터질 것 같았다.

지독하게도 잔인한 입술이 열렸다.

「오늘 밤 비행기다.」

나는 분노에 가득 찬 눈을 열었다. 흔들림 없이 지팡이를 짚은 채 서 있는 아버지를 경멸하는 눈으로 쳐다봤다.

「그 아이와 신파 찍을 생각 마라. 지금도 한참 봐주고 있는 거니까. 더 이상 내 인내심을 시험하지 마. 7년이면 내가 너를 얼마나 봐준 것인지 너도 잘 알 거라 생각한다.」

「떠날 수 없습니다. 두고 갈 수 없어요.」

「너는 내가 하는 말이 농담인 줄 아는구나.」

차가운 아버지의 눈은 자신이 하는 말을 지금 당장이라도 실천할 수 있다고 말하고 있었다. 속에서 쓴물이 올라왔다.

「네가 내 뜻대로 모든 것을 끝내기 전에는 그 아이와의 관계, 처신 잘하는 게 좋을 게다. 그 계집애한테 빠져서 이리저리 휘둘리는 꼴 보이는 날에는 나도 어떻게 할지 장담할 수 없으니. 내 눈에 거슬리지 않는 게 좋을 거다, 이 말이야.」

떨리는 주먹을 힘껏 쥐고 길게 숨을 내쉬었다.

「……대신 한 가지는 약속해 주십시오.」

「말해 보거라.」

「연우, 지켜 주십시오. 손끝 하나도 건드리지 않는 건 물론이고 아프지 않게, 다치지 않게 영감이 지켜 달란 말입니다.」

「그게 내가 원하는 조건이냐?」

「연우에게 무슨 일이라도 생긴다면 아버질, 가만두지 않을 겁니다.」

「감히 지금 협박하는 것이냐!」

「제 말 진심입니다. 그땐 아버지고 회사고 제 손으로 끝낼 겁니다.」

「우습구나.」

「아니요. 아버진 아실 텐데요. 제가 누굴 닮아서 농담 같은 건 하지 않는다는 거 말입니다.」

「이, 이놈이!」

「반드시 약속 지켜 주셔야 할 겁니다.」

나의 마지막 말을 끝으로 영감의 경호원들이 내게로 바짝 다가왔다. 어차피 내가 제안을 쉽게 받아들이지 않을 것을 예상했던 영감은 내 조건을 수락했다.

그리고 경영에 대해 눈곱만큼도 모르는 나는 아버지 뜻대로 경영 수업을 들으러 미국으로 떠났고, 오로지 다시 한국으로 돌아오기 위해, 다시 연우에게로 돌아오기 위해 미친 듯이 공부하고 또 공부했다. 밤마다, 아니 매 순간 매시간 연우의 생각으로 가슴이 터져 버릴 것 같았지만 연락할 수 없었다.

삼엄한 영감의 감시는 둘째 치고 연우의 목소리를 들으면 그 길로 아무것도 할 수 없을 것만 같아서, 그냥 이 모든 걸 다 포기해 버리고 연우를 안으러 돌아가 버릴 것만 같아서.

내 연우. 사랑하는 나의 연우…….

그렇게 죽은 듯 2년을 지냈다. 아니, 버텼다.

다시 한국으로 돌아와선 이사를 가 버린 연우를 찾기 위해 애썼다. 그러다 그녀를 다시 찾은 곳은 이디에이 호텔에서 분양한 빌라였다. 연우가 이디에이 호텔에서 일하고 있었다. 가슴이 뛰었다. 벅차올랐다. 하지만 다가설 수 없었다. 나를 얼마나 원망하고 있을까. 괴로웠다.

그리고 다시 너를 찾았다.

「우린 아무 사이도 아냐.」

그렇게 말하는 너의 말에 반박할 수 없었다. 하지만 반박해야 했다. 너를 다시 되찾아야 하니까. 나한텐 네가 전부니까.

회식 자리에서 하경과 그렇게 돌아서곤 밤을 뜬눈으로 지새웠다. 잠이 오지 않았다. 밤을 꼴딱 새우고 완전히 좀비 같은 모양새로 출근을 했다.

그 때문인지 손바닥에 얹고 있는 접시가 속절없이 흔들렸다. 연우는 감기는 눈을 애써 뜨며 제게 주어진 일을 완수하고 있었다.

"연우야."

자신을 부르는 목소리에 눈을 번쩍 뜬 연우는 뒤를 돌아보았다. 예준이 웃을 듯 말 듯 한 얼굴로 서 있었다.

"오늘 같이 저녁 할래? 할 말이 있어서."

"음, 좋아요."

"기다려야 한다?"

"몰라요. 오래 안 나오면 그냥 갈 거예요."

장난치듯 그를 놀린 연우가 혀를 쏙 내밀고 주방으로 모습을 감췄다. 예준은 그런 연우를 보며 숨길 수 없는 웃음을 흘렸다. 참으려고 입술을 깨물었지만 깨문 입술 사이로 새어 나오는 웃음은 막을 수가 없었다.

"캡틴, 무슨 기분 좋은 일 있으세요?"

"별거 아니에요."

"캡틴, 요새 이상한 거 아세요? 계속 혼자 막 웃으시고, 가끔 멍하니 서 계실 때도 있으시고."

가끔 연우를 혼자 멍하니 바라보고 있던 저를 본 모양이었다.

"그냥요. 우리 레스토랑 안에 저를 기분 좋게 하는 무언가가 있어서요."

"그게 뭔데요?"

"글쎄요."

예준은 어깨를 으쓱하며 의아하게 자신을 보고 있는 미희를 지나쳤다. 미희는 그런 예준의 태도에 알 수 없다는 듯 고개를 절레절레 흔들었다.

대표이사님이 떴다는 소식에 지배인부터 직원들까지 옷매무새를 다시 단정히 하는 데 힘을 썼다.

레스토랑과 바를 오가며 임원들과 열심히 회의를 하고 있는 하경을 발견한 직원들이 다시 자석처럼 모여들었다. 그와 잘 어울리는 푸른색 셔츠를 입은 하경은 뭐가 잘 풀리지 않는지 살짝 미간을 찌푸렸다. 그 모습에 은비가 소리 없이 소리를 질렀다.

"으이그. 일들 해요. 일들."

경란은 혀를 찼지만 은비는 일을 하다가도 틈만 나면 고개를 돌려 하경을 눈으로 좇았다.

한편에서 직원들이 하경을 보며 수군거리는 줄도 모르고 정신없이 움직이던 연우가 하경과 지배인을 발견하고 자리에 우뚝 멈춰 섰다.

하경에게 설명을 들으며 그가 들고 있던 서류들을 살피던 지배인은 이내 고개를 끄덕이며 하경에게 반듯하게 고개를 숙여 인사했다. 그리고 연우의 시야에서 멀어졌다.

가만히 하경을 바라보고 있던 연우는 곧 그의 슈트 안에 단정히 자리하고 있는 푸른색 셔츠를 발견했다. 하경의 푸르면서도 검붉은 이미지와 잘 어울리는 셔츠는, 아니 그런 셔츠를 입은 하경은 단연 눈에 띄었다.

한눈에 알아볼 수 있었다. 당연했다. 저 셔츠는 그의 생일날 자신이 사 준 셔츠였으니까. 한참을 그의 셔츠를 바라보다 이내 고개를 들었을 때 자신을 바라보고 있는 하경과 눈이 마주쳤다. 어제의 그 키스가 떠올랐다. 저를 맹렬히 잡고 놓아주지 않던.

연우는 고개를 홱 돌려 가던 길을 재촉했다. 등 뒤에서 저를 보고 있는 하경이 느껴졌지만 연우는 눈길 한 번 주지 않고 그에게서 멀어졌다.

그녀가 한참이나 자신의 셔츠를 보고 있음을 느끼던 하경은 이윽고 발걸음을 돌려 간부용 엘리베이터에 올랐다.

하경은 문득 입술 끝이 말려 올라갔다.

그날, 그래 그날이었다.

「하경 씨! 왜 이제야 와? 내가 얼마나 기다린 줄 알아?」

「얼마나 기다렸는데.」

「몰라. 하경 씨 기다린다고 밥도 못 먹었어.」

연우의 허리를 안고 들어간 거실에는 자신의 나이만큼의 초가 예쁜 케이크 위에 세워져 있었다. 아아, 또 까먹고 있었다. 오늘은 자신의 생일이었다.

늦게까지 그림을 그리느라 시간 가는 줄 모르고 화실에 있었더니 그새 핸드폰에는 제 애인의 독촉 아닌 독촉 전화가 여러 통 와 있었다. 서둘러 집으로 돌아왔더니 제 예쁜 애인이 이런 깜찍한 이벤트를 준비하고 자신을 기다리고 있었다.

서둘러 초에 불을 켠 연우는 케이크를 내밀었다. 새하얀 생크림에 알록달록한 과일이 군데군데 박힌 케이크보다는 그것을 들고 있는 제 애인이 훨씬 더 예뻤다.

「빨리 불어.」

하경은 그대로 연우의 손에서 케이크를 뺏어 테이블에 아무렇게나 던지듯 내려놓고 연우의 얇은 손목을 잡아당겼다.

힘없는 손목이 홱 이끌려 갔다. 그리고 곧 윗입술, 아랫입술이 순식간에 빨렸다. 젖은 혀가 밀려들어 와 연우는 힘겹게 입을 벌렸다. 깊은 키스가 이어졌다.

거친 숨소리는 더욱 하경의 신경계를 자극시켰다. 익숙한 하경의 체향에 연우는 간신히 바닥에 붙이고 있던 두 다리를 떨었다.

생각보다 오래 버틴다 생각하는 순간 연우의 두 다리가 속절없이 무너져 내렸다. 그리고 그녀의 무릎이 땅에 닿기 전 하경에 의해 몸이 가볍게 들렸다. 그러자 떨리는 손으로 그의 어깨를 붙잡았다. 덜덜덜 떨고 있는 손가락 끝에 힘이 바짝 들어갔다.

곧 다가올 그와의 뜨거운 접촉에 본능적으로 몸에 전율이 돌았다. 단단한 손은 곧 연우의 상의 안으로 돌진했다. 더듬는 상의의 촉감에 이질감을 느낀 하경은 단단히 붙잡은 채 놓아주지 않던 연우의 입술을 떼어 내고 아래를 내려다보았다. 보지 못했던 옷이었다.

「하경 씨 선물이야.」

그녀는 자신이 입고 있던 커다란 셔츠를 슬쩍 들어 보였다. 확실히 연우가 입기엔 셔츠는 아래를 다 덮을 정도로 길고 통이 컸다. 푸른색이 도는 셔츠는 제법 세련되고 깔끔해 눈길이 갈 만했다.

연우는 제가 입고 있던 옷의 단추를 풀어 셔츠를 벗어 냈다. 곧 그녀의 풍만한 젖가슴이 눈앞에 드러났다. 들고 있던 셔츠를 옆으로 내려놓고 하경의 상의를 벗겨 내자 곧 드러나는 그의 단단한 가슴. 하경을 한번 훑은 연우는 곁에 놓아둔 제 셔츠를 하경에게 내밀었다.

「입어 봐.」

입어 보라는 연우의 재촉에도 하경은 여전히 연우의 봉긋한 가슴에 얼굴을 묻고 허리를 끌어당겨 안았다.

「어차피 벗어야 하잖아. 이따 입어 보자.」

연우가 고개를 저었다. 한참 물리고 빨려 잔뜩 부풀어 오른 입술이 삐죽였다.

「이거 입고 하면 안 돼?」

기필코 그가 셔츠를 입은 모습을 보고 싶은 모양이었다. 딱히 거절할 이유가 없어 하경은 셔츠를 들어 아주 가볍게 입어 냈다. 팔을 넣는 힘에 셔츠가 펄럭였다. 잠그지 않은 셔츠 사이로 단단하고도 탄탄하게 자리 잡은 근육이 단번에 눈에 들어왔다.

「감상한 소감이 어때?」

한참을 하경만을 바라보던 연우가 곧 제게 떨어진 질문에 고개를 들었다. 묘한 눈으로 저를 보고 있는 남자의 검붉은 눈이 눈 안에 꽉 들어찼다.

「옷이 예쁘니까 당연히 하경 씨한테 잘 어울릴 수밖에 없지.」

「옷 때문인 거 맞아? 네가 반한 건 옷이 아니라 나 같은데.」

연우는 그의 가슴을 탁 때렸다. 그리고 그것을 신호로 몸이 소파 뒤로 확 넘어갔다. 하경은 연우의 가슴에 제 얼굴을 묻으며 짧은 스커트 안으로 망설임 없이, 그리고 거침없이 손을 집어넣었다. 가느다란 허벅지 안을 매만지며 동시에 한 손으로 제 바지 버클을 끌어 내렸다.

"대표님."

"……."

"대표님."

"……."

하경은 손으로 이마를 짚으며 천천히 눈을 감았다 떴다. 어느새 엘리베이터는 목적지에 도달한 듯 그의 비서가 의아한 듯 그를 보고 서 있었다.

하경은 묵직해진 아래를 느끼고 갑갑한 듯 넥타이에 손을 가져갔다. 그리고 넥타이를 느슨히 하려다 말고 곧 목덜미에서 손을 뗐다. 비서가 곁에 서 있는 것이 거슬렸다.

"보고는 이따 받지."

그리고 그는 다시 열리는 문을 통해 단숨에 엘리베이터를 빠져 나갔다.

연우의 생각에 온몸이 뜨거워졌다. 대표이사실로 돌아온 그는 여태껏 제 목을 조이고 있던 넥타이를 거칠게 풀어 냈다. 답답한 숨이 탁- 터져 나왔다.

"서 비서, F&B 파트에 연연우 씨 지금 내 방으로 오라고 해."

그는 인터폰으로 흘러나오는 제 비서의 대답에 그제야 자리에 앉아 숨을 골랐다.

연우는 저를 찾는다는 연락을 받고 퇴근 준비를 하다 말고 다시 유니폼으로 갈아입었다. 어차피 예준은 자신보다 좀 더 늦은 시간에 끝이 나니 잠깐이면 상관없을 것 같았다.

비서의 안내에 따라 대표이사실 안으로 들어간 연우는 고개를 숙이고 그에게 인사했다.

"찾으셨습니까. 대표님."

"연연우."

"……네."

갑작스런 그의 강인한 음성에 연우는 순간 흠칫 놀랐지만 차분히 대답했다.

"이제 우린 아무 사이도 아니라는 네 말 안 믿어."

하경은 연우에게로 가까이 다가왔다. 어젯밤의 기억이 불현듯 떠오른 연우는 저도 모르게 뒷걸음질 쳤다. 그는 늘 위험하다. 연애 시절엔 그의 위험한 행동으로 가슴이 떨렸지만 지금은 그 위험한 행동이 너무나 큰 위협으로 다가왔다.

"어떻게 우리가 아무 사이가 아닐 수 있어. 이 셔츠, 시계, 넥타이, 지금 네가 하고 있는 귀걸이, 구두, 향수, 로션, 네가 지금 입고 있을 속옷까지도 전부 나와 연관된 건데. 어떻게 이게 아무 사이가 아닐 수 있지?"

"연관이 된 게 다 무슨 소용이야. 나에게 의미가 없으면 그만인데."

"……너."

"하경 씨랑 이렇게 의미 없는 말싸움하고 싶지 않아. 나, 가 볼게. 그리고 다시는 이렇게 사적인 일로 부르지 마. 나 하경 씨 직원이지 하녀가 아냐."

연우는 뒤도 돌아보지 않고 이사실을 나왔다. 그리고 도착하지 않은 엘리베이터를 보며 몇 번이고 버튼을 눌렀다.

저번 그 이탈리아 레스토랑이었다. 이번에도 연우는 알리오 올리오를 두고 포크를 쥐고 있었다.

염불을 외기라도 하는 건지 맛있는 파스타를 앞에 놓고도 아무런 행동을 취하지 않는 그를 보며 연우가 의아한 듯 물었다.

"안 드세요?"

“연우야.”

여느 때와는 달리 음성 톤이 낮아진 예준은 진지한 표정으로 저를 바라보고 있었다. 저번과는 달리 이번엔 물 대신 간단히 주문한 와인을 들고 벌컥벌컥 들이켰다.

그가 원샷 해 버린 와인 잔을 보며 연우가 놀란 듯 눈을 크게 떴다.

“선배.”

예준은 놀란 눈을 하고 있는 연우를 보며 눈을 한 번 감았다 떴다. 여전히 자신 앞에는 연우가 앉아 있었다. 이번엔 꿈속에서가 아니라 진짜, 진짜 고백을 할 차례다.

“나 사실은 말이야.”

차분히, 차분히.

예준은 그렇게 스스로에게 말했다.

“굉장히 망설였거든. 이 말을 해야 하나 말아야 하나. 근데 해 보려고.”

“무슨 일 있으세요?”

“나한텐 큰일이지.”

“무슨 일이신데요. 말씀해 보세요.”

예준은 이미 비어 버린 와인 잔을 보며 잠깐 뜸을 들였다. 그리고 말했다.

“네가 입사했을 때부터 나 너를 좋아했어.”

연우에게 어떠한 틈도 주고 싶지 않아 몰아붙이듯 예준이 뒷말을 이었다.

"당장 뭘 어떻게 해 보려는 게 아니라 그냥 나를 같이 일하는 동료, 선배 이상으로 한 번쯤 봐 줬으면 해. 너도 나를 이제부터라도 남자로 봐 줬으면 해서. 그저 단순히 직장 동료가 아니라 한 남자로 말이야."

연우는 갑자기 밀물처럼 몰려와 저를 덮치는 예준의 고백에 어찌 말을 해야 할지를 몰라 본의 아니게 긴 침묵을 지키고 있었다.

"아무 말도 하지 않아도 돼. 지금은 아무 말도 하지 마."

일단은 말이야.

예준은 뒷말을 숨기며 그렇게 말했다.

갑작스러운 그의 고백에 테이블 위에 파스타가 있다는 사실도 까먹은 연우는 이내 허기가 다 날아가 버렸다.

연우는 한참을 그의 말을 되새기듯 생각에 잠겨 있었다. 그는 원래 친절한 사람이었다. 그의 친절을 높게 평가받아 우수사원으로 몇 번 뽑힌 적도 있었다. 그래서 항상 누구나에게 웃어 주는 그의 미소가 자신만을 향한 것이라는 생각을 해 본 적이 없었다.

연우의 얼굴엔 다소 당황스러운 빛이 돌았다. 하지만 이내 자신을 초조하게 바라보는 예준을 향해 옅은 미소를 지었다. 그제야 굳어 있던 예준의 입술이 감출 수 없이 위로 올라갔다.

이내 고개를 끄덕이며 예준은 포크 위에 돌돌 말려 있는 파스타를 입 안으로 넣었다.

"선배, 저는……."

일단 그녀가 자신의 마음을 알고 있는 것으로 끝이 난 줄 알았는데 다시 이어진 같은 주제의 말에 예준이 채 씹지 못한 파스타를 꿀꺽 삼키더니 잠깐만, 하며 말을 막았다. 그리고 곧 울고 싶은 얼굴로 입을 다물었다.

"내 말대로 천천히 곁에 두고 지켜봐 주면 안 될까? 조금만이라도 고민해 줬으면 좋겠어."

예준은 다시금 긴장으로 어깨가 굳어 가고 있었다.

연우는 답 없이 입술을 굳게 다물고 있었다. 그리고 이내 천천히 그를 향해 고개를 끄덕였다.

두 사람이 천천히 길을 걷고 있었다. 조용히 밤공기만 쐴 뿐 두 사람 사이엔 고요한 침묵만이 흘렀다.

그렇지만 애써 그것을 깨려 하지 않았다. 늘 사람으로 시끌벅적한 호텔 안에서 이리 뛰고 저리 뛰다 이리 고요한 어둠을 만나니 그저 그것이 반가워서였다.

나란히 발을 맞춰서 걷다 아직 녹지 않은 눈을 밟는 연우를 보던 예준이 먼저 입을 열었다.

"조심해. 아직 길이 미끄러워."

아까의 고백 때문이었는지 그녀를 잡아 주기 위해 문득 손을 뻗은 예준이 당혹스러운 눈을 했다. 연우가 그의 손을 보며 뒤로 한 발짝 물러섰기 때문이었다.

이 상황에 놀란 건 서로 마찬가지였다.

"저기 혹시……."

"……."

"좋아하는 사람이 따로 있어?"

갑작스런 예준의 질문에 연우가 고개를 들어 그를 올려 보았다. 다시 한 번 놀란 얼굴이었다. 예준의 질문에 어찌 대답을 해야 할지 연우는 난감했다. 꼭 갑자기 '최하경에게 아직 마음이 남았어?' 라고 묻는 것만 같아 당혹스러웠다.

당혹스런 기색이 역력한 연우의 표정에 예준이 씁쓸함을 감추지 못하고 시선을 땅으로 처박았다.

"……그렇구나."

"아니에요. 그런 거."

빛과 같은 연우의 말에 예준의 고개가 다시 땅 위로 들렸다.

"그런 거 아니에요."

"좋아하는 사람이 있다 해도 아직 두 사람 사귀는 사이는 아닌 거지? 그럼 됐어. 나한테도 기회가 있는 거잖아."

한 번이 어렵지 그다음 고백은 어려울 것이 없었다. 놀라울 만큼 생각지도 않은 대사가 술술 흘러나왔다.

"선배, 원래 이렇게 저돌적인 분이셨어요?"

"하하, 아니. 근데 좋아하는 사람이 생기니까 이렇게 되네. 마음을 못 감추겠어. 계속 티 내고 싶고 그래."

"알아요. 사랑이란 게 좋기도 하지만, 또 그래서 나쁘기도 한 거 같아요. 설레고 좋아하는 그 마음을 감출 수가 없고 그 사람을 생각만 해도 가슴이 뛰고 그런데, 그만큼 불안하고 신경이 쓰이고 이유도 알 수 없이 마음 아프고……. 그래서 사랑하기가 두렵다는 사람들의 말이 이해가 돼요."

어두컴컴한 공기를 입 안으로 쓸어 넣으며 쭉 기지개를 펴던 연우가 말이 없는 예준을 돌아보았다. 어두워서 잘 보이지는 않았지만 좋지 못한 표정임은 확실했다.

예준은 한참을 말없이 연우의 말을 듣고 있다 이내 고개를 끄덕였다. 연우가 누구를 떠올리며 그 말을 한 것인지는 모르겠지만, 연우의 말이 맞았다. 지금 예준은 연우로 인해 설레는 마음을 감출 수가 없고, 사정 봐 주지 않고 그녀만을 향해 가슴이 뛰기도 했지만, 그래서 불안하고 신경이 쓰이고 연우의 큰 의미 없는 말 하나하나에 가슴이 아팠다.

"제가 실수한 건가요?"

"아냐."

빌라에 도착할 때까지 다시 이어진 침묵을 이번엔 아무도 깨지 않았다. 참으로 고요하기도 한 밤이었다.

연우네 동 앞에서 멈춰 선 두 사람은 빌라 안으로 들어오는 차 헤드라이트에 두 눈을 찡그렸다. 그리고 이내 차에서 내리는 사람을 보았을 때 연우는 저도 모르게 놀라 중얼거렸다.

"어떻게……."

"우리 호텔에서 분양한 빌란데 대표님이 계셔도 이상할 게 없지, 뭐."

"어떻게……."

"왜 그래? 대표님이 이 빌라에 사시는 게 그렇게 놀랄 일이야?"

예준은 농담하듯 웃으며 말했다.

연우는 멍청히 내뱉던 말을 거두며 이내 입을 다물고 자신과 예준을 향해 걸어오는 하경을 보고 있었다. 이때까지 업무를 본 것인지 그의 얼굴은 한눈에 보아도 피로로 가득했다.

두 사람에게로 가까이 다가온 그가 멈춰 섰다. 예준이 꾸벅 고개를 숙였다.

"이 밤늦은 시간에 두 분이 여기서 뭐하는 겁니까?"

"아…… 그냥 잠시……. 들어가시는 길이신가 봅니다. 대표님."

예준은 말을 돌리며 하경의 관심을 다른 곳으로 옮기려 애썼다. 하지만 곧 하경의 입술에서 가벼운 숨소리와 함께 픽 하고 웃음이 흘러나왔다. 그깟 말장난 같은 말로 자신의 관심을 돌리려 하다니.

"두 사람 연애합니까?"

"그, 그런 거 아닙니다. 대표님."

"그런 거 아니면 들어가 보세요."

"네?"

"들어가 보라고요."

"아……."

하경의 말을 곱씹듯 되뇌던 예준이 다시 한 번 고개를 숙이며 걸음을 돌렸다. 그가 가는 것을 보고 있던 연우도 하경에게 인사를 꾸벅하며 발을 돌렸다. 그런데…… 손목을 붙잡혔다.

"저놈을 만나려고 그렇게 나간 거였어?"

"그래."

"너랑 사이 좋은 남자 봐줄 만큼 나 배려심 많지 않은 거 몰라?"

"하경 씨랑 나 아무 사이도 아닌데 왜 이래?"

"너 왜 자꾸……!"

"이거 놔!"

연우는 자신의 손목을 잡고 있는 그의 손을 탁 하고 쳐 냈다. 하지만 다시 뒤돌아서는 작은 몸을 그가 강하게 안았다. 뒤에서 끌어안는 강인한 몸에 연우가 휘청이며 완전히 품 안에 안겼다.

"보고 싶었어. 연연우."

품에서 벗어나려 그의 손을 잡아챈 연우의 움직임이 우뚝 멈추었다. 그가 보고 싶었다고 말했다.

"네가 화내는 거 이해해. 그래도 내 사정 알면 조금은 이해해 줄 거라 생각했어."

"저번부터 계속 무슨 말을 하는 거야? 내가 하경 씨 사정을 어떻게 알아! 말도 않고 떠난 사람 사정을."

"내가 엽서로 써 부쳤잖아."

"엽서? 지금 나랑 장난해?"

연우는 다시 손을 움직여 자신의 어깨를 감싸 안은 하경의 손을 떼어 냈다. 그의 손이 차가워져 있었다.

하경이 굳은 표정으로 연우를 바라봤다.

3.

다시 꽃이 피다

직원들은 하던 일을 멈추고 소란스러운 소리가 나기 시작하는 곳으로 빠르게 달려갔다. 테이블 위의 음식들이 절반도 사라지지 못한 채 온기를 잃어 가고 있었고, 그 음식들을 먹던 남자 손님 둘의 언성은 점차 높아지고 있었다.

레스토랑뿐만 아니라 호텔 안에서 손님들을 보고 있자면 세상 이렇게 다양한 사람이 있구나, 하는 생각을 수도 없이 하게 된다. 그들의 시중을 들다 보면 별의별 일이 눈앞에서 펼쳐지는 것은 예삿일이 된다. 지금 같은 상황도 예외는 아니다.

"뭐야? 야, 다시 말해 봐. 뭐?"

"아, 별것도 아닌 말에 흥분하고 그래."

"뭐야? 별게 아냐? 진짜, 이 새끼를."

"뭐? 새끼?"

차라리 손님과 직원 사이의 문제였다면 해결이 쉬웠을 텐데, 이렇게 손님들끼리 실랑이가 발생하는 경우는 숙련된 직원들에게도 난감한 문제가 아닐 수 없다.

점차 다른 손님들이 그들의 언쟁에 동요하기 시작했다. 최악의 시나리오까지 염두에 둬야 할 듯했다. 하지만 그들을 말리며 정중히 조용히 해 줄 것을 당부하던 예준의 멱살이 쥐어 잡히는 것은 조금 생각지도 못했던 일이었다.

"네가 감히 내 마누라를 성희롱해?"

"받아들이는 네가 이상한 거 아냐? 뭐 눈엔 뭐밖에 안 보인다고."

"뭐, 이 새끼야?"

잔뜩 흥분한 남자가 이성을 잃고 곁에 놓여 있던 나이프를 들었다. 아, 이건 정말 예상에도 없던 일이었다.

상황을 접한 경비원들이 레스토랑으로 달려오자, 남자가 경비원을 보며 잔뜩 노기 섞인 목소리로 소리치며 나이프를 휘둘렀다.

경비원들이 쉽게 다가서지 못하고 있는 사이, 나이프를 든 남자는 아직 분이 풀리지 않아 씩씩대며 더 앞으로 다가갔다. 두 사람 사이를 막아선 예준이 나이프와 가까워지고 있었다.

연우는 놀라 예준의 앞으로 막아서며 흥분한 남자의 팔을 잡았고, 연우의 손을 빼내는 남자의 거친 움직임에 의해 뺨에 충격이 가해졌다. 순간적인 충격에 시야가 캄캄하게 흐려졌다. 나이프가 스쳐 지나간 뺨에선 금세 생채기가 만들어졌다. 그리고 그 생채기

사이로 빨갛고 날카롭게 핏물이 맺혔다.

"연우야!"

예준의 고함과 같은 소리에 정신을 차린 것은 연우뿐만이 아니었다. 나이프를 들고 있던 남자가 창백해진 얼굴로 나이프를 떨어뜨리며 뒷걸음질 쳤다. 경비원에 의해 두 팔이 잡힌 남자는 그제야 상황을 파악했다. 의도치 않게 연우에게 상처를 입힌 남자는 얼굴이 새하얗게 질려 가고 있었다.

별거 아니라는 연우의 말에도 예준과 지배인은 한사코 병원에 다녀오라고 등을 떠밀었지만 연우는 가볍게 웃으며 호의를 거절했다. 그리고 홀로 탈의실에 앉아 부어오른 뺨을 감싸 쥐고 있던 연우는 핸드폰에 뜬 문자 메시지를 발견했다. 예준이었다.

〈괜찮은 거야? 네가 걱정돼서 일이 손에 안 잡힌다.〉

왜인지는 모르겠지만 문득 웃음이 나왔다. 이젠 정말 저돌적으로 나가기로 한 건지 예전엔 상상도 할 수 없던 그의 적극적인 문자가 신기하기만 했다. 웃고만 있던 연우의 눈앞에 또 하나의 문자가 도착했음을 알리며 핸드폰이 반짝였다.

〈정말이야. 네가 걱정돼 미치겠어.〉

웃고 있던 연우의 입술 끝이 조금씩, 그리고 천천히 아래로 떨어졌다.

걱정, 걱정…….

알고 있다. 걱정은 사랑의 다른 이름이라는 것. 걱정…….

다시 웃음이 나왔다. 이번엔 씁쓸함이 잔뜩 묻은 허탈한 웃음이었다.

〈걱정하지 말아요. 전 정말 괜찮아요.〉

어린아이처럼 매달리는 그를 다독인 연우는 자리에서 벌떡 일어나 제 캐비닛을 열었다. 약국이라도 들러 피가 맺힌 상처는 치료해야겠기에 점퍼를 꺼내 입었다. 그리고 캐비닛을 닫으려는 그녀의 눈 안에 잔뜩 시들어 숨이 다 죽어 버린 백합이 들어왔다.

"……."

연우는 한참을 색이 바래 버린 백합을 내려다보다 이내 문을 닫고 밖으로 나왔다. 일단 피라도 닦아 낼 요량으로 화장실 쪽을 향해 걷던 연우는 천천히 발걸음을 늦추었다.

빠른 걸음으로, 그리고 평소 알고 있던 그의 얼굴처럼 잔뜩 날카롭고 무서운 얼굴을 한 하경이 반대편에서 걸어오고 있었다.

연우는 주춤거리며 걸음을 멈추고 고개를 숙여 그의 시선을 피했다. 그리고 순식간에 강압적인 힘에 의해 고개가 들렸다. 제 턱을 잡고 들어 올린 남자의 힘에 당혹스러운 눈을 한 연우가 뭐라 말을 할 틈도 없이 남자의 손이 턱에서 떨어져 나갔다.

그리고 연우는 잔뜩 주먹을 그러쥔 하경의 손을 보았다. 힘을 있는 대로 주어 큰 주먹이 창백하게 빛이 바래고 있었다.

연우는 순식간에 저도 모르게 주먹을 쥔 그의 손을 제 두 손으로 꽉 움켜잡았다. 위험하다. 평소 알고 있는 그라면 자신을 이렇게 만든 이를 그가 누구라도 가만두지 않을 것이다. 회사에서 법적 조치를 취하기도 전에 하경이 그를 찾아가 무슨 짓을 할지 모른다.

"안 돼. 하경 씨."

무서운 눈으로 미간을 잔뜩 찌푸린 남자의 얼굴을 보며 연우가 다시 한 번 그의 손을 꽉 쥐었다. 무섭도록 강한 남자의 힘이 느껴졌다.

"……알아. 그래서 미칠 것 같으니까."

연우는 그의 대답에 안심하듯 잡은 하경의 손을 놓았다. 그리고 떨어지기가 무섭게 다시 손목이 잡혔다.

"이리 와."

혹시라도 누가 볼까 주위를 살피는 연우의 손목을 잡은 하경은 그대로 간부용 엘리베이터에 올랐다.

"왜 이래. 이거 놔."

엘리베이터 오르고서도 제 손을 놓아주지 않는 하경 때문에 연우는 그에게서 손목을 빼내려 힘을 주었다. 그렇지만 그녀가 힘을 줄 때마다 오히려 더욱 꽉 잡히는 손목에 작은 신음을 흘렸다. 하지만 하경은 사정 봐주지 않고 엘리베이터에서 내리자마자 이사실 문을 열고 들어갔다.

"아, 아파!"

사정하듯 말하는 연우의 음성에 그제야 손목을 놓은 하경은 그대로 걸어가 제 책상 서랍을 뒤적였다. 연우는 벌겋게 흔적이 남은 제 손목을 매만지며 가만히 하경을 주시했다. 그는 여전히 무서운 얼굴을 하고 있었다. 화가 있는 대로 나 있는 게 틀림없었다.

작은 상자를 들고 와 테이블에 내려놓은 하경은 연우의 손목을 잡아끌고 와 의자에 앉혔다. 하얀 상자를 여니 각종 연고와 약이 하경의 손길을 기다리며 옹기종기 모여 있었다.

"난 괜찮아."

연우의 말을 흘려들으며 하경은 면봉에 연고를 찌익 짜냈다.

"정말이야. 괜찮아, 나."

"가만있어."

그의 한마디에 입이 다물린 연우는 하는 수 없이 몸에 힘을 풀고 자리에 바로 앉았다. 면봉으로 뺨에 생긴 상처 위를 살살 문지르는 그의 행동을 가만히 보고만 있던 연우는 슬쩍 눈을 들어 하경을 바라봤다.

상처를 향하는 눈빛에 담긴 노기는 아까보다 가라앉아 있었지만 여전히 그는 화가 나 있었다. 연우는 곧 자신에게로 떨어지는 시선에 놀라 고개를 돌렸다.

"아!"

뺨이 따끔거려 눈을 찡긋거렸다.

"맞고만 있으면 어떡해. 너도 주먹을 날렸어야지."

"……허. 그게 대표이사란 사람이 할 소리야?"

"넌 예외야. 무조건 네 몸엔 손 못 대게 해. 알았어?"

"말이 되는 소리를 해. 고객 몸에 손대는 호텔리어가 어디 있어?"

"다음번에도 맞고 있겠단 소리야?"

"어쩔 수 없잖아."

"젠장, 그 자식 가만두지 않을 거야."

그냥 경찰서에 넘긴 걸로는 분이 풀리지 않는지 하경은 연신 독한 말을 해 댔다.

그리고 그런 그를 보며 더는 말리지도 못하겠다는 듯 고개를 젓던 연우가 예고 없이 제 뺨을 감싸 쥐는 하경의 행동에 놀라 고개를 들었다. 도대체 이 남자가 뭐 하려는 건가 싶어 눈을 동그랗게 떴다.

그는 눈썹을 찡그리며 한숨을 내쉬었다.

"열나잖아."

얻어맞은 뺨이 아직 부어올라 있으니 당연히 열이 날 수밖에.

연우는 제 뺨에 가 있는 그의 손을 떨어뜨리려 힘을 주며 고개를 비틀었다. 그러자 하경은 자리에서 일어나 그의 책상 안쪽에 놓인 와인을 낚아채듯 잡아 들었다.

아직 한 번도 손길이 닿지 않아 차가운 와인 병, 목 끝까지 찰랑이고 있는 액체가 눈 안에 들어왔다. 그는 그것을 가져와 연우의 손에 쥐여 주었다. 그리고 와인을 잡은 연우의 손가락에 제 손가락을 맞춰 끼워 넣고 그대로 부어올라 열을 내뿜고 있는 뺨으로 가져갔다.

시원한 촉감이 뺨에 달라붙어 연우는 저도 모르게 가쁜 숨을 입 밖으로 내뱉었다.

"키스했어?"

"뭐?"

"잤어?"

"무슨 소리를 하는 거야."

갑자기 의미 모를 말을 하는 하경의 음성에 연우는 눈을 깜빡였다. 병을 쥐고 있는 연우의 손을 겹쳐 잡은 남자의 손이 후끈거렸다.

"그 남자랑 했냐고."

오랜 시간 지나지 않아 하경이 말하는 그 남자가 예준을 말하는 것임을 알아차릴 수 있었다.

연우는 쉽사리 대답하지 못하고 조개처럼 입을 닫고 있었다. 이렇게 저를 빤히 쳐다보고 있는 남자의 강렬한 눈빛에 온몸이 따가운 것 같은 착각이 들었다.

"대답 꼭 해야 해?"

"어려운 질문도 아니잖아?"

연우는 그의 눈빛에 이기지 못해 고개를 돌려 피했다. 그것보다 아까부터 제 허벅지에 닿아 있는 그의 손가락이 거슬렸다.

습관처럼 의미 없이 잡은 듯한데 괜히 의식한다고 생각할까 봐 직접 말하진 못하고 스스로 무릎을 더욱 웅크리며 가까이로 가져왔다. 그리고 연우는 아직까지 병을 붙잡고 있는 자신의 손 위에 얹힌 그의 커다란 손을 떼어 내며 무심한 척 대답했다.

"대답하기 싫어."

돌아간 고개가 다시 하경에 의해 돌려졌다. 하경은 연우의 뺨을 감싸 쥔 채 자신의 시선으로부터 도망치지 못하게 힘을 주었다.

"나한테 흔들리는 네 마음 들킬까 봐 그래?"

"무슨 말이야?"

"아무 사이도 아닌 사람을 왜 의식하고 그래."

"내가 언제 하경 씨를 의식했다고 그래?"

"지금도 하고 있잖아."

그와 조금이라도 맞닿아 있는 부위가 마치 불에 덴 것처럼 붉어진 느낌이었다.

"넌 그 남자랑 안 잤어."

"……."

눈치 빠른 그에게 속마음을 들키는 것은 손바닥을 뒤집는 일보다 쉬운 일이라는 것을 모르지 않았다. 그래서 마음을 들키지 않으려 연우는 그의 질문을 회피했다. 하지만 그마저도 소용이 없는 짓이었다.

연우는 제 뺨을 쥐고 있는 남자의 손을 떼어 내며 눈을 부릅떴다.

"다시 한 번 말해 줘? 내가 누구랑 자든 누구랑 키스하든 하경 씨랑은 아무 상관 없는 일이야."

연우는 자리에서 벌떡 일어섰다. 맞은 건 뺨인데 아픈 건 그의 눈빛이 닿은 제 몸 곳곳이었다.

그리고 연우는 이사실 문을 열고 뒤도 돌아보지 않고 나갔다.

그녀가 가 버리고 무덤과 같은 고요함과 함께 남겨진 하경은 바싹 말라 버린 한쪽 손으로 얼굴 반쪽을 감싸 쥐었다. 감은 두 눈을 떴을 때 닫혀 버린 문만이 눈앞에 있었다.

연우는 집으로 들어와 힘없이 가방과 점퍼를 소파에 던지듯 올려 두고 거울 앞으로 다가갔다. 연고가 덧입혀진 상처에는 붉은 핏물이 딱딱하게 말라 있었다.

하경이 만졌던 제 뺨을 감싸 쥔 연우는 한참을 그렇게 거울 속에 있는 저를 바라보고 있었다.

"왜 그렇게 아픈 눈을 하는 건데."

자기가 왜…….

자신을 바라보던 그 눈빛이 떠올라 눈을 감을 수가 없었다. 눈을 감으면 더 또렷이 그의 두 눈이 떠올랐다.

「……연우야.」

"그렇게 부르지 말란 말이야."

연우는 자신의 얼굴이 고스란히 담겨 있던 거울을 등졌다. 불을 켜 주위를 밝힌 연우는 제가 가져온 종이가방 안에 담겨 있던 백합을 꺼냈다. 볼품이 없어졌지만 여전히 향긋한 백합향이 코끝을 찔러 왔다.

가만히 백합을 바라보다 가슴 안으로 끌어안아 테이블 위로 내려놓았다.

백합을 내려놓은 테이블 위에서 커피를 마시며 피로를 풀던 연우는 던져 놓은 점퍼 안에서 들리는 진동 소리에 손을 뻗어 점퍼를 뒤적였다. 그리고 통화 버튼을 눌렀을 때 다소 격양된 목소리가 흘러나왔다.

–연우야, 나야.

"네, 선배."

–너무 늦은 시간에 전화한 건가?

"괜찮아요. 말씀하세요."

–나 지금 네 빌라 앞인데 잠깐 볼 수 있을까?

"아……. 잠깐만요. 금방 나갈게요."

곁에 놓아둔 점퍼를 대충 걸친 연우는 서둘러 신발을 구겨 신고 빌라 앞으로 나갔을 때 저를 기다리고 있는 예준을 발견할 수 있었다.

그는 호텔에서 막 돌아온 참인지 아직 가볍지 못한 옷들을 입고 있었다.

“나오라고 해서 미안. 춥지? 커피라도 한 잔 마시면서 얘기할까?”

“이 앞 카페로 갈까요? 새로 생겼던데.”

“그래. 그러자.”

연우는 카페 간판을 보며 발을 주춤댔다. 하경이 이 카페를 지었나? 싶을 만큼 카페는 무언가를 떠올리게 만들기 충분했다.

하얀 카페 간판만 하염없이 보고 있던 연우의 행동에 가던 길을 멈춘 예준이 연우의 눈앞으로 다가와 손을 휘휘 저었다. 그제야 초롱초롱한 그 눈동자가 자신을 향해 돌아왔다.

“왜 그래?”

“이름이…… 특이하네요.”

“백합, 다시 꽃이 피다? 그러네. 참 특이하네. 카페 주인이 엄청 사랑하는 사람이 있나 보다.”

“…….”

“아, 백합 꽃말이 변함없는 사랑이잖아.”

그래. 그랬다. 백합의 의미가 그랬었다.

백합은 그날을 떠올리게 만들었다. 하경에게도 연우에게도.

그땐…… 많이 춥진 않았지만 그래도 추위가 가시지 않은 겨울날이었다. 손이 시려워 장갑을 끼고 있었으니까.

예쁜 꽃들을 한 아름 받는 친구들을 보며 연우는 연신 시계만 내려다보고 있었다. 이 지루한 대학 졸업식을 기다린 이유는 바로 그가 오기 때문이었다.

얼마나 시간이 지났는지 많이 춥지 않은 계절임에도 손이 꽁꽁 얼어 가고 있었다.

「네 남자친구 온다며?」

「곧 올 거야.」

연우는 이로 벙어리장갑을 벗겨 내 서둘러 핸드폰을 꺼냈다. 그리고 빠르게 문자를 입력했다.

〈하경 씨, 왜 안 와? 빨리 와. 졸업식 다 끝났어.〉

연우는 제가 보낸 문자를 다시 한 번 확인했다. 그리고 새로 들어온 메시지가 없는지 손으로 연신 메시지함을 확인했지만 답은 없었다. 받지 않는 그의 전화에 결국 곁에서 하경을 기다리던 친구들이 모두 떠나갔다. 아니, 큰 학교에 꼭 저 혼자 남겨진 것처럼 지나가는 이 몇몇을 제외하곤 사람의 흔적도 남아 있질 않았다.

연우는 잔뜩 화가 나 핸드폰을 주머니 속으로 집어넣고 학교를 나왔다. 당장 그의 집으로 쳐들어가 화를 낼 심산이었다.

연우는 열이 나 더워진 목덜미 주위를 시원하게 하기 위해 머플러를 거칠게 잡아 뺐다. 그리고 버스를 기다리기 위해 버스 정류장으로 향했을 때, 저 멀리서 다가오는 익숙한 그림자를 발견했다.

「최하경.」

그였다. 하경은 빠른 걸음으로 연우를 향해 다가왔다.

「미안. 전시회에 중요한 분이 오셔서.」

「그래도 오늘은 늦지 않게 오겠다고 약속했었잖아.」

「미안해.」

하경은 정말 미안한 표정으로 한 손을 뻗어 연우의 허리를 감싸 안았다. 그리고 들고 있던 하얀 꽃다발을 내밀었다.

「졸업 축하한다. 연연우.」

잊지 않고 사 온 꽃다발에 화가 났었던 그 마음은 온데간데없이 사라지고 감격으로 코가 시려 오고 있었다. 그렇지만 연우는 아직도 화가 풀리지 않은 척 덤덤하게 꽃다발을 받아 들었다.

「근데 웬 백합이야?」

「안 그래도 너, 내가 이거 사느라 얼마나 애먹은 줄 알아? 겨울이라 잘 팔지도 않더라.」

「그냥 아무거나 사 오지. 난 상관없는데.」

「난 상관있어.」

「왜?」

「말 안 해 줄 거다.」

「뭐? 그게 뭐야.」

하경은 연우의 목덜미에 입술을 묻었다 떼며 허리를 감싸 안은 팔을 더욱 강하게 욱죄어 왔다.

「집으로 가자.」

「나 아직 화 안 풀렸어. 오늘 친구들한테 정식으로 하경 씨 소개시켜 주려고 했는데, 소개시켜 주지도 못하고.」

「다음에. 오늘은 둘이서 보내자.」

점점 은근하게 허리를 감싸 오는 그의 손길에 연우가 결국 미소를 지으며 헛기침을 했다. 연우의 미소를 기어이 확인하고 만 하경이 그제야 큭큭 소리 내어 웃었다.

두 사람은 찬바람의 끝에 서 있었다.

"저는 카페라떼요. 연우야, 넌?"

"전 아메리카노 주세요."

뒤늦게 알게 되었었다. 백합이 변치 않은 사랑을 뜻한다는 것을.

"뺨은 괜찮아? 많이 부었네."

"아까보단 훨씬 괜찮아요. 약도 발랐고요."

"다행이다."

곧이어 나오는 뜨거운 커피를 앞에 둔 두 사람이 가볍게 서로를 보며 웃었다.

"사실 할 말이 있어서 보자고 했어."

그게 뭐냐고 눈으로 묻는 연우를 보며 예준은 커피의 향이 잔뜩 남아 있는 침을 크게 한 번 삼켰다.

예준은 한참을 고심하는 듯 쉽사리 말의 첫머리를 꺼내지 않았다. 그리고 곧 연우가 한 번 더 커피 잔을 들었을 때 그가 입을 열기 시작했다.

"너도 내가 싫지 않다면 딱 세 번만 날 만나 줬으면 좋겠어."

"네?"

이렇게 고백을 한 상태에서 연우와 이도 저도 아닌 채로 계속 관계를 유지하긴 싫었다. 지금이야말로 직구를 던질 때라고 그는 생각했다. 아직 연우가 마음을 확실히 하지 못한 것이라면 한 번쯤은 이런 적극적인 대시가 필요하다 생각했다. 연우 또한 자신을 알아볼 수 있도록.

"세 번, 세 번만 나와 데이트하자. 그때도 내가 싫으면 더는 너에게 이런 말 안 할게."

"……선배."

"그냥 나랑 가볍게 세 번만 만나서 우리 평소 하는 것처럼 밥 먹고, 또 시간 보낸다고 생각해."

"……."

"기회를 주면 좋겠어. 나에게도."

예준은 뜨거운 커피를 냉수처럼 들이켰다.

연우는 전혀 예상하지 못했던 그의 말에 할 말을 찾지 못하고 백합 그림이 그려진 테이블 장식만을 바라보고 있었다. 그렇게 한참을 말없이 있던 연우의 입술이 열렸다.

"선배에 대한 제 감정이 확실하지도 않은 상태에서 그러고 싶지 않아요."

"그래서 그러는 거야. 너도 모르는 거잖아. 나랑 세 번 데이트 하고 갑자기 내가 남자로 보일지, 아니면 데이트를 해 봤지만 전혀 네 마음이 열리지 않을지. 아직 너도 모르잖아."

"……하지만."

"그냥 평소와 다를 거 없다고 생각해. 평소와 다를 거 없지만 딱 세 번만 좀 더 늦게까지 같이 시간을 보내는 거라고 말이야."

어쩌면 예준의 말이 옳을지도 몰랐다.

그와 어떤 식이라도 세 번을 만난다면 그든 자신이든 마음이 지금보다는 더 확실해질 것이라 생각했다. 지금 자신에게 예준은 그저 좋은 선배일 뿐이지만 그의 말처럼 세 번을 만나면서 남자로 느낄지도 모를 일이고.

아무것도 확실한 것은 없었다. 예준이 됐든 연우 자신이 됐든 뭐든 확실하게 감정이 드러난다면 좋을 것이라는 생각이 들었다.

"죄송해요."

하지만…… 그럴 수 없다. 사랑으로 상처받는 것은 저 하나로 충분하니까.

예준을 사랑하고 사랑하지 않고의 문제가 아니다. 사랑의 시작이라는 그 자체 하나로 그는 상처받을 것이고, 연연우를 원망할지도 모른다. 처음부터 시작을 허락했던 저에게.

"상처받을지도 몰라요."

"……연우야."

"내가 본의 아니게 상처를 줄지도 몰라요."

상대방이 상처받을 것을 생각해 이럴 때조차 저를 배려하는 연우라니. 예준은 평소에 좋아했던 연우의 이런 배려심 넘치는 모습이 이렇게 씁쓸함이 될 수도 있다는 사실에 안타까움을 감출 수 없었다.

"그래도 나, 너 좋아해."

그래도 연우를 사랑하는 마음을 숨길 수가 없었다.

"한 번 더 생각해 줘. 대답 기다릴게."

테이블 위에 놓인 한 송이 백합보다 더 예쁜 연우를 향한 이 마음을 숨길 수가 없었다.

4.
장대비

예준과 연우가 카페에 함께 있는 것을 발견한 하경은 그 자리에 붙박인 듯 서 있었다. 아픈 가슴을 쥐어 잡은 하경은 두 사람이 카페를 떠난 후에도 한참을 그 자리에 서서 연우의 흔적을 바라보고 있었다.

너에게 보냈던 그 많은 엽서들은 다 어디로 가 버린 걸까. 조급함에 백방으로 엽서의 행방을 찾아 헤맸다. 그러다 결국 찾지 못한 엽서가 그녀에게 닿지 못한 것도 결국은 제 탓임을 깨달았다.

그러니 네 앞에서 내 잘못을 덜어 내려고 하는 것은 변명일 뿐이다. 직접 마주 보고 잠깐의 이별을 고하는 것이 두려워 엽서나 써 부친 겁쟁이였다. 결국은, 결국은 다 최하경의 잘못이었다.

더 비겁한 남자가 되기 싫었다.

그럼에도 하경은 비틀거리는 걸음으로 연우의 집으로 향했다.

그리고 초인종을 누르고 한참을 기다리자 작은 얼굴이 고개를 쏙 내밀었다.

"누구세요?"

하경은 문이 열린 틈을 타고 돌진하듯 안으로 들어왔다. 그리고는 당혹스런 얼굴로 자신에게서 뒤돌아서 집 안으로 들어가는 연우의 등을 있는 힘껏 끌어안았다. 그를 밀어내는 연우의 힘이 느껴졌지만 꽉 안으며 놓아주지 않았다.

"다른 남자 만나지 마."

"대, 대체 왜 이러는 거야!"

"제발. 다른 남자 만나지 마. 연연우."

하경은 연우의 쇄골에 얼굴을 묻은 채 더욱 힘을 주어 연우를 끌어안았다. 작은 몸이 그의 힘에 의해 휘청거렸다. 하경은 속죄하듯 말했다. 그녀의 몸에서 언제나 맡던 익숙한 향기가 느껴졌다.

"널 지켜야만 했어. 아버지에게서 널 지켜야만 했어."

하경은 연우에게만은 차마 하고 싶지 않았던 말의 첫머리를 꺼냈다.

"내가 괴로운 것쯤은 참을 수 있지만 네가 다치는 건 무슨 일이 있어도 막아야 했으니까. 너를 지키는 대신 아버지 뜻대로 회사를 물려받겠다고 약속했어."

하경은 아픈 눈을 감았다 힘겹게 떴다.

"미국으로 가서 미친 듯이 공부만 했어. 한국으로 와서 이 호텔을 물려받기 위해. 아니, 너에게 돌아오기 위해서."

하경은 한순간 호흡을 멈추었다. 단지, 아픈 가슴을 느끼며 헐떡일 뿐이었다.

연우는 여전히 차가운 목소리를 하고 있었다.

"알아. 하경 씨가 하고 싶었던 그림까지도 다 접고 떠난 지 2년 만에 우리 호텔 대표이사로 나타났을 때 그 정도 시나리오쯤은 짐작하고 있었어. 아버님께서 나를 조건으로 하경 씨를 협박……했다는 건 전혀 생각지 못했지만."

하경은 연우뿐만 아니라 연우의 할머니와 고모까지 걸려 있었다는 사실은 차마 말할 수 없었다. 연우에게 용서받지 못한다 해도 그것만큼은 말할 수 없었다. 안 그래도 자신 때문에 아픈 연우를, 또다시 건드려서는 안 될 부분을 건드려 더욱 아프게 하고 싶지 않았다.

"차라리 죽는 게 나았을 만큼 네 곁으로 돌아오고 싶었어, 연우야."

숨이 가빠 왔다. 하경은 답답한 가슴에 두 눈을 찡그렸다.

"미국에 있는 내내 네 생각뿐이었어. 매일 밤 꿈에서 널 품에 안았어."

"아무리 그래도…… 아무리 그랬다고 해도 전화라도 하지 그랬어. 내가 널 밤잠 못 자고 기다리는 걸 알면 전화라도 한 통 하지 그랬어. 당신 알잖아. 내가 당신……! 당신 목소리 없이는 잠도 잘 못 잔다는 거."

결국엔 또다시 연우의 목소리에 울먹임이 섞이기 시작했다.

하경은 여전히 연우를 품에 안은 채 말을 멈추지 않았다. 뜨거운 남자의 품에 연우가 몸을 움찔거렸다. 이제 엄청난 힘으로 자신을 안고 있는 그를 떨쳐 내는 걸 포기하다시피 한 연우가 자신의 쇄골에 닿아 오는 남자의 숨결에 허리를 떨었다.

"그럴 수 없었어. 나한텐 네가 전분데, 네 목소리를 들으면 겨우 잡고 있는 내 정신력이 흐트러질 테니까. 너를 지킬 수 없어지니까."

"내가 얼마나, 얼마나 걱정을 한 줄 알아? 혹시 어디서 잘못된 건 아닌지, 아픈 건 아닌지 매일 밤 당신만 걱정했어. 내가 얼마나, 얼마나 절망했는지 알아? 왜 나한테는 말 한마디 못 했는데! 왜!"

결국 연우의 눈에서 눈물이 흘러내리기 시작했다.

"내가 이기적이었어. 그냥 너를 지켜야 한다는 생각밖에 못 했어. 네가 아픈 걸 생각하지 못했어. 네 목소리를 들으면 미쳐 버릴 것만 같아서. 내 생각만 했어. 너무나 당연히 내 옆에 있었던 너라 다시 돌아와도 날 이해해 줄 거라 생각했어. 내가 나빴어. 내가 나빴어. 연우야."

"그래. 당신이 나빠. 나쁜 건 당신이야."

연우는 흘러내리는 눈물을 닦지도 못한 채 눈을 내리감아 모든 것을 어둠으로 만들었다.

"그러니 이제 우리 정말 그만해. 나 너무 힘들고 지쳐."

가쁜 숨이 턱 끝까지 차올랐다.

"그만하자, 우리."

이제 숨이 차오르기 시작한 건 연우였다.

◈

연우는 자신을 부르는 손님에게로 다가가 정중히 고개를 숙이며 요청에 답했다. 하지만 이미 기분이 뒤틀린 채 레스토랑 안으로 들어섰던 여자는 잔뜩 짜증이 섞인 눈으로 제 아래 놓인 물이 든 컵을 턱으로 가리키며 팔짱을 꼈다.

"물이 너무 차갑잖아요."

"따뜻한 물로 가져다 드릴까요?"

"적당히 시원한 물로 줘요."

적당히. 적당히만큼 어려운 말도 없었다. 애매하고 정확하지 않은 기준은 말꼬리를 잡고 늘어지기 딱 좋은 말이기도 했다.

하지만 연우는 손님이 찾는 물을 가져다 드리기 위해 제법 신중하게 온도를 찾았다. 그리고 여자 앞으로 물을 내밀었을 때, 여자는 한 모금도 채 마시지 않고 인상을 썼다.

"시원한 물 가져다 달라고요. 미지근하잖아."

다시 리턴당한 물을 가지고 나온 연우는 고개를 갸웃했다. 분명 물은 시원했다. 아예 온도가 각기 다른 물이 담긴 잔 세 개를 가지고 가고 싶었지만, 그렇게 했다간 지금 저에게 시비를 거는 것이냐고 눈을 부릅뜨기 딱 좋은 상황일 게 뻔했다.

연우는 하는 수 없이 이번엔 좀 더 시원한 물을 담아 다시 테이블로 다가갔다. 다리를 꼰 채 팔짱을 낀 여자는 거만하기 짝이 없는 표정으로 물컵에 손을 가져갔다. 여자는 물을 마시지도 않은 채 연우를 노려봤다.

"적당히 시원한 물 가져다 달라는 게 그렇게 어려워요? 이런 것 하나 제대로 못 해요?"

"여기 있습니다."

등 뒤에서 들리는 낮고도 중후한 목소리에 연우는 고개를 돌려 목소리의 주인을 보았다.

팔짱을 낀 채 앉아 있던 여자가 저에게 다가오는 남자를 위아래로 훑었다. 깔끔한 슈트를 차려입은 채 자신이 주문한 만큼이나 적당한 미소를 띤 남자는 당황한 기색 하나 없이 말끔하고도 절대 가볍지 않은 분위기를 풍기고 있었다.

"보통은 사람의 체온인 36도에서 24도를 뺀 10도에서 12도 사이의 물을 가장 마시기에 알맞은 물이라 한다고 합니다. 좀 더 시원함을 느끼길 원한다면 5도에서 12도 사이의 물이 가장 적당한 온도라 알고 있습니다. 제가 손님께 드린 물은 7도의 물로, 마시기 적당히 시원할 것이라 생각됩니다. 한번 드셔 보시겠습니까?"

분명 부드럽게 돌려 권유하는 말이었지만 연우는 긴장으로 침을 꼴깍 삼켰다. 결코 남이 들을 수 없는 그의 속마음은 잔뜩 날이 서 있다는 것을 모르지 않았기 때문이었다.

여자는 그런 하경에게서 여전히 신경질 가득한 시선을 돌려 여유로운 척 물을 마셨다.

"뭐, 괜찮네요."

근거를 들어 더 이상 꼬리를 잡지 못하게 구멍을 틀어막은 하경은 곧 들려오는 여자의 말에 정중하게 입꼬리를 올려 인사를 건네곤 등을 돌려 레스토랑을 빠져나갔다. 여전히 그런 하경을 가만히 바라보고 있던 연우는 주위를 살폈다. 여기저기 흩어진 직원들은 멍하게 하경이 지나간 흔적을 바라보고 서 있었다.

연우는 직원들의 눈을 피해 그를 찾아 레스토랑을 나와 로비로 향했다. 에스컬레이터로 막 오르기 시작한 하경을 발견한 연우는 빠른 걸음으로 그에게로 다가갔다. 간간이 손님들이 지나갈 뿐 크게 주위가 어지럽지 않았다.

"대표님."

연우는 혹여나 누가 들을까 싶어 작은 목소리를 했다.

"저 도와주신 거 사적인 마음으로 도와주신 거 아니죠?"

"하고 싶은 말이 뭡니까?"

"혹시 사적인 마음으로 저를 도와주신 거면 앞으로 그러지 마세요."

에스컬레이터가 위층에 도달했을 때 하경은 망설임 없이 걸어나갔다. 뒤를 따르는 연우의 걸음이 바빠졌다.

"대표님한테 이런 도움 받고 싶지 않아요."

"애초부터 시비 거는 게 목적인 저런 손님에게는 너처럼 허리를 굽히는 것만이 능사가 아냐."

하경은 반대편에서 자신을 발견하고 인사를 하는 직원들을 가볍게 스쳐 지나가며 계속해서 말을 이었다.

"더구나 난 네가 위험에 처했을 때 상대를 모른 척 보고만 있어 줄 자비 같은 것도 없고."

그의 말에 뭐라고 반박도 해 보기 전에 남자는 다시 말을 이었다.

"그만두자고 했지? 근데 어쩌지. 난 그렇게 못 하겠어."

"……하경 씨."

"이렇게 너를 보고 있는 것만으로도 심장이 터질 것만 같은데 그만하라고?"

하경은 그녀를 향한 마음으로 인해 잔뜩 뜨거워진 눈을 일그러뜨리며 빠르게 걷던 걸음을 멈춰 섰다. 같이 멈추어 선 연우는 그의 말에 반박하려다 하경에 의해 다시 말이 막혔다.

"아무 사이 아니랬지, 너."

"……."

"아니. 넌 아직도 날 사랑해."

연우는 지나가는 직원을 힐끔 보며 하경을 올려다보던 눈을 찌푸렸다.

"아니야."

"아니, 맞아. 넌 아직도 나 사랑해. 내가 널 몰라?"

그에게 소리를 내려던 연우는 다시 하경을 향해 꾸벅 인사를 해 오는 직원을 보며 이내 고개를 숙였다. 하경은 자신을 향해 인사하며 지나가는 직원들을 느끼고도 오로지 연우만을 바라보고 있었다.

"아니. 이번엔 하경 씨가 잘못 짚었어. 혹여 당신 말처럼 아직도 내가 당신에게 마음이 남았다고 해도 곧 정리될 거야. 그럴 거야."

"확신해?"

"그래. 확신해."

"나도 확신해."

"……."

"넌 아직도 날 사랑해."

하경은 단호하게 말했다. 그의 두 눈 안에는 오로지 연우, 연연우만이 담겨 있었다.

두 사람은 한참을 그렇게 서로를 마주 보고 서 있었다. 또각또각 구두 소리가 두 사람 곁에서 울리고서야 연우는 그에게서 뒤로 조금 물러섰다.

"대표님, 말씀하셨던 인테리어 계약서입니다."

하경의 비서는 서류를 건네며 다시 일 이야기를 하기 시작했다. 연우는 그에게 고개를 숙이며 두 사람을 뒤로하고 레스토랑으로 향해 걸었다. 여전히 자신을 바라보고 있는 하경의 진득한 시선이 느껴졌다.

◈

“이번 주 토요일 체육대회 잊지 않았죠? 우리 레스토랑 파트가 우승을 놓쳐 본 적은 단 한 번도 없어요.”

“지배인님, 제가 알기론 우리 재작년 체육대회에서 컨시어지 파트한테 져서…….”

“자, 자! 그러니까 다들 내 한 몸 불사르겠다는 마음으로 열심히 해 줘요. 그럼 일들 시작합시다.”

조회가 끝이 나고 직원들을 스쳐 지나가는 지배인의 모습에 은비는 반듯하게 서 있는 다리에 힘을 풀고 몸을 흐느적거리며 고개를 갸우뚱했다.

“이번 체육대회 때 대표님도 오시려나?”

“바쁘실 텐데 오시겠어? 들리는 바로는 요새 엄청 바쁘셔서 거의 일만 하신대.”

“왜? 은비 씨 또 대표님 품에 넘어지는 척 안기려고? 수법이 너무 진부한 거 아냐?”

어느새 은비가 의도적으로 하경의 품에 안겼다는 소문이 파다하게 나 있었다. 직원들은 그 발칙한 행동의 주인공이 은비라는 말을 듣고선 그녀라면 그럴 만도 하다고 고개를 끄덕였다. 거침없고도 적극적인 은비의 성격이면 그러고도 남는다는 여론이었다.

“자중해, 은비 씨. 아무리 그래도 대표님이야. 한 번 더 그런 이상한 짓을 했다간 잘려도 할 말 없는 거라고.”

직원들의 수다 주제는 주로 하경이었고, 그가 입방아에 오르지 않으면 또 다른 남자가 그 대상이 되었다. 그 모든 주제들에 별 관심이 없는 연우는 말없이 제 할 일을 할 뿐이었다.

예준은 슬쩍 연우의 곁으로 다가와 헛기침을 했다. 그를 돌아본 연우가 싱긋 웃었다. 직원들의 수다에 관심이 없는 것이 연우 저뿐만이 아니었다. 예준의 관심은 온통 연우에게로 가 있었다.

은비는 이 분위기를 틈타 슬쩍 직원들에게 제안했다.

"우리 잘해 보자는 의미에서 오늘 우리끼리 술 한잔할까요?"

은비의 제안에 신이 난 미희가 콜을 외쳤고, 줄줄이 소시지처럼 참석에 동의했다. 그리고 아직 답이 없는 연우에게로 시선이 쏠렸다.

직원들의 제안에 연우는 난감한 표정을 했다.

"죄송해요. 오늘은 선약이 있어서……. 웬만하면 참석할 텐데 꽤 오래전부터 잡힌 약속이서요."

연우는 미안한 얼굴로 대답했다. 변명 같았지만 사실이었다. 오늘 저녁은 몇 달 전부터 약속해 놓은 대학동창회 모임이 있었다.

연우의 선약에 다들 할 수 없다는 듯 웃었지만 예준은 마냥 웃을 수가 없었다. 그녀가 없는 술자리라니.

그러거나 말거나 직원들은 이따 있을 술 생각에 다시 기분이 좋아지기 시작했다.

◇◇

"야! 연연우, 너 진짜 오랜만이다."

연우는 저를 향해 손을 흔드는 제 대학동창을 향해 뛰듯 다가갔다. 다들 사회생활에 찌들어 갖은 고생의 향기가 나긴 했지만 그래도 여전한 모습이었다.

"연우, 넌 진짜 얼굴 보기가 힘들다. 2년 만인가? 저번에 모였을 땐 왜 안 왔어?"

장난스런 얼굴로 자신을 향해 말을 거는 동창들을 보고 연우가 대꾸했다.

"그땐 나올 정신이 없었어. 참! 신애, 너 임신했다며?"

"그래, 얘. 연락도 통 안 되고."

"미안."

"됐어, 됐어. 오늘 이렇게 하얗게 밤을 불태워 보자."

손뼉을 짝짝 치며 주위 시선을 주목시킨 제 동창 하나가 짐승처럼 울부짖으며 술을 따라 댔다.

원래 술을 잘 마시지도 좋아하지도 않았지만 오늘은 주는 술을 거절하고 싶지 않았다. 아까 하경과 그렇게 대화를 끝내 버리고 기분이 이상했다. 하여간 최하경은 제게 술을 먹이는 골칫덩어리였다.

"나쁜 놈……."

연우는 잔을 찰랑거리는 맥주 거품을 호로록 들이켜며 입을 삐죽였다.

"연우, 넌 결혼 안 해? 하경 씨랑은 아직도 잘 지내지? 이야, 둘이 몇 년 만난 거지? 그럼 이제 햇수로 9년인가? 대단하다, 두 사람."

하경을 소개시켜 주고 싶었지만 그러지 못했던 대학 졸업식 날로부터 얼마 지나지 않아 연우는 그를 소개했었다. 그리고 신애는 친구들 중 가장 두 사람을 축하해 주었다.

"나랑 하경 씨……."

"9년이면 거의 부부나 다름없지, 뭐. 우리 곧 국수 먹겠네? 야, 부케는 내 거다?"

"얘들아 있지 나……."

"아우, 하여튼 진짜 여우는 연연우, 얘야. 그렇게 근사한 남자를 9년이나 놓치지 않고 사귄 것도 모자라 이제 결혼까지."

그래. 말을 말자, 말을. 더 말해 뭐 하겠어.

연우는 고개를 저으며 다시 술잔을 들었다. 꿀꺽꿀꺽 삼킬 때마다 노란 액체가 주저 없이 목구멍을 타고 안으로 들어갔다.

"뭐, 식장 들어가기 전엔 모르는 거지."

연우는 천연덕스럽게 말하며 맥주를 홀짝이는 제 친구 혜영을 보았다. 자신의 말에 싸해진 분위기에 젓가락으로 오징어튀김을 이리저리 뒤적거리던 혜영은 소리 내어 젓가락을 테이블에 탁 하고 놓으며 다시 말을 덧붙였다.

"아니, 그렇잖아. 그 남자가 아무리 잘나면 뭐 해? 결혼 못 하면 결국엔 그 남자는 다른 여자의 남자가 되는 거 아닌가?"

"야, 너는 또 무슨 말을 그렇게 해. 두 사람 사이 여전하대잖아."

신애는 모가 난 말을 아무렇지 않게 내뱉는 혜영에게 눈짓을 했지만 전혀 멈출 마음이 없어 보이는 혜영은 결국 마음에 드는 오징어튀김을 찾아 입으로 가져갔다.

"연우, 너 대학 다닐 때 애들이 많이 부러워했었잖아. 그래서 혜영이가 괜히 그러는 거야."

"신애, 너 사람 이상하게 만든다? 내가 연연우를 질투라도 한다는 거야?"

"그만들 좀 해. 오랜만에 만난 동창끼리 뭐 하는 거야. 자, 자, 술들 마시자."

두 사람을 지켜보던 동창 하나가 젓가락으로 술잔을 쨍쨍 하고 치는 바람에 결국 말이 가로막힌 신애는 걱정스런 눈으로 연우를 보았고, 혜영은 태연하게 맥주를 홀짝일 뿐이었다.

연우는 조용히 술잔만 기울였다. 맥주 한 병도 제대로 잘 마시지 못하는 연우를 잘 아는 친구 신애가 걱정스런 표정으로 소곤거렸다.

"너무 마음 쓰지 마. 쟤 원래 저러는 거 알잖아."

"혜영이 때문에 그러는 거 아냐. 그냥 좀 기분이 안 좋아서……."

"왜, 또. 사회생활이 힘들어?"

그래. 힘들다. 겨우 원하던 회사 들어가 이제 자리 좀 잡아 보나 했더니 하경과 이렇게 되어 버리고…….

"힘내, 친구야."

"있지. 신애야……."

"근데 하경 씨는 안 와?"

그래. 정말 말을 말아야지.

연우는 신애를 보며 다시 맥주잔을 잡고 들이켰다.

머리가 어지러워지기 시작했다. 조금만 자제해야지 했는데 옆에서 이상한 소리나 해 대는 제 친구들 덕에 술을 쭉쭉 들이켠 탓이었다.

눈꺼풀이 무거워지고 눈앞이 아득해졌다. 옆에선 깔깔대는 목소리와 박수를 치며 좋아하는 신애의 목소리가 들려왔지만, 연우는 알코올로 인해 뜨거운 숨이 나와 정신을 차릴 수 없었다.

"너 괜찮아?"

눈을 감은 채 고개를 끄덕끄덕했다. 그리고 가눌 길 없는 무거운 머리를 신애의 어깨로 기대었다.

"연우야, 얘."

"술 잘 안 마시는 애가 오늘 무리한다 했다. 연우야, 일어나 봐. 집에 갈 수는 있겠어?"

연우는 또 고개를 끄덕끄덕했다. 이미 정신이 다른 곳으로 나가 버린 연우의 대답에 다들 웃음을 터뜨렸다. 예나 지금이나 술주정 한번 귀엽게 하는 건 변함이 없었다.

"재 더 취하면 얼마나 귀여운데. 한번 볼래?"

"시끄러워. 취한 애 데리고 장난하지 마."

"하경 씨한테 전화해서 데려가라고 해."

신애는 누군가가 내놓은 좋은 대책에 옳다구나 싶어 어서 연우의 주머니를 뒤적여 핸드폰을 꺼냈다. 그리고 무의식적으로 1번 단축키를 꾹 눌렀다. 아니나 다를까 하경에게로 걸리는 전화에 신애가 장난기 가득한 웃음을 지었다.

"아. 하경 씨. 안녕하세요. 저 연우 친구 신애예요. 차신애. 아, 다른 게 아니라 연우가 지금 술에 취해서 뻗었거든요. 아, 여기요? 여기가……."

주소를 알려 준 신애는 만면에 웃음꽃이 핀 얼굴로 대답했다.

"지금 온대. 하여튼 연연우 능력자야."

혜영은 신애의 대답에 코웃음을 치며 턱을 괴었다. 그러거나 말거나 신애는 주스를 마시며 제 어깨에 기댄 연우를 보고선 잔뜩 신이 난 얼굴을 했다.

정말 오랜 시간 걸리지 않았다. 20분이 조금 넘어가려던 찰나, 호프집 문이 열리고 단번에 이목이 집중되는 한 남자가 안으로 불쑥 들어왔다.

일을 막 마치고 나온 듯 남자는 올 블랙의 슈트에 연우가 좋아하던 푸른 셔츠를 입고 깔끔한 피어스 한 개로 한쪽 귀를 단정히 장식하고 있었다. 그의 손목에 걸려 있는 명품시계가 어두운 호프집 한가운데서 반짝거렸다.

잘 닦여져 빛이 나는 구두를 움직여 안으로 들어온 하경은 저를 향해 고개를 숙이는 신애와 연우의 친구들에게로 다가갔다. 안면이 있는 얼굴들이 가득했다. 당연히 연우 동창들의 이목과 시선은 모조리 하경에게로 집중된 상태였다.

"아시죠? 저희는 연우 대학교 동창이에요."

"네, 압니다. 저번에 뵈었었죠."

"연우가 원래 술을 잘 안 하는데 오늘은 좀 많이 마셨네요."

신애는 제 곁에 여전히 달라붙은 채 기분 좋은 미소를 입가에 매달고 눈을 감고 있는 연우를 내려다보며 말했다. 하경의 시선도 곧 연우에게로 달라붙었다.

"근데 두 사람 결혼 안 해요? 너무 보기 좋은데."

잔뜩 부드러워진 신애의 친절이 가득 섞인 말투에 혜영은 한쪽 입술을 비틀어 올리며 마음에 들지 않는다는 표정을 했다.

"곧 할 겁니다. 그때 다들 와 주세요."

살짝 입술을 말아 올리는 그의 웃음 아닌 웃음에 그를 보고 있던 연우의 동창들이 자신도 모르게 고개를 끄덕였다. 혜영을 제외한 동창들이 신애의 말에 동의하고 있었다. 연연우가 진정한 능력자였다.

"그럼 즐거운 시간 보내세요. 저는 그럼 이만."

"네. 조심히 들어가세요. 아, 여기 연우 가방도."

연우를 가볍게 안아 든 하경은 신애가 건네는 작은 가방을 손에 쥐고 그대로 호프집을 나왔다. 무의식적으로 익숙하고도 따뜻한 하경의 품 안으로 파고든 연우는 나른한 숨을 내쉬며 눈을 비볐다.

곧바로 연우를 차에 태우고 운전석에 앉은 하경은 여전히 눈을 감은 채 미동이 없는 작은 얼굴을 바라봤다. 손을 뻗어 눈을 가린 머리칼을 쓸어 넘겨 주고 등받이를 뒤로 젖힌 하경은 무어라 웅얼거리는 연우의 입술을 응시했다.

"연연우."

"……응."

연우는 불리는 제 이름에 대답하며 자신의 머리카락을 쓸어 넘겨주는 따뜻한 손길을 잡았다.

"머리…… 아파……."

누구와 대화를 하는지 알기는 하는 것인지 연우는 잠투정처럼 중얼거렸다.

"조금만 참아."

하경은 곧장 차를 출발시켜 속도를 냈다. 그렇게 밤공기를 가로지르며 나아가던 차가 빌라 안으로 들어서며 엔진 소리가 잦아들었다.

연우를 안고 자신의 집으로 향할까 하다 약상자가 자신의 집엔 없는 것이 떠올라 곧장 연우의 집으로 향했다.

눈앞에 놓인 도어락에 잠시 망설이다 하경은 자신의 생일을 입력했다. 곧 비밀번호가 해지되는 경쾌한 소리가 들렸다.

그 소리에 하경이 옅은 미소를 지으며 제 품에 안겨 있는 연우를 내려다보았다. 그리고 곧장 문을 열고 들어가 연우를 침대 위에 눕혔다. 쌔근쌔근 숨소리가 조용한 공기 중으로 퍼졌다.

하경은 아직도 머리가 아픈지 눈을 찡그리는 연우를 보며 약상자를 찾기 위해 거실로 나왔다.

"……."

거침없던 발걸음이 천천히 멈추어 섰다. 거실 테이블 위에 곱게 자리 잡고 있는 백합이 향기를 뿜어내고 있었다. 지금의 연우만큼이나 늘어져 시들어 있었지만, 향은 처음만큼이나 강렬했다.

가까이로 다가와 가만히 시든 꽃잎을 만지던 하경이 다시 약상자를 찾기 시작했다. 분명 약상자 안에 있을 텐데.

거실 서랍 안쪽에 있는 약상자를 발견한 하경은 숙취해소용 알약을 꺼내 물이 든 잔과 함께 연우에게로 다가갔다.

"약 먹자."

연우가 눈을 찡그리면서도 대답하지 못하고 답답한지 가쁜 숨만 쉬어 댔다. 하경은 단단히 입고 있는 연우의 점퍼를 벗겨 내고 조심히 입고 있던 스웨터도 벗겨 냈다. 그제야 숨이 트이는지 연우는 한결 편한 숨소리를 했다.

곁에 놓인 홈웨어를 입혀 준 하경은 알약 하나를 들고 물끄러미 연우를 내려다보았다. 일어날 생각이 없어 보이기도 했고 곤히 눈을 감고 있는 연우를 흔들어 깨우고 싶지도 않았다. 그래도 약은 먹어야 내일 숙취가 없을 텐데.

"……하경 씨."

연우가 부드러운 목소리로 하경을 불렀다. 하경은 신속히 대답했다.

"그래. 약 먹을까?"

"하경 씨이……."

여전히 눈을 감고 있으면서도 연우는 손을 뻗어 하경의 옷자락을 꽉 잡았다. 꿈을 꾸고 있는 것인지 잠투정을 하고 있는 것인지 알 수는 없었으나 현실을 인식하고 있는 것은 아닌 게 분명했다. 너무나 부드러운 목소리로 자신을 애타게 부르고 있었으니까.

"최……하겨엉……."

연우는 여전히 하경의 옷자락을 쥔 채로 다시 잠이 든 듯 고요히 목소리가 잦아들었다. 연우의 뺨을 쓸어 넘기던 하경은 약을 제 입 안으로 넣었다. 그리고 물을 한 번에 입 속으로 쏟아부은 하경은 그대로 연우의 턱을 잡고 입술을 맞대었다. 미지근한 물과 함께 알약이 그대로 연우에게로 넘어갔다.

하경은 연우가 약을 삼킬 때까지 맞닿은 입술을 놓아주지 않았다. 목울대가 울컥거리며 약을 집어삼킨 순간, 하경은 입술을 떼어 냈다. 물기로 젖은 입술이 촉촉해져 있었다.

"연연우."

"……."

"날 사랑하지 않는다는 말 하지 마."

"……."

"그러지 마."

하경은 씁쓸한 눈으로 편안히 숨을 쉬고 있는 연우의 이마에 입을 맞추었다. 잠결에 그녀의 손이 더욱 자신의 옷자락을 꽉 쥐는 것이 보였다.

하경은 저를 움켜잡는 연우의 반대쪽 손을 잡아주었다. 그리고 따뜻한 자신의 품 안을 파고드는 연우의 등을 쓰다듬어 주었다.

5.

빗속에서

꿈을 꾸었다. 하경과 처음 만난 그날이었다.

첫 만남, 하경과 처음 만난 그날은 따뜻한 봄이 찾아온 한 4월이었다.

'장대비.' 그것은 연우가 아르바이트를 했던 학교 앞 카페 이름이었다.

사고로 부모님이 돌아가신 후 집에 혼자 있는 것이 싫어 연우는 학교 수업이 끝나면 곧장 집으로 가지 않고 학교 앞 카페에서 아르바이트를 했었다.

처음에는 무작정 집에 혼자 있기 싫어 시작한 일이었지만 오가는 사람들 구경에 재미도 들리고, 그러면서 친해져 가는 사람들도 생기고, 생각보다 적응이 쉬웠다. 시험기간이 되면 꽉 들어차는 사람들과 저마다 커피 한 잔씩을 시켜 놓고 공부를 하는 그 나름의 분위기도 좋았다.

연우는 저도 따뜻한 커피 한 잔을 뽑아 홀짝이며 카페 안을 유심히 살펴보았다. 이리저리 카페 안을 살피던 눈이 곧 한곳에 도달하며 멈추었다.

매번 같은 자리에 앉는 남자는 미술을 전공하는 것인지 늘 같은 커피를 시키며 한참을 자리에 앉아 펜으로 그림을 그렸다. 이상한 건 그게 다가 아니었다. 그 남자는 뭔가 특별했다.

이상하게도 꼭 붉게 보이는 검붉은 눈동자에 가만히 있어도 입술 끝이 날카롭고도 부드럽게 올라간 그는 확실히 평범한 인상이 아니었다. 가만 보면 딱히 인상을 쓰는 것도 아닌데 눈동자 때문인 건지 말 걸기 어려워 보이는 차가운 인상이었다. 그래서 그를 힐끔거리는 손님들은 많았지만 다가가는 손님들은 거의 없었다.

그림 그리기를 다 마치면 유령처럼 자리에서 일어나 그와 잘 어울려 보이는 니트 소재의 브라운 카디건을 가볍게 걸친 후 유유히 카페를 떠났다.

오늘도 그는 그렇게 오랫동안 자리에 있다가 말없이 카페를 나갔다.

연우는 저녁타임 아르바이트생과 교대하곤 카페를 나섰다. 오늘따라 유난히 따뜻한 봄이었다.

책을 끌어안고 횡단보도를 건너던 연우는 반대편에서 제 어깨를 툭 치고 달려가는 남자에 의해 그대로 무릎을 굽히며 바닥으로 넘어졌다. 무릎이 까진 것인지 아래쪽이 쓰라리고 아파 왔다. 곧 깜빡이는 신호등이 빨간불로 바뀔 것 같아 아픈 무릎을 볼 새도 없이 책을 주워 서둘러 신호등을 건넜다.

연우가 발을 보도로 옮기자마자 신호등이 빨간불로 바뀌었다. 책들을 다시 고쳐 쥔 연우는 지갑을 꺼내기 위해 주머니를 뒤적였다. 그리고 곧 제 지갑이 주머니에 없다는 사실을 알아차렸다. 아까 넘어질 때 함께 떨어뜨린 것인지 지갑의 행방이 묘연했다.

큰일이었다. 당장 집으로 돌아갈 차비도 그 지갑 안에 다 있는데 이렇게 있다간 집으로 가지도 못할 상황이었다.

"찾는 게 이건가 보네요."

연우는 음성이 들리는 쪽으로 고개를 돌렸다.

"아……."

제 지갑을 쥐고 있는 브라운 카디건의 남자는 말없이 지갑을 내밀었다. 연우는 가만히 그것을 받아 들고 고개를 숙여 감사의 인사를 전했다.

"감사합니다."

그녀의 인사말에 곧 걸음을 돌린 남자는 몇 발자국 걸어가다 아직 멍하게 그를 바라보고 선 연우에게로 다시 돌아왔다. 그는 아무 말 없이 연우에게 무언가를 내밀었다. 멍하니 그것을 바라보고 있는 연우에게 첫인상만큼이나 차갑지만 또 차갑지 않은 그의 음성이 쏟아져 내렸다.

"붙여요."

남자가 눈짓하고 있는 제 무릎을 바라본 연우가 그제야 그가 하는 말을 알아차렸다. 연우는 남자가 내미는 밴드를 받아 들고 다시 감사 인사를 전했다.

"이것도…… 감사합니다."

연우의 인사가 끝났을 때 남자는 다시 제 갈 길을 걸어가며 연우에게서 멀어졌다. 그렇게 그가 보이지 않았을 때 연우는 남자가 주고 간 밴드를 뜯어 피가 흐르고 있는 제 무릎 위에 안착시켰다.

커피를 주문할 때를 제외하고 처음으로 그의 목소리를 들었다. 확실히 이상한 남자다. 별다른 말도 없고, 그렇다고 웃는 얼굴을 본 적도 없고 차갑기만 한 얼굴인데 또 그게 묘하게도 그와 어울렸다. 남들이 흔히 말하는 잘생긴 얼굴이기도 했지만 단순히 잘생긴 얼굴이라기보다 사람을 끌어들이는 뭔가 묘한 느낌이 있었다.

연우는 지갑을 뒤적여 차비를 꺼내며 고개를 저었다. 정말 이상한 남자였다.

"아……."

또 그였다. 이번에도 같은 커피였다. 커피를 시킨 남자는 같은 자리로 가 다시 그림을 그리기 시작했다. 그의 커피 잔이 비기를 기다린 연우는 남자가 마지막으로 추정되는 커피를 마셨을 때, 얼른 새로이 커피를 담은 커피 잔을 들고 그에게로 다가갔다.

"저……."

그림에 열중하던 남자의 시선이 저에게로 올라왔다.

"어제 감사했어요. 이건 제가 그냥 드리는 거예요."

연우가 고개를 꾸벅 숙이고 제자리로 돌아가기 위해 발을 옮겼을 때 뒤에서 남자의 목소리가 들렸다. 연우는 쟁반을 쥐고 고개를 돌려 그와 마주했다.

"이게 끝입니까?"

"예?"

"감사하다면서 보답은 이게 끝이냐고요."

"아…… 금전적인 보상을 원하시면……."

연우는 제 앞치마 안으로 손을 넣어 바지 주머니를 뒤적이다 말고 곧 다시 들리는 그의 목소리에 움직이던 손을 멈추었다.

"이름."

"……."

"이름이 뭡니까?"

"……연우."

"……."

"연연우예요."

연우를 바라보던 남자는 이내 됐다는 듯 가볍게 고개를 한번 끄덕였다.

"됐습니다."

"예?"

"보상은 받은 걸로 하죠."

연우는 아직 제 명찰이 마련되지 못해 명찰이 달리지 않은 가슴께를 바라봤다. 그는 다시 그리던 그림으로 시선을 돌렸다. 연우는 그에게서 멀어지려다 말고 용기 내 입을 열었다. 이상하게 궁금했다. 이상한 그 남자만큼이나 이상하게 궁금했다.

"그쪽은요?"

"……."

"그쪽은 이름이 뭔데요?"

다시 남자의 관심이 그림에게서 연우에게로 옮겨 왔다.

"최하경."

"……."

"입니다."

멍하게 고개를 끄덕였다. 하경. 최하경…….

시간이 맞지 않아 아르바이트도 그만두게 되자 더 이상 그와 만날 일은 없었다. 그렇게 그와의 인연은 끝이 난 줄 알았다.

연우는 아르바이트가 아니어도 바쁜 시간을 보내고 있었다. 다음 학기 장학금도 꼭 받아야 했기에 공부를 더 소홀히 할 수가 없었다. 밤늦게나 돼서야 도서관에서 나온 연우는 카페를 지나다 말고 문득 그가 떠올랐다.

그는 저녁이 되기 전에 늘 돌아갔으니 지금 이 시간엔 없는 게 당연했지만 그래도 어쩐지 생각이 나 그냥 지나칠 수가 없었다. 그가 자주 마셨던 커피라도 한 잔 사 마실 생각으로 문을 열고 들어갔다.

"아메리카노 주세요. 시럽 없이요."

늘 그가 먹었던 시럽 없는 아메리카노.

커피를 건네받은 연우가 다시 돌아가기 위해 고개를 돌렸을 때 놀라지 않을 수 없었다. 그 남자였다. 괜한 반가움에 말을 걸고 싶었지만 어쩐지 그를 방해할 수 없을 것 같아, 그리고 차가운 그의 인상에 다시 다가가 말을 걸 용기가 없었기에 이내 걸음을 돌려 문을 열었다. 뜨거운 커피가 목구멍을 타고 목 안으로 깊숙이 들어갔다.

"으, 써……."

연우는 쓴 커피에 입 안을 몇 번 다시고도 다시 아메리카노를 마셨다. 어쩐지 쓴 커피를 마실 때마다 남자가 떠올랐다. 커피마저도 그와 닮았다고 생각했다.

"연연우 씨."

커피를 마시다 말고 들리는 제 이름에 연우가 고개를 들어 주위를 살폈다.

"최하경 씨……."

그 남자가 서 있었다.

"잊지 않았네요."

내 이름. 뒷말을 흐리며 그가 웃었다. 미약하게나마 남자가 분명 웃었다. 연우는 아직 입 안에 남은 쓴 커피를 꿀꺽 삼켰다. 그를 오래 본 것은 아니었지만 그래도 그가 이렇게 웃는 것은 처음

보았다.

연우는 저도 모르게 입술이 올라갔다. 웃으니 이렇게 잘생겼구만. 그동안 왜 웃지 않았을까.

“오랜만이에요. 하경 씨.”

불리는 제 이름에 알 듯 모를 듯 미소 짓던 남자가 이젠 확연히 알 수 있을 만큼 입술을 올려 웃었다.

연우는 그의 웃음에 기분 좋은 얼굴을 했다. 확실히 남자는 특별했다. 그게 무엇인지 알 수는 없었지만.

“이젠 물어봐야겠네요.”

알 수 없는 말을 하는 하경에 연우가 고개를 갸웃했다.

“무엇을요?”

“연연우 씨 연락처요.”

“…….”

“이젠 만날 접점이 없으니까.”

다시 남자는 웃음기를 거뒀지만 차가운 눈동자는 아니었다.

연우는 그의 말에 들고 있던 종이컵을 저도 모르게 꽉 쥐었다. 덕분에 종이컵 안에서 흘러나온 커피에 연우는 저도 모르게 작은 신음을 내뱉었다. 뜨거운 커피가 닿은 살갗이 아팠다.

“손 내밀어 봐요.”

남자의 이상한 주문에 연우는 커피가 든 종이컵을 내려 두고 두 손을 그 앞으로 내밀었다. 하경은 제가 들고 있던 가방 안에서 생수를 꺼내었다. 그리고 생수병 뚜껑을 돌려 연우의 손 위로 차가운 물을 부었다.

화끈거리는 손이 조금씩 진정이 되는 듯 따끔거림이 가라앉기 시작했다.

"그럼 우리 이제 연락……하는 거예요?"

연우는 정말 궁금한 얼굴로 고개를 들어 그를 올려다보았다. 다시금 피식 웃는 남자의 미소가 느껴졌다. 어렴풋했지만 분명 그는 웃고 있었다.

"연우 씨가 싫으면 못하는 거고요."

"싫지 않아요!"

갑작스레 튀어나온 제 커다란 목소리에 연우는 숨을 흡 하고 들이켰다. 곧 그의 작은 웃음소리가 들렸다.

연우는 차갑게 식고 있는 제 손가락을 들어 뺨으로 가져갔다. 이번엔 뺨이 열을 식힐 차례 같았다.

연우는 자신의 눈앞에 가벼운 복장을 한 채 팔짱을 끼고 직원들의 달리기 경주를 관람하는 하경을 뚫어져라 보고 있었다. 내내 그에게서 눈을 떼지 못한 채 연우는 레스토랑 파트 직원들이 피구 작전을 짜는 것을 듣고 있었다.

「신애야, 나 어제 집에 어떻게 들어온 거야?」

「뭐야. 하경 씨가 데려다준 거 말 안 했어? 하긴, 너 어제 그렇게 뻗었으니까 말할 시간도 없었겠다.」

「하경 씨가 데려다줬다니?」

「어제 너 완전 뻗어서 하경 씨한테 연락했었거든. 그래서 하경 씨가 데려갔어. 하경 씨한테 전화해 봐.」

연우는 녹음기처럼 재생되는 신애의 목소리에 물먹은 솜처럼 느리게 눈을 감았다 떴다를 반복했다. 여전히 눈은 하경을 향해 있었다.

"강 스파이크를 그냥 날려. 그런다고 안 죽어. 무조건 객실 팀 확 발라 버리자구. 응?"

"지배인님, 제가 누구 하나 기절시키면 책임지셔야 해요?"

"그렇다고 기절시키기까지야. 은비 씨, 너무 목숨 걸지는 말자."

"캡틴, 평소처럼 부드럽게 하지 말고 이번엔 카리스마 한번 발휘해 보세요."

"하하, 그럴까요? 그럼?"

예준은 머리를 긁으며 사람 좋은 웃음을 했다. 지배인은 정 캡틴이 퍽이나 그러겠냐는 듯 예준의 카리스마를 전혀 기대하지 않는 눈치였다.

"연우 씨, 괜찮아? 아까부터 넋을 놓고 있어, 왜?"

지배인의 걱정 섞인 말에 연우는 그제야 하경에게서 시선을 떼고 직원들을 보았다. 예준이 걱정 가득한 눈으로 연우를 보고 있었다.

"아, 어제 술을 많이 마셨더니 속이 안 좋아서요."

"그런 스트레스는 또 강 스파이크 한 방으로 날릴 수 있지."

지배인의 끝없는 승부욕에 직원들은 혀를 내둘렀다. 정말 이번 체육대회에서 진다면 지배인의 잔소리가 끝이 없을 예정인 것은 누구보다 잘 알고 있는 직원들이었다.

"무엇보다 이번 체육대회는 대표님께서도 보고 있으시니까 무조건 열심히 해야 해. 알았지?"

지배인은 한 손으로 입을 가리는 시늉을 한 채 속닥속닥 은밀히 말했다. 직원들은 지배인의 말에 더욱 승부욕에 불타올라 주먹을 힘껏 쥐었다.

직원들이 잔뜩 힘이 들어간 목소리를 하며 흩어졌을 때, 예준이 연우에게로 다가왔다. 아무래도 걱정이 되는 얼굴이었다.

"너 정말 괜찮아? 오늘 체육대회 끝나고 있는 회의 참석 가능하겠어?"

"괜찮아요."

언제나 늘 제 걱정만 하는 예준에게 미안한 마음에 연우는 손을 저었다. 본래 몸이 약하긴 했지만 예준은 늘 필요 이상으로 저를 걱정하는 경향이 있었다.

한껏 경기에 몰입되어 사기가 오른 직원들을 보며 연우도 팔을 걷어붙였다. 지배인 말대로 스트레스도 풀 겸 저도 몇 명이나마

공으로 맞춰 상대를 아웃시켜야겠다는 생각이 불끈 들었다.

여직원들의 경기가 먼저 시작되며 연우는 경란, 은비, 미희를 비롯해 함께 주먹을 불끈 쥐고 추위에 죽어 노릇노릇해진 잔디경기장 안으로 들어갔다.

흥미로운 직원들의 피구경기에 하경은 자리에 앉아 다리를 꼰 채 경기장 안을 관전하고 있었다.

생각보다 훨씬 훌륭히 연우가 던지는 공이 상대를 명중시키며 상대의 숫자를 줄이고 있었다.

레스토랑 팀 직원들은 연우가 한 명씩 아웃시킬 때마다 하이파이브를 하며 사기를 북돋았다. 지배인이 강조한 강 스파이크는 아니었지만 생각보다 공을 던지는 힘이 약하지 않아 그것에 만족하고 있었다.

직원들도 의외의 복병인 연우의 활약에 잔뜩 기분이 달아올라 있었다. 잠깐 진행되었던 작전 타임이 끝이 나고 다시 라인 안으로 돌아왔을 때, 왔다 갔다 공을 한 번씩 주고받던 중 객실 팀 여직원이 순식간에 연우에게로 공을 날렸다. 에이스인 연우를 제거해야 한다는 작전을 주고받은 모양이었다. 헌데 문제는 그다음이었다.

무자비하게 내던져진 공이 연우의 뺨으로 그대로 돌진했고 뺨을 얻어맞은 연우는 그 자리에서 쓰러졌다. 오히려 놀란 건 공을 던진 상대 직원이었다. 어쩔 줄 몰라 하며 연우에게로 다가가 발을 동동 굴렀다.

내내 흥미로운 표정으로 경기를 지켜보기만 하던 예준은 들고 있던 생수병을 집어 던지듯 내려놓고 연우에게로 달려갔다. 그리고 그녀에게로 거의 도달했을 때 연우가 누군가에 의해 들어 올려 안겨졌다.

직원들은 하경에게 안겨져 빠르게 사라지는 연우를 멍하게 바라보며 서 있을 뿐이었다.

가까운 병원으로 연우를 옮긴 하경은 그녀의 야윈 팔등에 꽂힌 바늘을 내려다봤다.

원래 몸이 건강한 체질은 아니었다. 그래서 자주 미열이 오르거나 몸이 피로를 견디지 못하고 휘청거렸지만 크게 아픈 것은 없어 하경은 그저 그것이 감사했었다. 그런데 요새 부쩍 이래저래 몸이 상하고 있는 그녀를 보자니 그게 또 마음이 아파 왔다.

가만히 눈을 내리감고 있는 연우의 뺨은 여전히 달아올라 화끈거리고 있었다. 하경은 열이 손끝까지 차오른 그녀의 손을 잡고 한참을 그렇게 자리를 지키고 있었다.

해가 산등성이를 넘어가며 내는 붉은 빛이 창을 타고 들어왔다. 연우는 제 눈 위로 아른거리는 다홍색의 석양빛에 눈을 찡그리며 겨우 눈꺼풀을 들어 올렸다.

얻어맞은 뺨의 아픔이 피부 깊숙이 전해져 와 순간 제 뺨을 감싸 쥐기 위해 팔을 움직인 연우는 느껴지는 무게감에 아래를 내려다보았다.

제 작은 손을 잡고 있는 커다란 남자의 손이 눈에 들어왔다. 그렇게 자신의 손을 잡은 채 벽에 기대어 있는 하경은 눈꺼풀 하나 움직이지 않고 눈을 감고 있었다. 얼마나 오랜 시간을 이렇게 있었던 것인지 감이 잡히지 않았다.

"……."

연우는 가만히 자신의 손을 잡고 있는 하경의 손을 내려다봤다. 익숙한 남자의 손가락에서 익숙한 온기가 느껴졌다.

규칙적으로 숨을 쉬고 있는 붉은 입술만이 간간이 움직일 뿐 그는 아무런 미동도 하지 않았다.

몇 시간 전, 공에 맞아 정신을 잃은 저를 병원으로 데려온 것이 하경이라는 것을 알아챈 연우는 아무런 말도 하지 못하고 눈을 감고 있는 그를 바라만 보고 있었다.

침묵 속에서 하경을 바라보고 있던 연우는 갑자기 그에게 잡힌 제 손에서 느껴지는 악력에 눈을 찡긋거렸다. 일그러뜨렸던 눈을 바로 떴을 때 고요한 하경의 눈동자가 빛을 받으며 자신을 바라보고 있었다.

언제부터 깨어 있었던 것일까. 연우는 순간 드는 당혹스러움과 정신없이 그를 바라보고 있었다는 생각에 잡힌 손을 빼내기 위해 힘을 주었다. 그렇지만 잡힌 손의 악력은 더욱 세지고 있었다.

"아, 아파."

손이 꽉 잡힌 탓에 절로 아픈 소리가 나왔다. 저를 타오를 듯 바라보는 하경의 눈빛이 느껴졌다.

"아픈 건 어때? 괜찮아?"

그리고 그 순간 그 강인한 눈빛과는 상반되는 부드러운 음성이 흘러나왔다. 연우는 그를 바라보고 있던 시선을 돌리며 고개를 끄덕였다. 잡힌 손에 힘을 주어 빼내려 할수록 더욱 꽉 잡는 그의 힘이 느껴졌다.

"놔, 놔줘."

"이러니 내가 한눈을 팔 수가 없지."

하경은 여전히 연우의 손을 꽉 잡은 채 반대쪽 손을 들어 그녀의 이마 위에 붙은 머리칼을 쓸어 넘겨 주었다. 그의 다정한 손길에 고개를 돌려 거부한 연우는 한참을 말할까 말까 망설이던 작은 입을 움직였다.

"어제 하경 씨가 나 데려다준 거라며? 신애한테서 들었어."

"그래."

"뭐…… 고마워."

"그런 말은 눈을 보고 해야 하는 거 아냐?"

하경은 더없이 부드러운 음성으로 웃었다. 집요하게 요구하는 그의 주문에 하는 수 없이 두 눈을 질끈 감았다 뜨며 그를 올려다보았다. 그리고 자신을 보고 있는 남자와 눈을 마주하며 마지못해 얼버무렸다.

"고마워."

그리고 하경이 방심한 틈을 타 잡혔던 손을 빼낸 연우는 그에게서 고개를 다시 홱 하고 돌렸다. 낮게 웃는 그의 웃음소리에 괜히 잘못한 것도 없는데 발가벗겨진 기분이었다.

연우는 이미 제 몸속으로 모조리 투여되어 바싹 말라 버린 링거를 바라보며 자리에서 일어섰다.

"있어. 간호사 불러올게."

자리에서 일어서서 걸어 나가는 하경을 보며 연우는 잔뜩 어깨에 주고 있던 힘을 풀고 팔을 쭉 늘어뜨렸다.

차라리 공에 뺨을 두세 대 더 얻어맞는 게 낫지, 하경과 이렇게 마주하고 있는 건 정말이지 불편했다.

꼭 제 자신도 잘 알지 못하는 연연우에 대해 모두 아는 듯한 그의 눈빛이 신경 쓰였다.

택시를 타고 가겠다는 연우를 안아 올려 차에 태운 하경은 두말 않고 속도를 올렸다. 말없이 창밖만 향해 있던 그녀의 눈이 하경을 힐끔거리다 다시 창밖으로 향하기를 반복했다. 그러다가 다시 하경을 또 한 번 힐끔.

하고 싶은 말이 있는 듯했지만 하지 못하고 곁눈질만 하던 연우는 갑작스레 들려오는 하경의 목소리에 화들짝 놀랐다.

"그렇게 보지 마. 다른 마음 드니까."

"하경 씨답지 않게 피부가 까칠해져서 본 것뿐이야."

"너 때문에 그래."

"내가 뭘?"

아까부터 유난히 기운이 없어 보인다 싶더니 나른하게 가라앉은 그의 목소리는 잔뜩 피곤에 지쳐 있었다. 그는 속도를 내어 추월해 가는 차들에 손을 들어 연우가 앞으로 쏠리지 않게 막아 주며 말했다.

"이렇게 아프기나 하고. 너 아플 때마다 내가 얼마나 힘든 줄 알아?"

"누가 누구 때문에 힘든데! 하경 씨 때문에 내가……!"

얼마나 신경이 쓰이는지 알아?

연우는 튀어나올 뻔한 말을 가까스로 눌러 삼키며 입을 꾹 다물었다.

"나 때문에 네가 뭐?"

"아냐."

"계속 말해. 내가 뭘 어쨌는데."

"지금처럼 이렇게 귀찮게 하는 게 싫어."

어느새 빌라에 도착한 하경은 제 고급빌라 앞 넓은 주차공간에 차를 능숙하게 주차했다. 그리고 엔진음이 사라져 순식간에 조용해진 공간 속에서 하경은 온전히 연우에게로 고개를 돌렸다.

이래서 하경이 싫다. 저를 완전히 다 안다는 듯한 그 눈빛. 틈도 없이, 어디로 숨을 공간도 없이 이렇게 발가벗겨진 느낌으로 마주하고 있는 거.

연우는 좀 더 차가운 음성으로 그에게 말했다.

"그리고 다시는 직원들 다 보는 앞에서 나한테 이런 오해 살 만한 행동 하지 마. 하경 씨 내가 아픈 거 싫다고 했지? 그럼 앞으로 나한테 이러지 마. 하경 씨가 이럴수록 난 더 곤란해지니까. 나는 앞으로도 직원들과 쭉 함께 일해야 하는데 괜한 오해 사서 사이 껄끄러워지고 싶지 않아."

그리고 연우는 그의 대답은 필요치 않다는 듯 차에서 내려 문을 쾅 하고 닫았다. 제 빌라를 찾아 저벅저벅 걸어가는 연우의 뒤로 묵직한 하경의 발소리가 들려왔다.

하경이 완전히 연우와 가까워졌을 때 두 사람은 동시에 걸음을 멈추었다. 그리고 연우를 부르는 목소리의 주인공을 돌아봤다.

"연우야. 대표님……."

하경을 향해 고개를 숙이던 예준은 난감한 얼굴로 두 사람을 보고 있었다.

예준은 그렇게 연우가 사라진 이후로 그 무엇에도 집중할 수가 없었다. 많이 다친 것인지, 아프진 않은지 모든 것이 걱정되어 견딜 수가 없었다.

……그리고 너무나도 망설임 없이 연우를 안아 든 하경의 행동이 그저 직원을 향한 친절인 건지, 아니면 그녀를 향해 어떠한 감정이 들어간 행위인 것인지 종잡을 수 없어 혼란스러웠다. 당연히 아무 사이 아닐 거라고 생각을 하면서도 다른 한편으로는 묘하게 신경이 쓰이는 기분이었다.

여태까지 병원에 두 사람이 함께 있었던 것일까? 아니면 이 근방에서 마주친 것일까? 왜 집이 가까우니 얼마든지 그럴 가능성이 있지 않은가.

"선배."

자신을 부르며 다가오는 연우의 모습에 그제야 느리게 꿈에서 깨어나듯 정신이 들었다.

"아, 오늘 있었던 회의에 관해서도 알려 주고…… 또 걱정이 되어서……."

그렇게 말하며 예준은 하경에게로 힐끔 시선을 돌렸다.

예준은 저번처럼 저와 연우가 사적으로 은밀히 만난다 또다시 하경이 오해를 할까 봐 아까 있었던 회의에 관해서도 알려 주러 왔다며 부러 없는 말을 덧붙였다.

그러자 연우는 하경을 보며 고개를 꾸벅 숙였다.

"그럼 오늘 감사했습니다. 대표님."

태연하게 인사를 건넨 연우는 예준의 옆으로 다가가 섰고, 그런 그녀를 바라보고 있던 예준은 느리게 하경을 향해 고개 숙여 인사했다. 그리고 연우에게로 돌아섰다.

"미안해요, 선배. 많이 기다렸어요?"

"너 괜찮은 거야? 많이 아프지? 어디 보자."

"전 괜찮아요. 공 한 대 맞고 쓰러진 것도 창피한데 계속 그러지 마세요."

"너 공이 얼마나 무서운 건 줄 알아? 잘못 맞고 쓰러지면 뇌진

탕이야."

빠르게 시선 안에서 사라지는 두 사람의 모습에 하경은 두 눈을 일그러뜨렸다. 그렇지 않아도 날카로운 눈이 더욱 차갑게 벼려졌다. 당장에 달려가 연우의 손목을 잡고 그녀에 대해 소유권을 주장하고 싶었지만 그녀가 방금 자신에게 했던 말이 떠올라 차마 붙잡지 못하고 그렇게 서 있었다.

너로 인해 내가 아플지도 모른다는 연우의 말을 곱씹으며 하경은 감출 길 없는 아픔에 헐떡이며 두 사람의 뒷모습만 바라보고 있었다.

공원 벤치에 앉은 두 사람은 따뜻한 캔 커피를 손에 쥐고 말없이 다리만 까딱이고 있었다. 간간이 사람들이 지나가는 소리와 신발에 흙바닥이 쓸리는 소리가 들릴 뿐이었다.

"선배, 저…… 할 말이 있어요."

연우는 선뜻 말을 이어 가지 못하고 할 말이 있다는 화두만을 던져 놓은 채 제 두 손을 꼭 맞잡았다. 지금 이 말은 그에게 꼭 해야 할 말이라고 생각했다. 다시 한 번 고백에 대한 대답을 기다린다며 가슴을 졸이고 있는 예준을 보자니 마음이 무거웠기 때문이었다.

또, 그가 자신으로 인해 더 상처받지 않기 위해 알고 있어야 한다고 생각했다.

"제가 선배 상처받을지도 모른다고 했던 말, 기억하세요?"

예준은 갑자기 저에게 떨어진 난데없는 말에 쉽사리 대답하지 못하고 연우만을 보고 있었다.

"7년을 사귄 남자친구가 있었어요."

"……."

"그 사람을 원망하고 많이 미워하고 있지만 아직 누군가를 다시 좋아하기에는…… 그럴 만한 여유가 없어요. 아직은……."

"……연우야."

"선배한테 꼭 말해야 한다고 생각했어요."

"내가 그랬지. 네가 누구를 좋아하고 있다 해도 상관없다고. 그냥 나에게도 기회를 달라고."

"전 선배가 아픈 게 싫어요."

"벌써 아파. 벌써 아프다, 연우야. 그래도 난 좋아. 지금 이렇게 너와 같이 있잖아."

"……선배."

"아직 너에게 제대로 날 보여 줄 기회도 없었는데 거절당하니까 마음이 아프다."

"……죄송해요."

예준은 그녀의 사과에 완전히 핏기가 가신 얼굴로 땅만 쳐다보고 있었다.

"네가 거절하면 쉽게 포기할 수 있을 줄 알았는데……."

예준은 이미 차갑게 식어 버린 캔 커피를 만지작거리며 굳게 입술을 깨물었다.

"포기가 잘 안 되네."

"……선배."

"그래도 나 너를 좋아할 것 같아. 내 마음을 나도 어떻게 할 수가 없어서 미안한데 그래도 너를 좋아할 것 같아."

"죄송해요."

예준만큼이나 연우도 안타까운 눈을 하고 있었다. 죄송해요, 라고 말하는 그 목소리에는 힘이 하나도 남아 있지 않았다.

예준의 눈을 볼 수가 없었다. 자신만큼, 아니 자신보다 훨씬 아플 예준의 생각에 그나마도 남아 있던 힘이 모조리 온몸에서 빠져나가는 기분을 느끼고 있었다.

레스토랑 직원들에게 끌려가다시피 해 밖으로 나온 연우는 저에게로 잔뜩 쏟아지는 질문에 난감한 표정을 했다.

"자기 어떻게 된 거야? 괜찮은 거야?"

"아니, 도대체 이게 뭔 상황인 거야? 대표님의 엄청난 친절인 거야? 아니면 정말 대표님이 연우 씨한테 무슨 마음이 있기라도 하는 거야?"

다시 돌아온 호텔에서는 대표님이 쓰러진 여직원에게 행한 친절이다, 두 사람이 의심스러운 사이다로 엇갈려 토론을 펼치고 있었다.

은비는 한사코 전자를 편들고 있었다.

"아니 말이 되는 소리를 해요. 대표님 배려심 많고 친절한 분이라고 예전부터 소문이 나 있다면서요. 하물며 우리 호텔 직원이 쓰러졌는데, 당연히 친절이죠."

"대표님이랑 뭐…… 아니죠? 대표님의 과한 친절 맞죠? 그런 거 아니죠?"

제발 맞다, 라고 대답이라도 하라는 듯 절실히 쌍방에서 물어대는 은비와 미희의 목소리에 연우가 당혹스런 표정으로 손을 저었다.

"아니에요. 그런 거 아니에요."

연우의 대답에 은비는 가슴을 쓸어내리며 '그럼 그렇지.' 하고 빳빳하도록 힘을 주고 있던 어깨에 긴장을 풀었다.

지금은 하경과 별다른 사이가 아닌 것이 사실이기도 했지만, 쓸데없는 오해를 사고 싶지 않아 연우는 괜히 말을 덧붙였다.

"대표님은 취임하신 지 얼마 되지 않으셨는데 전 거의 호텔에서 은비 씨, 미희 씨, 경란 선배랑 붙어 다녔잖아요. 그런데 그럴 시간이 어디 있었겠어요. 퇴근도 거의 캡틴이랑 같이 하잖아요."

"하긴."

연우의 근거 있는 부정에 레스토랑 식구들은 대체로 수긍하는 분위기였다.

"어우. 나도 대표님 앞에서 쓰러질까 보다."

은비의 애교 섞인 콧소리에 직원들은 깔깔대며 웃었지만 연우는 마냥 웃을 수가 없었다.

더 이상 그 화제에 대해 흥미가 떨어진 레스토랑 파트 직원들은 별다른 관심이 없어진 듯 했지만 다른 파트 직원들의 시선은 꼭 그렇지도 않았다. 여전히 그들 중 누구는 하경을 우리 호텔 직원을 격하게 아끼며 눈물 나도록 다정한 대표이사라고 생각했으며, 또 다른 누구는 두 사람 사이에 여전히 의심의 눈초리를 보냈다.

하지만 연우는 딱히 그들에게 의미를 두지 않았다. 오히려 더욱 태연하게 행동했다.

우물쭈물 행동할 이유도 없었으며, 그럴수록 더 의심만 받을 것이라는 건 생각해 보지 않아도 뻔했기 때문이었다. 또 굳이 아니라고 말해 가며 자신의 주위를 소란스럽게 만들고 싶지도 않았다.

그건 하경의 입장도 마찬가지였는지 직원들이 뭐라고 떠들든 간에 그는 미동도 하지 않았다.

어차피 직원들의 입방아에 자신이 오르내린다고 해도 눈 하나 깜짝하지 않을 그지만.

그렇게 다시 호텔은 평온해져 가는 듯했다.

일을 마치고 호텔 밖으로 나온 연우는 가방 안을 뒤적여 넣어 두었던 우산을 꺼내었다.

비가 제법 쏟아지고 있었다. 한동안 내리지 않는다 했더니 한 번 시작된 비는 제법 많은 양이 되어 주룩주룩 내리기 시작했다.

연우는 내일 보자고 인사하는 직원들을 향해 손을 흔들고 우산을 폈다. 금세 우산살 아래로 비가 떨어지기 시작했다.

연우는 어깨 아래로 자꾸만 흘러내리는 가방을 고쳐 메고 물웅덩이를 피해 가며 발길을 옮겼다. 작은 우산 안에는 떨어지는 빗방울 소리가 문을 두들기듯 똑똑, 하고 떨어지고 있었다.

"연우야!"

뒤에서 들려오는 제 이름에 자리에 우뚝 멈춰 선 연우는 곧 자신의 우산 안으로 쏙 들어오는 예준을 보며 눈을 크게 떴다. 이미 어깨가 상당량 젖은 예준은 우산을 들고 있는 연우 대신 우산을 들며 웃었다.

"우산을 안 가져와서. 같이 쓰자."

조금은 당혹스런 얼굴을 했지만 이내 그러겠다고 고개를 끄덕였다. 예준과 완전히 정리를 한 이후, 그가 껄끄러웠지만 빗속에 우산도 없는 그를 내버려 두고 혼자 갈 순 없었기 때문이다.

고민 끝에 허락을 한 연우의 결정에 예준은 그녀에게로 몸을 바짝 붙여 자신의 키에 맞게 우산을 좀 더 높게 들었다.

예준은 직원들이 대표이사님과 연우에 대해 뭐라고 떠들든 간에 별 신경 쓰지 않는 그녀의 행동이 괜히 좋아 보였고, 또 마음이 놓였다.

자신의 고백을 거절한 이후로 눈에 띄게 그녀가 저를 불편해하고 있었지만 그것은 그녀에게 고백을 하며 이미 감당하기로 마음을 먹은 일이었다.

예준은 씁쓸한 기분을 감추지 못하며 저에게서 몸을 자꾸만 떼려 하는 그녀에게로 우산을 기울였다.

그녀의 집 가까이로 도착했을 때, 연우는 제 대문 앞에서 그를 향해 우산을 내밀었다.

"쓰고 가세요."

평소 같았으면 네가 데려다주면 안 되냐고 농담 섞인 말을 건넸겠지만 예준은 쉽게 그 말을 꺼낼 수가 없었다. 거절당한 지 며칠 되지도 않았는데 그런 식의 농담으로 부담을 느끼게 해 주고 싶지 않아서였다.

가만히 우산을 받아 든 예준은 그래도 이렇게 헤어지기가 아쉬워 먹구름이 잔뜩 껴 사나워 보이는 하늘을 보며 장난 섞인 말투를 했다.

"무서우면 좀 더 같이 있어 줄까?"

"선배가 무서운 게 아니고요?"

"하늘 좀 봐. 너 잡아먹을 거 같은데?"

"장난치지 말아요."

이때까지 저를 경계하며 웃음 한 번 주지 않던 연우가 드디어

설핏 미소를 보였다. 예준은 그제야 환하게 웃었다.

기분 좋은 연우의 미소.

"장난 아닌데……. 비도 곧 그칠 것 같진 않은데 아마 더 거세질걸? 그러니까 무서우면 말해. 알았지?"

"어서 들어가기나 해요."

연우는 자신의 우산을 쥔 채 다시 걸음을 재촉하기 시작하는 예준을 보며 그제야 집 안으로 들어갔다.

예준의 말을 증명이라도 하듯 비는 그 세기를 더했다. 한동안 내리지 않는다 했더니 한번 내리기 시작한 비는 억수같이 쏟아져 내렸다. 시원하게 쏟아지는 빗소리가 요란하게 들려왔다.

책상 앞에 앉아 서류를 보며 말없이 차가운 와인을 마시던 하경은 그칠 줄 모르고 들려오는 빗소리에 손을 뻗어 곁에 놓인 가벼운 카디건을 걸치고 창밖을 내다보았다. 아직 온전하게 오지 않은 밤인데도 검은 크레파스로 마구 칠해 놓은 것 같은 어둠이 내려 있었다.

그렇게 한동안 어둠을 바라보던 하경은 천천히 서재에서 나와 아무렇게나 던져 놓았던 핸드폰을 집어 들었다. 그리고 연우의 전화번호를 찾아 한참을 내려다보며 서 있었다.

뭔가를 고민하는 듯 핸드폰을 쥐고 있던 그는 다시 핸드폰을 테이블 위로 던지듯 내려놓고 그대로 우산 하나를 든 채 밖으로 나왔다.

얼마 떨어지지 않은 연우네 집으로 향한 하경은 우산을 접고 젖은 어깨를 가볍게 털어 냈다. 그리고 그녀의 집 문 앞에서 망설임 없이 도어락 비밀번호를 해지시키고 안으로 들어갔다. 곧 문이 굳게 닫혔다.

예준은 우산을 든 채 연우네 집 안으로 들어가는 하경의 뒷모습을 멍하게 바라보고 서 있었다. 그리고 들고 있던 우산이 그대로 바닥으로 떨어졌다.

6.

첫 키스

빳빳하게 줄이 선 빨래를 개던 연우는 문이 열리는 소리에 현관으로 고개를 돌렸다. 그리고 불쑥 들어오는 낯익은 향기와 얼굴에 입이 쩍 벌어졌다.

얼마 후 그녀는 자리에서 벌떡 일어섰다.

"하경 씨가 어떻게……."

"비가 너무 많이 와서."

"그런데?"

"무서워서."

"뭐?"

전혀 말 같지도 않는 말을 태연하게 하며 그는 소파에 몸을 파묻었다.

"무서워서 온 거라고?"

"그래. 밖에 봐. 하늘 뚫린 것 같다."

연우는 기가 찼다. 비가 많이 와서 무섭다는 건 정말 말도 안 되는 일이었다. 그것도 하경에게는.

연애할 때 함께 갔던 귀신의 집에서 실신 직전이던 자신을 안아 들고 태연하게 걸은 그가 아닌가? 그뿐인가, 어디? 귀신 영화 볼 때도 눈이며 귀며 구멍이랑 구멍은 다 막는 저를 비웃으며 눈 한 번 깜빡이지 않고 다 보던 그가 아닌가?

이건 말도 안 되는 변명임에 틀림없다.

"말도 안 되는 소리 하지 마. 하경 씨가 비를 무서워해? 귀신도 다 때려죽일 사람이잖아, 하경 씨."

"기껏 자기 무서울까 봐 이렇게 달려왔더니 냉정하게도 말한다."

"난 안 무서워. 그러니까 가. 아니, 그런데 비밀번호는 어떻게 알았대?"

"내 생일이잖아. 9년 전부터 쭉."

연우는 당혹스러운 눈으로 할 말을 찾아 머릿속을 더듬었다. 바꾸려 해 놓고 잊어버린 채 바꾸지 못하고 그대로 놓아두었던 것이 화근이었다.

괜한 걸 물었다 싶은 찰나 능청스러운 목소리로 그가 답했다. 가서 웃고 있는 입꼬리를 손으로 당기고 싶었다.

"난 안 무서워. 가라니까?"

"내가 무서워서 그래. 내가."

하경은 소파에서 벌떡 일어나 자연스럽게 냉장고 문을 열었다. 그리고 냉장고 안쪽 구석에 처박혀 있는 맥주 두 캔을 꺼냈다. 캔 뚜껑을 따자 시원한 소리가 공중으로 퍼져 나왔다.

"마셔."

흥.

저에게로 내밀어진 맥주 한 캔을 거들떠보지도 않고 콧방귀를 뀌던 연우는 마저 빨래를 개기 시작했다.

"예전이나 지금이나 빨래 참 못 갠다."

"시끄러워. 정말 안 갈 거야?"

"이리 줘 봐."

연우에게서 빨래를 빼앗듯 가져온 하경은 가볍게 셔츠와 바지를 반듯하게 개었다. 그래, 깔끔하면 또 최하경이었지.

연우는 그가 빨래를 순식간에 갤 때까지 입을 잔뜩 내밀고 내려다보고 있었다. 완벽하게 개어진 상태로 제 눈앞에 놓여졌을 때 연우는 하경이 제게로 준 맥주 캔 뚜껑을 빠르게 땄다. 쏟아져 나오는 거품을 입 안으로 서둘러 넣으며 노란 액체를 삼켰다.

그러다 쾅! 울리는 천둥소리에 몸을 웅크렸다. 사실 하경에게 큰소리는 쳤지만 저도 무섭긴 했다. 여자 혼자 사는 집에 강도라도 들까 봐 하루하루가 마음이 편할 날이 없는 것은 사실이었다. 더군다나 어두운 걸 무서워하는데 비까지 이렇게 내리니.

"이리 가까이 와."

"……."

“너 무서운 거 다 알아.”

“안 무서워.”

“어? 네 뒤에…….”

“하, 하지 마!”

유치한 장난을 치는 하경에게 화를 내면서도 연우는 그에게로 몸을 일으켜 다가갔다. 이럴 때는 정말이지 이런 저를 너무나도 잘 알고 있는 하경이 싫었다.

“유치해.”

“가까이 와. 더 유치한 장난치기 전에.”

이번엔 정말 그에게 놀아나기 싫어 연우는 무서움을 꾹 참고 제자리에서 움직이지 않았다. 네 마음대로 하라는 듯 말없이 하경은 떨어지는 빗소리를 들으며 맥주를 마셨다.

고요한 공간 속에서 그가 맥주를 삼키며 목울대를 움직이는 소리가 적나라하게 들려왔다. 연우는 괜히 몸을 움찔거렸다. 이래서 최하경과 단둘이, 그것도 이렇게 가깝게 있는 것은 위험하다는 거다.

“빨리 마시고 가.”

“왜, 나와 같이 있으면 긴장돼? 아니면 신경 쓰여?”

“그런 거 아냐.”

“그럼 더 가까이 와도 되잖아. 전혀 긴장도 안 되고 신경도 안 쓰이는데 좀 붙어 있는들 뭐가 달라지겠어?”

“하경 씨가 이상한 짓 할 거잖아.”

"이상한 짓이 뭔데?"

연우는 그와 마주하고 있던 눈을 홱 돌렸다. 하경의 페이스에 말려들면 안 된다. 절대.

"하려거든 벌써 했어. 더 가까이 와."

그건 그의 말이 맞았다. 늘 저돌적이고 적극적이고 자극적이기까지 한 하경이 저에게 손을 뻗치려 했다면 벌써 뭔가를 하고도 남았을 것이었다.

연우는 천천히 그가 앉은 소파 끄트머리로 가 앉았다. 비가 와서 그런지 아니면 그의 말 때문인지 괜히 긴장으로 입이 마르기 시작했다.

주룩주룩 내리는 빗소리를 들으며 연우는 다시 한 번 맥주 캔을 들고 맥주를 들이켰다. 식도를 타고 넘어가는 알코올에 절로 입에서 쓴소리가 나왔다.

"그때도 비 왔었지."

무슨 말을 하려는 것인지 하경은 나른한 미소를 띤 채 턱을 괴었다. 연우는 그를 빤히 바라보다 곧 '그때'가 언제인지 알아차렸다.

그때. 그러니까 그날도 비가 많이 오는 날이었다.

첫 키스였다. 우리의 첫 키스.

벌어지는 입술 사이로 맹렬히 비집고 들어온 하경의 혀가 연우의 작은 혀를 낚아채 강렬히 빨아 당겼다. 더 벌어질 수도 없이 꽉 들어찬 하경의 뜨거운 열기를 고스란히 받고 있던 연우는 가쁜 숨을 내쉬었다.

그리고 그것을 신호로 떨어진 두 입술이 다시 한 번 맞붙었다. 이번엔 제법 부드러웠다. 촉촉한 입술 안 그녀의 혀는 놀랍도록 보드라웠다. 또 따뜻했다.

하경은 저도 모르게 연우의 상의 안으로 밀어 넣으려 했던 손을 어정쩡히 공중에서 멈춘 채 농도 짙은 키스를 했다. 떨고 있는 혀를 삼키듯 휘감고 파르르 감은 눈을 떨고 있는 연우의 뺨을 붙잡았다. 순간 연우의 어깨가 움찔거리며 튀었다.

하경은 움직임을 멈추고 얼굴을 떼어 내 아직도 눈을 감고 있는 연우를 보았다. 예쁘고 여린 속눈썹과 눈, 그리고 제게 잔뜩 키스당해 붉어진 입술. 하경은 천천히 눈을 뜨는 연우를 바라보며 그녀의 뺨을 어루만졌다.

차 앞 유리로 좀 더 거센 빗방울이 떨어지기 시작했다. 연우는 자신을 뜨겁게 바라보는 그의 짙은 눈동자에 목소리가 떨리고 있었다.

「그럼 우리 이제…… 자는 거예요?」

순수한 눈동자가 하경을 올려다보며 말했다.

「예?」

그녀를 가만히 내려다보던 하경이 순간 놀라 되물었지만 이내 그녀가 하는 말을 깨닫고 작게 웃었다. 연우는 그 모습에 다시 심장이 쿵쾅거리기 시작했다. 그의 타액이 잔뜩 섞여 있는 제 침을 꼴깍 삼켰다.

「연우 씨 사랑스러워요.」

하경은 아직 붙잡고 있는 연우의 여린 뺨을 가만히 쓰다듬으며 그렇게 말했다. 연우의 뺨이 다시 달아오르는 것이 느껴졌다.

「우리 집으로 가요.」

하경이 속삭이듯 말했다. 나른하면서도 강하고 힘이 있는 그 매력적인 음성에 연우는 잔뜩 붉어진 얼굴로 고개를 끄덕였다. 비가 점점 더 세차게 내리기 시작했다.

하경의 집은 하경만큼이나 모던하고 세련된 디자인으로 잔뜩 도배되어 있었다.

그와 어울리는 화이트와 블루가 조합된 깔끔한 디자인에 집 안 곳곳엔 책들이 꽂혀 있었고, 또 그의 그림들이 간간이 걸려 있었다. 어쩐지 하경의 향이 진하게 나는 그런 집이었다.

이곳저곳을 둘러보던 연우는 곧 하경이 내미는 와인글라스를 건네받았다. 향긋한 포도 향을 즐기던 연우는 내리치는 천둥에 놀라 하경에게로 붙어 섰다.

「무서워요?」

「그게…… 좀…… 네.」

또 그가 웃었다. 소리 없이 입술을 올려 웃는 그의 모습에 왜 이렇게도 심장이 뛰는 것인지 연우는 아프기까지 한 제 가슴을 툭툭 두드리며 눈을 찡그렸다.

「왜 그래요? 어디 아파요?」

「그게 아니라 심장이 너무 뛰어서…….」

연우의 말에 가만히 그녀를 바라보고 섰던 하경이 부드럽게 손을 내밀었다. 그러나 그 뜻을 몰라 천천히 그에게로 다가섰다. 하경은 유연하게 그녀의 허리를 감쌌다.

「예뻐요, 연우 씨.」

좀 더 편하게 부를 수 있을 법도 한데 그는 한사코 연우를 향해 '연우 씨' 하고 존칭을 붙였다.

하지만 그것도 나쁘지 않았다. 어쩐지 더 설레기도 하고 하경, 그답기도 해서.

「계속 예쁘다고 하지 말아요. 나 예쁘지도 않은데.」

「정말이에요. 그래서 눈을 못 떼겠어.」

하경의 입술이 위로 올라갔다. 웃는 그의 모습이 너무나도 좋다. 가슴 떨린다. 설레기도 하고, 이렇게 심장이 뛰기도 하고.

천천히 그렇지만 아까보다 공격적이게 하경의 입술이 연우의 입술로 찾아들었다. 혀가 맞닿는 것이 짜릿해 눈을 찡긋거렸다. 입술을 벌려 그의 혀를 받아들일 때마다 하경의 향이 폐부 깊숙이 들어오는 느낌이었다.

기분 좋은 소리가 입 밖으로 떠밀려 나와 연우는 적잖게 당황해 하경의 셔츠 자락을 꾹 움켜쥐었다. 곧 그가 단단한 손으로 연우의 허리를 받치며 더욱 농도 짙게 키스를 해 왔다.

제 입 안을 꽉 채운 남자의 향기가 너무나도 강렬해서 눈앞이 아득해졌다. 연우는 후들거리는 다리로 간신히 서 있었다.

하경은 그런 그녀를 가볍게 안아 들었다. 아쉽게 떨어지는 입술은 서로의 타액으로 흥건히 젖어 있었다.

하경의 체향이 가득한 침대 위로 내려놓아진 연우는 그를 보며 작게 몸을 떨었다. 어쩐지 자신처럼 기분 좋은 짜릿함에 취해 잔뜩 두 눈이 붉어진 하경을 보고 있자니 손끝부터 발끝까지 떨려왔다. 하경은 평소보다도 좀 더 섹시하고도 농염한 눈빛이었다.

연우는 그에게로 손을 뻗어 하경의 뺨을 붙잡고 그의 눈 위에 쪽 하고 입을 맞췄다. 다시 떠지는 그의 눈동자 안에는 제가 담겨 있었다.

「좋아해요, 하경 씨.」

연우가 떨리는 입술로 고백했다.

「어떡하죠. 나 못 참겠는데.」

그는 정말 곤란하다는 얼굴을 하고 있었다. 잔뜩 붉어진 눈으로 안타까운 음성을 내는 그의 모습에 연우는 뺨을 붉힌 채 제 입술을 만지작거리며 부끄러운지 기어들어 가는 목소리를 했다.

「참지 않아도 괘, 괜찮아요.」

「정말 그래도 돼요?」

하경은 연우의 여린 등을 손으로 쓰다듬으며 다정히 되물었다. 연우는 고개를 끄덕였다.

하경은 곧장 그런 그녀의 뺨에 입을 맞추며 다시 한 번 키스했다. 하경은 키스를 하며 한 손으로 그녀의 원피스 지퍼를 내렸다.

옷이 벗겨지는 바람에 좀 더 강해진 연우의 떨림을 느낀 하경은 다시 한 번 정성스레 등을 쓰다듬으며 긴장을 풀어 주었다. 한참을 연우의 입술에 머물던 하경의 입술이 목덜미를 지나 쇄골에서 멈추었다.

그사이 완벽히 원피스를 벗은 연우는 하경을 꽉 끌어안았다. 그 온기가 더없이 따뜻했다.

하경은 연우의 브래지어까지 마저 풀어내며 봉긋한 가슴에 입을 맞추었다. 그리고 제가 입고 있던 셔츠 단추를 끌어 내렸다. 그 가벼운 행동에도 연우는 주체할 수 없을 만큼 가슴이 뛰기 시작했다.

「나 이제 정말 못 멈춰요.」

하경은 조심스레 연우와 눈을 맞추며 애타는 목소리로 말했다. 안 그래도 저음에 가까운 그의 목소리가 열기에 젖어 더욱 가라앉아 있었다.

연우는 그의 눈을 보기가 어려워 괜히 한 손으로 눈을 비비며 고개를 끄덕였다. 벌써 저에게 두 번째 허락을 구하는 하경이었다.

하경은 연우의 대답에 온기 가득한 손으로 그녀의 아래 속옷을 마저 벗겨 내는 데 집중했다. 그리고 동시에 연우가 두 눈을 꼭 감았다.

「연우 씨, 정말 나 좋아해요?」

하경의 질문에 질끈 감겨 있던 두 눈이 열렸다. 초롱초롱, 순수한 눈망울이 하경을 향해 있었다.

「……네. 좋아해요.」

「나도 좋아해요.」

연우가 웃었다. 하경도 함께 웃었다. 그리고 하경은 제 손목에 있는 메탈시계를 풀고 좀 더 그녀 가까이로 다가왔다.

새하얀 연우의 허벅지에 입을 맞추며 긴장으로 굳어진 허리를 살살 매만져 주는 데 집중했다. 그리고 다시 연우의 작은 입술에 제 입술을 맞추었다. 주고받는 입술 끝에 달콤하고도 진한 서로의 향기가 감돌았다.

이미 키스를 하며 어느 정도 열을 올려놓았지만 여전히 그녀가 저를 받아들이기엔 무리가 있었다.

하경은 그녀의 연약한 두 다리를 잡아 벌리며 그녀를 자신의 앞으로 당겼다. 속절없이 벌어진 두 다리에 연우가 놀라 몸을 비틀었고, 하경은 그저 다정히 연우의 이름을 불러 주었다.

그녀의 안으로 천천히 손가락을 밀어 넣은 그는 예상보다 좁은 그녀의 내부에 좀 더 정성스레 손가락을 움직여 내부를 넓히기 시작했다.

하경의 손가락을 점점 적셔 오는 액에 좀 더 리드미컬하게 손가락을 움직여 연우의 흥분을 이끌어 냈다.

「아, 읏!」

연우는 하경의 커다란 손가락이 제 안으로 들어왔다 나갈 때마다 들려오는 질척한 소리에 귀를 틀어막았다. 집요하게 안쪽을 건

드린 탓에 끈적끈적한 점액질이 하경의 손가락 마디마디를 잔뜩 감싸자 그는 천천히 그녀에게서 손가락을 빼냈다.

그리고 그는 잔뜩 그녀를 갈구하고 있는 제 것을 느끼며 바지 버클을 풀어냈다. 이미 연우의 향기만으로 단단하게 서 있던 남성이 모양을 드러냈다.

하경은 지갑 안에서 콘돔을 꺼내 잔뜩 불거져 있는 자신의 단단한 중심에 씌웠다. 그리고 손가락에 잔뜩 엉겨 붙은 그녀의 액을 단단한 그의 것에 발랐다.

그의 모습에 다시 연우의 눈이 질끈 감겼다. 하경은 그것을 허락의 의미로 받아들이고 잔뜩 긴장으로 굳은 연우의 허리를 잡아 결합하기 편한 자세로 맞췄다.

「나 봐요.」

연우는 고개를 저었다.

「좋아한다면서요. 그럼 나 봐 줘요.」

하경의 따스한 말에 연우는 그제야 눈을 들어 올렸다. 제가 좋아하는 그 차갑고도 따뜻한 붉은 남자의 눈동자가 온전히 자신을 향해 있었다. 하경은 연우의 허리를 한 손으로 붙잡고 단단히 사랑에 사로잡혀 있는 자신을 천천히 연우에게로 밀어 넣었다.

연우는 낯선 감각과 생경한 아릿함에 잔뜩 눈을 찡그리며 하경을 붙잡았다. 하경은 잠깐의 텀을 두는가 싶더니 힘껏 연우의 허리를 끌어 내렸다.

「아, 아! 하, 하경 씨!」

연우는 하경을 부르며 입술을 깨물었다. 그녀의 내벽을 최대한 넓혀 놓았지만 부풀어 오를 대로 부푼 그의 것을 다 집어삼키기엔 턱없이 버거운 일이었다.

생소한 아픔과 더불어 미치도록 뜨겁게 파고드는 말로 표현하지 못할 감각에 온몸에 힘을 주었다. 동시에 하경의 미간이 좁아졌다. 하경은 움직임을 멈추고 연우의 긴장을 다시 풀어내는 데 정성을 쏟았다.

금방 다시 제자리를 찾는 그녀의 고른 숨소리에 하경은 더 지체하지 않고 불거진 제 분신을 그녀의 깊은 곳으로 밀어붙였다. 입에선 저도 모르게 듣기 창피한 소리들이 쏟아져 나왔지만 연우는 하경이 주는 낯설고 뜨거운 자극에 그것을 신경 쓸 겨를이 없었다.

파도처럼 그가 밀려들어 올 때마다 연우는 제게 밀려드는 낯선 감각에 어쩔 줄 몰라 발가락을 잔뜩 오므렸다. 찰박찰박 살이 맞닿는 소리에 연우는 두 손으로 귀를 막았다. 그렇지만 여전히 자신을 내려다보고 있는 남자의 눈빛은 뜨거움에 일렁이고 있었다.

「……후. 연연우.」

하경은 정말 제가 말한 것처럼 봐주지 않았다. 거침없었고 격렬했다. 그렇지만 또 어딘가 모르게 부드러웠다. 연우가 자극에 견디지 못하고 결국 그에게로 손을 내밀었을 때 하경은 등을 끌어안아 주었지만, 그래도 그녀를 향해 끓어오르는 사랑을 참을 순 없었다.

그의 것이 내벽 깊숙이 들어갔다 나올 때마다 끈적끈적한 서로의 액으로 번들거리는 아랫도리는 질척거리는 음란한 소리를 냈다. 그 음란한 소리가 공간을 가득 메웠지만 하경은 그런 것은 개의치 않고 제 행위에 집중했다.

「아앗!」

결합할 때마다 더 단단해지고 뜨거워지는 그를 느끼며 연우는 터져 나오는 신음을 삼키려 애썼다. 생경한 자극에 온몸의 신경들이 곤두서 있는데, 거기다가 하경에 제게 주는 부드러운 사랑까지 온몸으로 느껴져 알 수 없는 복잡한 감정들이 가슴을 밀고 들어왔다. 눈 가득 눈물이 맺혔다.

하경은 손가락으로 연우의 눈가에 붙은 눈물을 닦아 주며 입을 맞추었다.

「안아 줘요.」

울먹이면서도 안아 달라 말하는 연우의 갈라진 목소리에 하경은 손을 뻗었다.

「이리 와.」

하경의 품에 완전히 안긴 연우는 겨우 숨을 내쉬며 눈을 떴다. 하경에게 완전히 끌어안기는 바람에 그의 것이 더욱 깊숙이 박혀 뜨거운 아래가 움찔거렸다.

「많이 아파?」

그의 목을 껴안으며 고개를 도리도리 저었다. 그와 동시에 하경은 단단하게 힘이 선 자신을 좀 더 힘껏 연우에게 퍼붓기 시작했다.

연우는 떨어지는 눈물을 삼키며 그에게 필사적으로 매달렸다. 그리고 언제부터였는지 제 가슴을 치고 올라오는 기분 좋은 감각에 허리를 움찔거렸다.

연우의 작은 변화도 놓치지 않고 느끼고 있던 하경이 그녀가 반응한 곳을 단숨에 찾아 집요하게 건드리기 시작했다. 연우는 순간 느껴지는 찌릿한 감각에 저도 모르게 다급한 손으로 하경의 팔을 붙잡았다. 자극에 이기지 못하고 절로 고개가 뒤로 넘어갔다.

「예뻐. 연연우.」

자극에 다다라 헐떡이는 연우를 알면서도 더욱 거친 움직임을 멈추지 않고 그녀의 절정을 이끌어 내기 시작한 하경은 뜨겁게 힘줄이 서 있는 제 분신을 일순간 뿌리 끝까지 밀어 넣었다. 그녀의 등이 파르르 떨렸다. 사랑의 절정이었다.

가만히 생각에 잠겨 있던 두 사람이 동시에 고개를 들어 서로를 보았을 때 연우는 저도 모르게 얼굴이 붉어졌다.

"연연우, 정말 예뻤는데."

연우는 태연히 웃으며 말을 하는 하경을 보며 눈을 뾰족하게 떴다.

"지금은 못생겼단 소리야?"

"지금도 예뻐. 아니, 그때보다 더 예뻐. 너."

하경은 그렇게 말하며 좀 더 진지한 눈을 했다.

"이제 너 다른 누구와도 못 자."

"무슨 소리야?"

"내 몸에 길들여져서 웬만큼 잘하는 놈 아니면 너를 만족시킬 수 없으니까."

"성희롱하지 마."

"진심이야. 넌 내 생각 때문에 다른 누구와도 못 자."

그가 확신에 차 하는 말보다 무서운 것도 없었다.

연우는 두 눈을 찡그리다 자리에서 벌떡 일어섰다.

"나가!"

그를 집 안에 있도록 허락한 것부터가 잘못이었다는 것을 깨달았다.

연우는 접시를 나르고는 이마에 흘러내리는 땀을 닦았다. 정신없이 일을 하다가도 문득 누군가 자신을 쳐다보고 있는 듯한 느낌에 고개를 들면 예준이 있었다. 그런데 눈이 마주칠 때마다 예준은 고개를 돌려 시선을 피했다.

대표이사가 연우의 집 안으로 들어가는 것을 본 이후로 아무것도 손에 잡히지 않았다. 그 늦은 시간에 대표이사와 만날 일이 뭐가 있는 것인지, 아니 할 말이 있다 하여도 여직원의 집에서 대화를 할 일이 무엇인지 도통 감이 잡히지 않았다.

「7년을 사귄 남자친구가 있었어요. 그 사람을 원망하고 많이 미워하고 있지만 아직 누군가를 다시 좋아하기에는…… 그럴 만한 여유가 없어요. 아직은…….」

예준은 곧 제가 하는 생각을 접고 고개를 완강히 저었다. 말이 될 리가 없었다. 대표이사가 연우의 옛 연인이라니.

그녀에게 물어볼까 말까 내적 갈등으로 완전히 마음이 복잡해진 예준은 고개를 들어 연우를 보았다. 그러나 그녀는 더 이상 예준에게 관심을 꺼 버린 것인지 제 할 일에 충실하고 있었다.

그 무렵 연우도 기분이 좋지만은 않은 것은 마찬가지였다. 예준의 마음을 거절했지만 그는 아직도 저를 놓지 못한 것이 분명해 보였다. 그것이 불편하기도 하고, 껄끄럽기도 했지만 같은 공간에 근무를 하면서 언제까지 이렇게 불편하게 지낼 수만은 없었기 때문이다.

그래도 연우는 그를 모른 척했다. 지금은 이렇게 그에게 어떠한 희망도 주지 않는 것이 나을 것이라 생각했기 때문이었다.

각 파트별로 나눠 화합도 다질 겸 등산을 가자는 하경의 뜻이

담긴 회사에서 온 문자를 받고 의아함을 감출 수 없었다.

하경이 운동을 좋아하긴 했다. 농구면 농구, 축구면 축구, 야구면 야구, 근데 등산을 좋아하지는 않았었다. 분명. 싫어하진 않았어도 딱히 선호하는 취미활동은 아니었다.

차라리 다른 걸 하자고 하지 왜 자신이 싫어하는 걸 알면서도 등산을 택했는지 궁금해지기 시작했다. 하지만 곧 궁금증을 접고 등산 가방을 챙기며 얼마 전에 새로 산 운동화를 꺼내 신었다. 신고 보니 제법 마음에 들었다.

이미 모이기로 한 장소에 직원들이 모여 하경을 기다리고 있었다.

연우는 새로 산 운동화를 기분 좋게 내려다보며 무료함을 달랬다. 그리고 직원들이 서로 싸 온 도시락을 자랑하고 있을 때쯤 하경이 모습을 드러냈다. 은비는 자리에 퍼질러 앉아 있다 말고 벌떡 일어났다.

"다들 일찍 오셨네요. 그럼 출발합시다."

그리 높은 산은 아니었지만 어쨌거나 '산'이라는 이름을 가진 만큼 힘든 여정이 예상되고 있었다. 연우는 한숨을 푹 내쉬었다. 등산하고는 정말 맞지 않는데 이렇게 반강제로 끌려가자니 벌써부터 걱정이 되기 시작했다.

성큼성큼 오르기 시작하는 하경과 직원들을 보며 연우는 저도 발을 재촉했다. 예준이 그런 연우를 바라보고 슬그머니 가까이 다가셨다.

“괜찮겠어? 아, 그 말 하지 말라고 했지.”

“오늘은 괜찮지 않을지도 몰라요. 그래도 도움은 안 받을래요. 그러니까 선배도 저 신경 쓰지 말고 열심히 등산해요.”

연우는 고개를 끄덕이며 저에게서 멀어지는 예준을 보며 슬슬 하경이 원망스러워지기 시작했다. 숨이 차올라 연신 가지고 온 물만 꺼내어 마셨다. 그런 연우에게로 하경이 다가왔다.

“너무 많이 마시지 마. 배 아파서 못 올라가.”

“대표님. 저 괴롭히려고 등산 가자고 한 거죠?”

“이렇게라도 해서 체력을 좀 키워야지.”

“하경……! 아니, 대표님 정말…….”

“열심히 걸어. 아님 업어 줘?”

“걸을게요.”

연우는 보란 듯이 하경을 스쳐 지나갔다. 그리고 곧 자신을 따라잡은 하경이 가볍게 발걸음을 했다.

연우는 그를 보며 눈을 찌푸렸다. 그리고 순간 주위에 직원들이 없나 놀란 눈으로 곁을 살폈다. 이미 저 멀리 올라가 버린 직원들을 보며 연우는 가슴을 쓸어내렸다.

한참이나 직원들에게서 뒤처진 연우는 금세 가빠지는 숨을 몰아쉬며 가슴을 두드렸다. 그리고 자리에 멈춰 섰다.

“대표님.”

연우를 배려해 멀지 않은 곳에서 올라가고 있는 하경을 부르는 연우의 숨이 흐트러졌다.

"물 남은 거 있음 줘 봐."

그가 건네는 물을 받아 든 연우는 가슴을 두드리며 하경을 쏘아보았다.

"그렇게 체력이 약해서 어떡하려고 그래. 그러게 내가 운동하라고 했잖아."

"이렇게 강제로 시키지 않아도 해."

"이것도 사회생활이야."

연우는 하경의 말에 툴툴거리면서도 다시 다리를 움직이기 시작했다.

"운동화 처음 보는 거네."

"어."

"내가 사 준 운동화는?"

"버렸어."

"뭐?"

"버렸어. 난 내가 좋아하지 않는 사람이 사 준 물건은 별로 안 좋아해서."

"너 지금 하고 있는 머리핀, 가방, 손수건 다 내가 준 거라는 건 알아?"

"몰라!"

"너네 집에도 온통 나랑 같이 쓰던 물건밖에 없던데?"

"조용히 안 해? 안 그래도 지금 직원들이 의심하고 있는데…… 누가 들어."

연우는 제 신경을 긁는 하경의 말에 볼을 퉁퉁 부풀리며 주먹을 콱 쥐었다. 너무나 오랫동안 그와 함께했던 탓에 어디까지가 나의 영역이고, 어디까지가 너의 영역인지 불분명해 그냥 놓아두었던 것일 뿐이지 그것에 큰 의미를 부여하지 않았었다. 그럼에도 하경은 그 명확하지 않은 경계가 기분이 좋았던 모양이었다. 연우는 웃고 있는 남자를 매몰차게 스쳐 지나갔다.

확실히 하경의 의도에는 오늘 등산이 그저 단순한 직원들의 친목도모만은 아닌 게 분명해 보였다.

한참을 그렇게 산만 오르던 연우가 하고 싶은 말이 있는 듯 하경에게 슬그머니 다가섰다. 연우가 다가온 것을 느낀 하경은 걸음을 조금 늦추어 연우에게 발을 맞추었다.

"그럼 이제…… 그림은 완전히 접은 거야?"

"……그래."

"아까워. 인정받았었잖아."

"CEO로서도 인정받아 보지, 뭐."

"……아버지하고 얘기는 잘 끝난 거야?"

조심스러운 연우의 질문에 하경은 잠시 침묵하는 듯하다 나지막이 대답했다.

"그래."

조용히 주고받던 두 사람의 대화가 갑자기 단절되었다. 연우가 가던 길을 멈추고 자리에 우뚝 서서 인상을 썼기 때문이었다. 발목이 시큰거리는지 제 발목을 매만지고 있는 그 모습에 하경이 그녀에게로 다가왔다.

“아파?”

“……그냥 조금. 괜찮아.”

발목에게서 고개를 들어 다시 걸음을 재촉하기 시작하는 연우의 손목이 하경에 의해 잡혔다. 하경은 연우의 손목을 잡고 바위 위에 앉힌 후 한쪽 무릎을 굽히고 앉았다. 커다란 손이 부드럽게 연우의 발목을 매만졌다.

연우는 저릿저릿한 느낌에 순간 발목을 비틀었고, 하경은 더욱 연우의 통증을 완화시키는 데 힘썼다.

“걸을 수 있겠어?”

“응. 괜찮아. 심하진 않아.”

하경의 손을 잡고 일어난 연우는 보다 편해진 걸음을 했다. 간간이 비틀거렸지만 그럴 때마다 연우를 든든히 잡아 주는 건 하경이었다.

“난 이제 내려갈래. 하경 씨는 마저 올라가.”

“뭐? 왜?”

“같이 올라가 봐. 직원들이 또 의심할 거 아냐.”

연우의 말에 하경은 더는 반박하지 못하고 걱정이 가득 섞인 목소리를 했다.

“그 다리로 혼자 내려갈 수 있겠어?”

"걱정 마."

그리고 연우는 미련도 없이 산을 내려가기 시작했다. 산은 정말 질색이라며 툴툴거리는 그녀의 뒷모습을 걱정스레 바라보던 하경이 연우의 뒷모습이 보이지 않을 때까지 서 있었다.

"연우 씨가 없는데요? 연우 씨가 아직 안 왔어요."

산 정상에 도착해 쉬고 있던 미희가 주위를 둘러보며 소리쳤다. 그리고 곧이어 도착한 하경을 보며 물었다.

"대표님, 혹시 오다가 연우 씨 못 보셨어요? 아직 안 와서요."

하경은 먼저 내려간 연우가 걱정이 되었지만 그녀에게 걸 수 없는 전화를 붙잡고 답했다.

"글쎄요. 저는 잘 모르겠네요."

단호한 하경의 대답에 핸드폰을 꺼낸 미희는 곧장 연우에게 전화를 걸었다. 그리고 곧 고개를 끄덕이며 핸드폰을 끊고 제 곁에 있는 은비를 보며 말했다.

"힘들어서 먼저 갔대. 우린 점심 먹자."

그렇게 연우에게 관심을 끊어 버린 직원들이 다시 다른 주제로 이야기를 하기 시작했고, 여기저기 흩어져 주위를 구경하던 직원들은 품 안에서 도시락을 꺼내기 시작했다.

도시락을 먹고 한참을 정상에서 대화를 나누던 직원들이 다시 하산하기 시작했을 때, 예준은 조용히 하경의 뒤를 따랐다. 그리고 그를 유심히 살폈다.

정말 그가 연우의 옛 연인일까? 한번 파고든 궁금증은 사라지지도 않고 더욱 뾰족하게 제 머릿속을 파고들었다. 연우가 공에 맞아 쓰러졌을 때에도 연우를 안고 달린 것은 대표이사였고, 그런 연우를 밤늦게서야 집으로 데려다준 것도 대표이사, 그였다.

예준은 그의 숨소리 하나까지도 놓치지 않고 살폈다. 그가 여직원들의 선망의 대상이 되든 말았든 그런 것은 하나도 관심이 없지만 연우가 그와 얽혀 있다면 얘기는 또 다르다.

"하고 싶은 말 있습니까?"

"예?"

"그렇게 훔쳐보지 말고 하고 싶은 말 있으면 하세요."

"……아."

예준은 그제야 자신이 하경을 뚫어져라 쳐다보고 있었다는 사실을 깨달았다. 하경의 말에 낯이 뜨거워졌다. 다시 하경을 보는 순간 제 궁금증은 입 밖을 뚫고 나오고 있었다.

"한 가지 여쭤 보고 싶은 게 있습니다."

"말씀하세요."

"연연우 씨랑 대표님…… 무슨 관계입니까?"

두 사람은 약속이나 한 듯이 가던 길을 멈추어 섰다.

직원들은 두 사람을 등지고 제법 멀리 내려가 보이지 않기 시작했다.

"그게 왜 궁금한 겁니까?"

"……단순한 궁금증입니다."

"단순한 궁금증에 제가 대답해야 할 이유가 있습니까?"

"대답……해 주셨으면 합니다."

하경은 좋지 못한 표정으로 서 있는 예준을 보며 생각하는 척 가늘게 눈을 뜨고 예준을 쳐다보았다.

"연인 사이였습니다."

예준은 당혹감과 함께 짙게 밀려오는 쓰라림에 순간 표정 관리를 하지 못하고 입을 떡 벌렸다. 그리고 곧 다시 충격으로 벌어졌던 입이 꽉 다물렸다.

"단순한 궁금증은 해결됐습니까?"

"오랜 연인……이었습니까?"

"상당히요."

예준은 땅으로 고개를 처박았다. 그 앞에서 어떤 표정을 지어야 할지 감이 잡히지 않았다.

"원하는 답이 되었는지 모르겠네요."

"아직도 연우를 좋아합니까?"

예준은 눈을 간신히 뜨고 있었다. 그의 입에서 나올 말들이 무서웠다. 그렇지만 하경은 어떠한 배려도 없이 무자비하게 입을 열었다.

"아직도…… 아직도, 라."

"……."

"단 한 번도 사랑하지 않았던 적이 없어서 그 질문엔 답을 못하겠네요."

그리고 짧은 침묵을 지키고 서 있던 하경이 주머니에 손을 넣어 진동으로 온몸을 흔들어 대는 핸드폰을 꺼냈다. 한참을 고민하다 전화했는지 우물쭈물 사정을 말하는 연우의 목소리가 들려왔다.

"뭐? 그래서 지금 어디야? 그래. 곧 갈게. 거기서 꼼짝 말고 기다려."

내려가다 발목을 접질려 오도 가도 못하고 발이 묶여 절에 몇 시간째 앉아 있다는 연우의 전화에 하경이 핸드폰을 주머니에 넣으며 말했다.

"정말 연연우, 내가 한시도 눈을 못 떼지."

그리고 산 아래로 황급히 내려가는 하경을 보고 있던 예준이 고개를 떨어뜨렸다. 눈을 감았다. 깊은 어둠이었다.

하경은 엉거주춤하게 걷고 있는 연우를 보며 낮게 한숨을 내쉬었다. 업히라고 손을 내밀어도 도통 그에게 업히지 않고 하경의 옷자락만 움켜쥐고 있던 연우가 결국 아픈 소리를 내기 시작했다.

"괜한 고집부리지 말고 그냥 업혀."

"싫어, 윽!"

두세 걸음도 채 가지 못하고 비틀거리는 연우를 잡아챈 건 든든한 하경의 팔이었다. 결국 한참을 망설이다 하경의 등에 업힌 연우는 하경의 목을 끌어안지 못하고 그의 어깨만 간신히 붙잡고 있었다.

“오해하지 마. 하경 씨한테 전화한 건 다른 직원들한테 폐 끼치기 싫어서야.”

“오해하고 싶은데?”

“절대 아냐. 그런 거.”

단호하게 선을 그은 연우는 이내 입을 다물고 다리를 내려다보았다.

점점 완만해지기 시작하는 산책로를 따라 내려왔을 때, 괜히 다리를 움츠린 연우는 시큰거리는 발목에 진지하게 우울해지기 시작했다.

“깁스붕대 해야 하는 건 아니겠지?”

“많이 아파?”

“깁스하면 안 되는데…… 일도 해야 하고.”

“난 나쁘지 않던데?”

“무슨 말이야?”

“적극적인 연연우 모습도 볼 수 있고.”

하경이 무슨 말을 하는 것인지 당최 알 수 없단 표정으로 그를 보던 연우가 금세 그 뜻을 알아듣고 얼굴이 시뻘게졌다.

어떻게 이런 사소한 거 하나에도 추억 아닌 추억이 있는 것인지, 연우는 귀까지 열이 달아올라 벌겋게 익은 얼굴로 하경의 등을 때렸다. 힘이 없는 여린 주먹이 의미 없이 하경의 등으로 박혔다 떨어졌다.

그러니까 그건 두 사람이 사귄 지 1주년이 되는 날이었다.

「어떡해. 발목은 괜찮은 거야?」

하필이면 오늘이 우리 연애한 지 1주년인데 이렇게 발목을 다칠 게 뭐람.

연우는 진심으로 김이 빠지는 기분이었다. 그렇지만 또 걱정이 되는 마음에 깁스붕대를 한 하경의 발목을 내려다보며 우울하게 말했다.

「많이 아파?」

「그럭저럭.」

「이게 뭐야…….」

「왜 실망한 얼굴인데.」

「아무리 그래도 오늘은 우리 만난 지 1년 되는 날인데…….」

무엇이 아쉬운지 너무나도 쉽게 연우의 마음을 간파한 하경이 등을 소파에 기대고 능청스러운 표정을 지었다. 빨간 혀가 나와 입술을 핥고 들어갔다.

「그냥 이렇게 보내긴 아쉽잖아.」

「하고 싶어, 연연우?」

전혀 연우의 부끄러운 마음 같은 것은 감춰 줄 마음도 없어 보이는 하경은 언제나 그렇듯 돌려 말하지 않고 하고 싶은 말을 아무렇지 않게 던졌다. 또 제 마음을 쉽게 들켜 버린 연우는 애꿎은 작은 손만 꼼지락거렸다.

「아니, 난…… 그냥 아쉬워서 그런 거야 뭐…… 됐어.」

「이리 와 봐.」

연우는 침을 꿀꺽 삼켰다. 이건 하경의 유혹이었다. 그렇지만 유혹의 냄새를 폴폴 풍기는 하경의 눈빛을 거부하기엔 저는 그를 너무나도 사랑하는 그의 연인이었다.

연우는 쭈뼛거리며 등받이에 등을 편안히 기댄 채 앉아 있는 그에게로 다가갔다. 남자의 커다란 손이 연우의 등을 감싸 안았다.

「오늘은 연연우가 날 좀 유혹해 줘야겠는데? 보다시피 내가 이래서.」

연우는 하경의 말에 괜히 손으로 눈을 비비며 입술을 쭈뼛거렸다. 눈을 비빈 손에 금세 열이 올랐다.

「……여기서?」

「못 움직이겠어.」

하경은 두 손을 연우의 겨드랑이에 집어넣어 번쩍 들어 올렸다. 그리고 자신의 길게 뻗은 다리 위에 앉혔다.

한눈에 보아도 건전하지 못한 자세가 되어 연우는 긴장으로 허리가 들렸다. 하경은 그런 연우의 허리를 어루만지며 제 붉은 입술을 그녀의 목덜미로 가져갔다.

하경의 입술이 목덜미에서 쇄골을 내려와 이를 세웠을 때, 연우는 상체를 움찔거리며 하경의 어깨를 힘주어 잡았다. 뜨거움에 가라앉은 목소리로 하경이 말했다.

「할 수 있겠어?」

하경이 무엇을 말하는지 알 것 같았지만 아는 체하기 싫었다. 저에게 온전히 주도권을 맡기려는 남자의 과감함에 눈앞이 아득해졌지만 또 새로운 자극에 가슴이 뛰기 시작했다.

제 가슴이 다시 뛰는 순간, 연우는 생각의 나래에서 깨어났다. 그리고 자신을 업고 있는 하경을 내려다보았다.

연우는 얼굴이 화끈거렸다. 그를 밀어내며 등에서 간신히 내려와 아픈 다리에 힘을 주고 섰다.

“절대 깁스 안 할 거야!”

그리고 하경을 밀치고 산책로를 따라 걷기 시작했다. 뒤에서 들려오는 숨소리 같은 옅은 웃음소리에 연우는 얼굴이 새빨개져 있었다.

등산을 다녀오고부터 예준이 뭔가 달라져 있었다.

요즘 들어 그와 부쩍 거리가 멀어졌지만 확실히 등산을 다녀온 후부터 그는 눈에 띄게 연우를 피하고 있었다. 시선이 마주치면 누가 봐도 저를 피하는 사람처럼 눈을 피하고, 일 이야기를 할 때면 눈은 쳐다보지도 않은 채 제 어깨 너머로 시선을 두었다.

“선배.”

"……어?"

"지배인님이 찾으세요."

"어, 어."

이상하게 말을 더듬었다. 불현듯 마주친 시선이 흔들렸다. 그러자 얼른 예준이 눈을 굴리며 다시 고개를 돌렸다.

예준은 어쩐지 연우의 얼굴을 볼 수가 없었다. 연우를 볼 때마다 하경이 떠올랐고, 두 사람의 잘 알지도 못하는 과거가 떠올랐다. 오랜 연인이었고, 7년이란 시간을 서로 함께할 만큼 사랑했고, 그 남자는 아직 연우를 사랑하고 있고, 어쩌면 연우도…… 연우도 그 남자를 아직 사랑하고 있을지도 모르고.

"나 지배인님한테 가 봐야겠다."

그렇게 예준은 연우를 스쳐 지나갔다. 연우의 시선이 아직 저에게로 꽂혀 있다는 것이 느껴졌지만 예준은 차마 돌아보지 못했다.

향긋한 냄새가 나는 스테이크를 손님 테이블에 내려놓으면서도 직원들의 두 눈은 테이블에 앉아 있는 하경을 향해 있었다. 아니, 좀 더 정확히 말하면 테이블에 앉아 있는 하경과 하경의 맞은편에 앉아 있는 여자를 보고 있었다.

우아한 원피스를 입은 여자는 익숙한 손놀림으로 와인을 마시며 하경과 대화를 나누고 있었다. 직원들은 샐러드를 우아하게 입으로 넣는 여자에게로 절로 시선이 향했다.

"뭐지? 대표님 애인인가?"

"예쁘다. 옷 좀 봐. 저거 다 명품이잖아."

"은비 씨, 그렇게 대표님 앞에서 자빠지더니 이제 완전 쫑 났네."

"말도 안 돼."

"말이 안 되긴 뭐가 말이 안 돼. 대표님 수준에 저 정도 여자는 돼야지."

은비는 단정하게 빗어 올린 머리를 잡아 뜯으려다 경란에 의해 저지당했다. 애초에 넘볼 수 없는 사람이었고, 다가설 수도 없는 사람이라는 것을 직원들도 모르는 바는 아니었지만 자신들에 비해 너무나도 달라 보이는 여자가 하경과 함께 눈앞에 나타났을 때, 직원들은 적잖게 현실 타격을 받은 모양이었다.

연우는 두 사람을 흘깃 보면서도 상관 않고 일하는 데 집중했다. 하지만 은비는 정말로 절망적인 얼굴을 하고 있었다.

"은비 씨, 음식 다 식어요. 정신 차리세요."

"연우 씨는 정신이 차려지겠어? 지금?"

"왜 정신을 못 차려요. 남자가 어디 저 사람뿐이에요? 저 남자보다 괜찮은 사람 얼마든지 만날 수 있어요."

평소의 연우답지 않은 강하고도 단호한 어투에 여직원들은 할 말을 찾지 못하고 벙 쪄 있었다. 은비는 연우의 말에 머쓱한 듯 뒷목덜미를 긁었다. 직원들은 헛기침을 하며 하나둘씩 모여 있던 자리를 피하기 시작했고, 연우도 이내 자리를 떴다.

그리고 여직원들의 괜한 마음만 들쑤신 하경을 흘겨보았다. 하여튼 본인은 모르겠지만 문제를 만들고 다니는 장본인이었다. 최하경.

연우의 눈썹이 못마땅해 꿈틀거렸다.

어깨를 두드리며 탈의실로 돌아온 연우는 옷을 갈아입기 위해 캐비닛을 열었다. 반듯하지 못하게 개어진 자신의 옷가지를 보며 연우는 한참 동안 옷을 내려다보고 서 있었다.

그리고 그런 저를 만족스럽지 못한 눈으로 보았던 하경이 떠올랐다. 옷 잘 못 개키는 게 뭐가 그렇게 큰 흠이라고.

괜히 투덜거리며 옷을 내려다보고 있는 연우의 등 뒤로 커다란 그림자가 다가왔다. 그리고 몸을 움직이려는 찰나 등으로 따뜻한 온기가 닿았다. 너무나도 익숙한 체향, 옅은 그의 향수 냄새.

"……."

그에게 안기듯 등이 하경의 가슴에 찰싹 달라붙어 있었다. 연우는 등을 돌리려 했지만 어깨를 붙잡는 강인한 힘이 그것을 저지했다.

"신경 쓰여?"

날카롭고도 부드럽게 파고드는 음성에 귀가 움찔거렸다. 등 뒤에서 닿는 숨소리에 연우가 그를 돌아보려 했지만 하경은 조금의 틈도 주지 않았다.

"그냥 일적으로 가볍게 밥 한번 먹은 것뿐이야."

"누가 물었어?"

하경이 고개를 숙여 연우의 귀까지 입술이 가까이 왔을 때, 연우는 움찔거리는 제 몸에 힘을 주고 그에게서 돌아섰다. 그리고 그를 마주 보았다.

"나랑 상관없는 일이야."

"……연연우. 너 저 남자랑 대체 무슨 사이야?"

갑작스레 다른 화제로 돌리며 말을 바꾼 하경의 주제에 연우는 잠시 그가 말하는 '저 남자'에 대해 생각했다. 그리고 곧 그가 말하는 '저 남자'의 정체를 알아차렸다.

연우는 입술이 비틀렸다. 딱히 약점이 없는 하경에게도 연우 자신이 아는 약점 아닌 약점이 있었다. 그것도 치명적인.

소유욕 하면 남부러울 것 없는 잔인한 소유욕을 가진 하경 때문에 연애 시절에는 자신을 괴롭히기도 했지만, 그때는 저에게 소유권을 주장하는 하경이 좋기도 했다. 어디까지는 그때 그 시절엔.

"그렇게 듣고 싶어? 답해 줘? 들으면 괴로울 텐데."

"말해."

급격하게 낮아진 남자의 목소리가 이미 어느 선상까지 화가 차올랐다는 것을 말해 주고 있었다. 연우는 그의 기분이 어찌 되었건 제 하고 싶은 말을 쏘아붙이듯 내뱉었다. 그의 기분을 뒤틀리게 해 주고 싶었다.

"날 좋아한대."

"그래서 뭐라고 했어."

"뭘 뭐라고 해. 난 애인도 없고 몸도 마음도 건강한 이제 겨우 서른인 여잔데."

"너 정말……."

"하경 씨는 하경 씨 수준에 어울리는 저 여자나 만나."

"나한테 어울리는 사람은 너 하나뿐이야."

"아니. 그 여자 보니까 하경 씨만큼이나 적극적인 성격 같아 보이던데, 둘이 아주 잘 어울릴 거 같아."

연우는 틈도 주지 않고 다시 밀어붙였다.

"누가 됐든 나도 이제 새로운 사람을 좀 만나야겠어. 이렇게 당신 곁에서 얽매이다간 정말 당신이 아닌 사람하고는 연애도 못 하면 어떡해."

"연연우."

"이제 본격적으로 선도 볼 거고 남자도 만날 거야. 이 사람 저 사람 데이트도 해 보고 만나 보면서 나도 이제 새 시작할 거야. 날 기다리게 만들지 않고, 기다리다 지쳐 울게 만들지도 않는 그런 남자 말이야."

연우는 부러 하경이 싫어하는 말들만 골라서 내뱉었다. 평소에 그녀가 다른 남자를 만나는 것에 유독 민감해했던 하경이었기에 다른 남자를 만나겠다는 연우의 말에 분명 상처를 받을 거라 생각했다.

하경이 뭐라고 입을 열기도 전에 연우는 다시 쏘아붙였다.

"이제 나한테 다른 남자 만나지 말라고 할 자격 없어. 당신은 내 남자친구가 아니니까."

"너 정말……!"

하경은 늘 그래 왔던 것처럼 마치 본능처럼 자연스럽게 연우의 허리에 손을 둘러 왔다. 그리고 키스라도 할 것처럼 바짝 가까이 다가온 하경의 두 눈이 무섭게 꿈틀대고 있었다.

연우는 하경의 손아귀에서 빠져나오며 유니폼의 셔츠 단추를 풀기 시작했다. 거침없이 손을 놀리던 연우가 아직 저를 보고 선 하경을 보며 말했다.

"나 옷 갈아입을 거니까 나가. 이제 곧 여직원들 들어올 거야."

그녀의 음성은 잔뜩 가시가 돋아나 있었다.

"나가란 말 안 들려?"

그리고 연우는 하경에게서 등을 돌려 단추를 잠그기 시작했다.

호텔을 나와 가방을 고쳐 메는 연우의 시선 안으로 예준이 걸어오고 있었다.

다시 우연처럼 마주친 두 사람은 쉽사리 서로 말을 꺼내지 못하고 서 있었다. 그렇게 가만히 보고만 있던 예준은 먼저 연우를 향해 가까이 다가섰다.

"집에 같이 갈까?"

그의 호의로 추정되는 모든 것들은 거절해야 마땅했지만 이상하게 오늘은 그의 제안을 거절할 수가 없었다. 하고 싶은 말이 있어 보이는 예준의 모습에 연우는 결코 가볍지 않은 무게로 고개를 끄덕였다.

더없이 좋았던 관계도 결국 사랑이라는 모양의 감정을 거치면 지금과 같이 보기만 해도 아픈 관계가 되어 버린다. 하지만 그것을 내 사랑을 모조리 바쳤던 당신의 탓이라고 할 수 없다.

허락도 구하지 않고 그녀를 먼저 사랑하고, 사랑한다 말하고, 사랑해 달라 말했던 저니까. 그래서 지금 자신이 받고 있는 이 아픔도 그녀의 탓이라고 말할 수 없다. 아픔을 감당할 수도 없으면서 사랑한다고 말을 해 버린 것 또한 역시 저이기 때문에.

"그 남자, 아직도 네 마음속에 있는 거지?"

연우는 자리에 멈춰 서는 예준을 보았다. 자기 스스로도 애써 외면해 왔던 질문을 하는 예준에게, 아니 본인 스스로에게 어떤 대답을 해야 할까 혼란스러웠다.

당혹감에 답을 찾지 못하고 말문이 막힌 입술만 달싹였다. 손끝까지 냉기가 뻗쳐 왔다.

연우는 떨어지지 않는 입술을 깨물고 고개를 저었다. 하지만 이미 그녀의 대답이 부정이 아님을 알아들은 예준은 씁쓸한 눈으로 그녀를 응시할 뿐이었다.

"연우야……."

닿지도 못할 이름을 그렇게 불렀다.

그 남자라서, 최하경 그라서 더욱 좌절했다. 그 남자는 연우를 사랑하는 그 눈빛을 숨기지 않는다. 남자인 자신이 보아도 그 남자는 결코 약하지도, 가볍지도 않았으며, 더더욱 만만한 상대는 결단코 아니었다.

"널 포기하게 만드는 그 남자가 너무나도 밉다."

"……선배."

"시간이 좀 걸릴지도 몰라. 너를 완전히 여자가 아닌 직장 후배로 보기까지."

예준은 떨고 있는 연우의 손을 잡아 주고 싶었지만 차마 손을 뻗지 못하고 이제 유지해야만 하는 이 거리를 지키고 있었다.

"그러니까 너무 매몰차게 날 몰아내진 말아 줘."

예준은 씁쓸하게 웃으며 머뭇대고 있는 연우의 어깨를 잡았다. 무엇 때문인지 연우의 눈가에 눈물이 그렁그렁 고여 있었다. 손을 뻗어 그녀의 눈가에 고인 눈물을 닦아 주고 싶지만 그러지 않기로 방금 그녀와 약속을 했다.

"연연우. 바보다. 너 내가 얼마나 부드러운 남자인지 모르지? 다른 건 몰라도 내 여자한테 다정한 건 자신 있는 남자야, 나. 넌 그런 남자를 놓친 거라고."

"네. 맞아요. 저 바보예요."

연우가 손등으로 맺힌 눈물을 닦으며 고르지 못한 숨소리를 쏟아 냈다. 종국엔 웃고 말았지만 두 사람은 서로에 대한 미안함에 쉽사리 손을 뻗지 못하는 그 거리를 유지한 채 서 있었다.

연우는 초인종을 연거푸 누르는 소리에 책을 읽다 말고 현관으로 나왔다. 그리고 문을 열었을 때, 알코올의 뜨거움에 잠식되어 잔뜩 두 눈을 붉힌 남자가 서 있었다. 연우는 강한 힘으로 자신의 손목을 붙잡고 집 안으로 들어오는 하경을 보며 저항 한번 해 보지 못하고 끌려오다시피 들어왔다.

무방비 상태로 있던 연우의 공간에 하경의 향이 온통 뒤덮였다. 하경은 답답한지 넥타이를 풀어 던지고 목을 옥죄고 있는 단추를 풀었다.

"왜 이래!"

많이 마시지는 않은 듯한데 분명 그에게서 알코올 향이 풍겨오고 있었다.

"연연우."

하경은 잔뜩 미간을 찌푸리며 연우에게로 다가왔다. 그럼에도 연우를 부르는 그 목소리엔 힘이 실려 있었다.

그는 분명 술을 마셨지만 제정신임에 틀림없었다. 자신을 보고 있는 눈빛은 어느 때보다 단단했다.

"왜 온 거야? 내가 찾아오지 말랬……!"

하경은 완전히 뜨거워진 손으로 연우의 허리를 휘감았다. 놀란 눈이 자신을 올려다보는 것이 느껴졌다. 강인한 힘에 놀란 연우가 그의 가슴을 붙잡았다.

"왜 이래, 정말!"

하경은 분명 취하지 않았다. 자신을 보는 두 눈이 뜨거움으로 가득했기 때문이었다. 그러니까 지금 이건 그가 술에 취해 하는 행동이 아니었다. 분명 자기 의지로 하는 행동이었다.

"다른 놈이랑 뭘 한다고?"

"다른 남자 만나 볼 거라고."

"그래서 키스라도 할 건가? 아니면 자기라도 할 거야?"

"왜 이래. 이거 안 놔?"

연우가 몸을 비틀수록 하경은 더욱 강하게 연우의 허리를 끌어안았다.

"놓으면……."

"……."

"놓으면 갈 거잖아. 다른 놈한테 갈 거잖아."

"……그래. 그러겠다고 했잖아."

"나만큼 널 사랑하는 남자는 세상에 없어."

하경은 연우의 허리를 끌어안은 채 그녀의 두 눈을 바라보고 있었다. 강렬한 남자의 눈빛에 연우가 고개를 돌리려 했지만, 곧 확 덮쳐 오는 남자의 입술에 그럴 수 없었다.

놀란 연우가 그의 어깨를 붙잡았지만 하경은 뜨거운 혀를 연우의 입 속으로 깊숙이 찔러 넣었다. 격렬하게 이어지는 거친 마찰로 인해 입술이 부풀어 오르기 시작했다. 하경은 입술을 떼어 내려는 듯하다가도 계속 연우의 머리를 끌어안고 작은 혀를 세차게 빨았다.

거친 움직임에 감당이 되지 않는 끈적한 타액으로 입술 전체가 미끈거렸지만 하경은 연우를 놓아주지 않았다. 하경의 가슴을 두드리던 연우가 그가 주는 자극에 허리를 떨었다. 키스만으로도 이미 자신을 온통 혼란으로 밀어 넣은 남자는 입술이 떨어지기가 무섭게 연우의 목덜미로 혀를 가져갔다.

"아, 아!"

그가 핥아 낸 목덜미가 따갑도록 화끈거렸다.

연우는 간신히 그의 어깨를 밀어내고 있었다.

"하, 하지 마."

하경은 연우의 말에도 여전히 더욱 강하게 목덜미에 입술을 묻었다.

그의 입술 끝에서 전해져 오는 저릿한 감각에 연우가 숨을 헐떡였다. 그의 가슴을 밀어내는 손에는 힘이 없어진 지 오래였다.

그녀가 가장 민감해하는 목덜미를 자극시켜 정신을 차리지 못하게 만드는 그의 행동에 연우는 이내 눈물을 터뜨렸다.

"아, 아파. 흑."

그제야 연우를 집요하게 안고 있던 하경의 손길이 떨어졌다. 아프다는 연우의 말에 하경은 잠에서 깨어난 듯 그녀의 목덜미를 내려다보았다. 온통 물리고 빨려 자신의 흔적으로 울긋불긋한 목덜미가 눈에 들어왔다.

"나빠……. 최하경, 너 나빠."

연우는 그가 주는 자극으로 완전히 힘이 빠져 버린 손등으로 눈물을 닦았다.

연우의 눈물에 하경은 그녀를 안아 주지도, 다독여 줄 생각도 못 하고 그저 아픈 눈으로 서 있을 뿐이었다.

하경은 울고 있는 연우에게로 손을 뻗다 말고 이내 제 머리를 쓸어 올렸다. 연우의 눈물로 다시 심장을 얻어맞은 하경은 피가 나도록 제 입술을 깨물었다.

7.

나의 사랑하는 너에게

월차를 내고 하루 종일 침대 위에 누워 있었다. 내일은 마침 쉬는 날이니 이대로 이틀 정도는 누워 있을 생각이었다.

눈을 뜨지 않았다. 시간이 얼마나 흐른 것인지 알 수 없었다. 침묵 속에서 홀로 똑딱거리는 시계 소리만이 유일하게 기척을 해 왔다.

두려웠다. 너무나 두려웠다. 그가 홀연히 떠나 버린 2년 동안 수천 번도, 그가 잘못된 것은 아닌지, 혹시 제가 버려진 것은 아닌지, 어떠한 사정이 있는 것인지 고민하고 좌절하며 눈물을 흘려 냈었다.

그렇게 2년을 보내고 간신히 마음을 잡아 눈물을 닦아 냈을 때, 그가 돌아왔다. 그리고 사랑한다고, 다시 사랑하자고 그가 말했다. 그가 자신을 향한 사랑에 변함이 없다는 안도보다는 다시 하경이 자신을 떠날까 봐, 또 버려질까 봐 그것이 겁이 났다. 그래서 조금도 그에게 다가설 수가 없었다.

그의 사정을 알게 되었고, 저만큼이나 아팠던 그를 알게 되었지만 다시 하경을 향해 마음을 열기엔 이미 너무나 많은 눈물과 두려움을 만들어 낸 후였다.

다시 사랑을 하고, 그와 마음을 나누고…… 그리고 다시 그가 자신의 곁에서 사라지게 된다면?

그 모든 것이 이제는 두려움으로 다가와 남자를 향해 네 마음을 받아들이겠다고 고개를 끄덕일 수가 없었다.

어제 그렇게 하경이 떠나간 후 홀로 남겨진 연우는 머리가 아파 와 꼼짝을 할 수가 없었다. 그의 흔적으로 화끈거리는 목덜미보다 가슴이 멍든 것처럼 욱신거리는 것이 이상했다.

누군가에게 전화를 할 수도, 내가 아프니 곁에 있어 달라고 말할 사람도 없는 어둠에서 홀로 몸을 웅크리고 있던 연우는 그대로 잠이 들었다.

두통은 하루가 지나며 가라앉았지만 눈은 아직 그대로 감겨 있었다. 그냥 이렇게 이대로 침묵 속에 잠겨 하루, 이틀 정도는 푹 쉬고 싶었다. 누구의 방해도 받지 않고 이렇게.

그렇게 두 눈을 감은 채 다시 찾아온 밤을 느끼고 있던 연우는 핸드폰 진동 소리를 느끼면서도 손을 뻗지 않았다. 진동이 잦아들고 다시 정적이 흐르려는데, 다시 한 번 핸드폰이 온몸을 떨며 요동쳐 댔다. 결국 하루 종일 감고 있어 진득하게 달라붙어 있던 눈을 뜨고 이불 깊숙이 파묻혀 있던 핸드폰을 찾아 손을 더듬었다.

전혀 생각지도 못했던 발신인에 연우는 몸을 일으켜 침대헤드에 등을 기대고 앉으며 우수수 떨어지는 머리카락을 귀 뒤로 쓸어 넘겼다.

"고모."

–연우야.

자신을 부르는 반가운 목소리에 연우는 잠겨 있던 칼칼한 목을 다듬고 입을 열었다.

"고모, 전화 자주 못 드려 죄송해요. 자주 찾아뵙지도 못하고."

–하경이는 잘 지내지? 한 번도 네 엄마, 아버지 기일 빠뜨리지 않고 찾아왔었는데 벌써 두 해가 되도록 소식이 없어서 걱정이 돼서……. 전화도 안 되던데……. 하경이가 네 엄마, 아버지 기일 빠뜨릴 애가 아니잖니. 혹시 무슨 일 있는 거 아니지?

연우는 헤드에 기대어 있던 등을 일으켜 허리를 펴고 앉았다. 도대체 고모가 무슨 말씀을 하고 있는 것인지 감을 잡을 수 없었다. 하경이 제 엄마, 아버지 기일 때 고모를 찾아 뵀었다니?

"고모, 그게 무슨 말씀이세요? 하경 씨가 고모를 찾아가요?"

–하경이가 네 엄마, 아버지 기일 때마다 찾아왔었잖아. 뭐, 좀 더 정확히 말하자면 내가 아니라 네 할머니 보려고 온 거지만. 너 몰랐었니?

"……그게 정말이에요?"

–어머, 정말 몰랐구나. 그래, 7년 동안 한 번도 빠짐없이 찾아

왔었어. 특히 네 할머니를 얼마나 끔찍이 챙겼는데. 부모 잃은 네 슬픔도 슬픔이지만 자식 잃은 그 슬픔 오죽하겠냐고.

오랫동안 빛을 받지 못했던 탓에 시야가 자꾸만 하얗게 흐려져 갔다.

연우는 잘 보이지 않는 눈을 깜빡이지도 못하고 떨리는 입술을 열었다.

"……고모. 정말…… 정말이에요? 그러니까……."

연우는 어둠이 내려앉은 공간 속에서 초점을 잡지 못하고 허공을 응시했다.

전혀 몰랐었다. 하경이 저에게 말도 하지 않고 매년 제 부모님 기일 때마다 할머니를 찾아뵀었다는 건 정말 모르고 있었다.

-그래. 하경이는 잘 지내지? 한번 내려오라고 해. 많이 보고 싶다고.

부모님의 기일 날, 연우는 단 한 번도 부모님의 산소를 찾아간 적이 없었다.

하경이 제게 그 이유를 물었을 때 연우는 답한 적이 있었다. 스무 해 동안 곁에 있던 부모님을 정말로 곁에서 떠나보냈다는 걸 확인하는 기분이 들 것만 같다고, 그래서 기일 날은 찾아뵙고 싶지 않다고. 연우의 마음을 어렵지 않게 눈치챈 고모와 할머니는 그런 연우를 이해했다.

연우는 야윈 등을 웅송그리며 전화가 끊긴 핸드폰을 내려놓았다.

연우는 두 무릎을 오므리며 손으로 무릎을 끌어안았다. 맞잡은 두 손이 파리하게 떨렸다. 그리고 흙빛이 된 얼굴을 무릎 사이로 파묻었다. 공기가 맞닿는 등이 시렸다. 손도 차갑게 식어 갔다. 떨고 있는 입술 또한 식어 갔다.

고모로부터 갑작스레 전해 들은 하경의 소식에 잦아들었던 두통이 다시 시작되고 있었다.

돌아온 연우는 보다 열심히 일했다. 예준이 걱정할 만큼 몸을 사리지 않았다. 무언가에 열중하면 그만큼 잡생각이 들지 않는다는 하경의 말이 떠올랐다.

그래, 생각해 보면 그가 허투루 하는 말은 잘 없었다. 돌이켜 보거나 지나가 생각해 보면 하경의 말이 맞을 때가 많았다. 지금도 그랬다. 일에 열중하는 만큼 잡생각이 사라지고 있었다.

연우는 무거운 접시들을 나르며 동시에 연회장으로 가 일손을 도우는 것도 함께했다. 역시 누워서 한가하게 시간 가는 것만 세고 있는 것보다 이편이 훨씬 편했다.

다만, 한 가지 신경이 쓰이는 것이 있다면 감기를 핑계로 지배인님께 허락을 구하고 착용한 스카프가 그것이었다. 아니, 정확히 말하자면 그 안에 남겨진 하경의 흔적들이 신경이 쓰였다.

"연우야, 좀 쉬었다 해."

"화분 배달 왔대서 그것만 가져다 놓고요."

전혀 그의 말을 들을 생각이 없어 보이는 연우는 뒤도 돌아보지 않고 다시 그에게 등을 돌려 뛰어갔다. 예준은 고개를 절레절레 저었다.

연우가 화분을 안고 프런트를 지날 때, 프런트에서는 예사롭지 않은 일이 벌어지고 있었다. 40대 중반으로 보이는 한 남자가 골프 가방을 등에 메고 로비를 지나 프런트로 다가왔다.

"어서 오십시오, 손님. 예약하셨습니까?"

젠틀하게 웃는 남자는 제 턱을 매만지며 말했다.

"김경희라고 지금 여기 있는 걸로 아는데, 어느 방에 묵고 있는지 알 수 있습니까?"

난감한 질문을 하는 남자는 그럼에도 만면에 웃음을 띠고 있었다.

"죄송합니다. 손님. 그건 알려드릴 수가 없습니다."

"꼭 할 말이 있어서 봤으면 하는데."

미소를 잃지 않는 남자의 매너에 프런트 직원은 다시 한 번 정중하게 고개를 숙였다.

고개를 끄덕이며 수긍하듯 돌아선 남자는 내려놓았던 골프 가방을 어깨에 메었다.

로비를 느린 걸음으로 가로질러 가면서 남자는 어깨에 메고 있는 골프 가방 끈을 만지작거렸다. 그리고 두 눈동자를 굴려 호텔 주위를 둘러보았다. 그 움직임이 은밀했다.

그리고 그때였다. 막 엘리베이터 안에서 쏟아져 나와 로비를 향해 걷던 여자는 골프 가방을 멘 남자를 발견하고 아연실색한 표정으로 뒷걸음질 쳤다.

그녀를 향해 남자가 소리쳤다.

"야! 김경희!"

쩌렁쩌렁한 고함 소리에 손님, 직원 할 것 없이 이목이 집중되었다.

"여, 여보."

다른 남자의 팔짱을 끼고 우아하게 걷던 여자는 자신을 향해 소리치는 남자를 보며 새파랗게 질린 얼굴로 뒷걸음질 쳤다. 남자는 순식간에 골프 가방을 열어 골프채를 쥐었다. 그리고 채 경비원이 달려오기도 전에 분노에 차 엉망인 얼굴을 한 남자는 골프채를 하늘 높이 들었다.

그런데 그가 내려치는 골프채를 맞은 것은 전혀 예상치 못한 인물이었다.

몸을 웅크린 여자를 감싸 안은 하경은 짧은 신음을 흘리며 남자에게서 뒤돌아섰다. 그리고 남자의 골프채를 빼앗은 순간, 남자는 경비들에 의해 두 팔이 잡혔다.

놀라 다가오는 직원들은 하경을 보며 얼굴이 새하얘졌다. 어찌할 바를 모르고 그를 불러 댔다.

"대, 대표님!"

"대표님!"

하경은 아픈 등을 채 펴지도 못하고 제 품 안에 있는 여자를 보았다. 골프채를 뺏긴 남자만큼이나 놀란 눈을 한 여자는 그 자리에 주저앉아 두 손으로 입을 틀어막았다. 이미 그녀 곁에서 함께 밤을 지새운 것으로 보이던 그 남자는 도망을 간 것인지 모습이 보이지 않았다.

"대표님, 병원으로 모시겠습니다. 뭐 해. 빨리 차 대기시켜."

"됐습니다. 그럴 거 없습니다."

하경은 눈을 찌푸리며 붙잡힌 채로 끌려가면서도 여자를 향해 욕설을 내뱉고 있는 남자를 보았다.

평소의 그라면 당장에 주먹을 날렸을 테지만 지금은 평소처럼 행동해선 안 된다는 것을 잘 알고 있었다. 회사 방침에 따라, 법에 따라 조치를 취하는 것 그 이상으로 소란을 일으켜서는 안 된다는 것을 잘 알고 있었다.

호텔 대표이사라는 직함을 달고 있는 사람이 아닌가. 이 사태를 누구에게 책임을 따져 물을지 생각을 하면서도 하경은 떨고 있는 여자를 내려다보았다.

자신이 제일 경멸하는 종류의 인간. 평생을 함께하자고 약속한 사람을 두고 다른 이에게 마음도 모자라 몸까지 갖다 바치는 그런 인간.

뒤틀린 입술로 여자를 내려다보던 하경은 하고 싶은 말을 모조리 삼키고 뒤돌아섰다. 맞은 등이 사정없이 아파 왔다.

"대표님, 괜찮으십니까? 정말 병원에 가지 않으셔도 괜찮으십니까?"

"목소리 줄이세요. 손님 계신 거 안 보입니까?"

하경의 차가운 말에 안절부절못하던 직원이 서둘러 고개를 바짝 숙였다.

작은 화분을 품에 안은 채 하경을 보고 있던 연우는 이내 곧 등을 돌렸다.

하경이 경찰서에 다녀와 막 이사실로 향했다는 소식을 들은 연우는 들고 있던 파스와 연고를 몇 번이나 만지작거리며 엘리베이터 앞을 서성이고 있었다. 1층으로 돌아온 엘리베이터를 벌써 3번째 올려 보내고 있었다.

화한 파스 냄새를 벌써 몇 분째 맡고 있던 연우는 다시 한 번 더 엘리베이터가 1층으로 내려왔을 때 무거운 발걸음을 엘리베이터 안으로 옮겼다.

빠르게 대표이사실로 올라간 엘리베이터는 연우의 마음과는 달리 한 치의 망설임도 없이 문을 열어 내릴 것을 종용했다. 열린 엘리베이터 문틈으로 이사실이 보였다.

연우는 진흙처럼 바닥에 달라붙은 다리를 어렵게 옮겼다. 약을 문 앞에 두고 갈 요량으로 오긴 왔지만 쉽게 그럴 수가 없었다.

그래서 애꿎은 약봉지만 쥐어뜯고 있을 때, 막 도착한 엘리베이터 안에서 서 비서가 나왔다.

"아…… 안녕하세요."

"네, 안녕하세요."

연우는 서 비서가 들고 있는 의무실에서 갖고 온 약 봉투를 보며 제가 쥐고 있는 약봉지를 슬며시 뒤로 감췄다. 그리고 그녀가 내리자마자 엘리베이터 안으로 빠르게 올라탔다.

"볼일 있으셔서 오신 거 아니에요?"

서 비서의 말에 연우는 고개를 저으며 감춘 약봉지를 더욱 깊숙이 등 뒤로 밀어 넣었다.

"아니에요."

"……네. 그럼."

엘리베이터 입구에서 천천히 멀어지는 비서를 보며 연우는 닫힘 버튼을 꾹 눌렀다. 그러자 엘리베이터 문은 아무런 망설임도 없이 닫혔고, 빠른 속도로 아래를 향해 내려가기 시작했다.

서 비서에게 약봉투를 건네받은 하경은 말없이 그것을 내려다보고 있었다. 그리고 이내 책상 안쪽으로 밀어 두었다. 걱정 섞인 눈으로 저를 바라보는 서 비서를 향해 그만 나가 줄 것을 부탁했다.

"혼자 약 바르실 수 있으시겠습니까? 제가 도와 드릴까요?"

연우가 아닌 어느 누구도 제 몸에 손대는 것을 끔찍이 싫어하는 그가 서 비서의 제안에 응할 리가 없었다. 심기 불편한 그의 표정에 서 비서는 이내 민망한 얼굴로 고개를 숙이고 이사실을 나갔다.

이 약을 제 비서가 아닌 연우가 가져왔다면 얼마나 좋았을까. 더는 행복할 수 없을 만큼 행복할 텐데.

하경은 씁쓸하고도 아픈 표정을 감추지 못한 채 그렇게 아픈 몸을 움켜잡고 있었다.

◈

연우는 유니폼을 갈아입다 말고 마침 도착한 문자 메시지에 액정을 보았다. 직원들끼리 커피 한잔하자는 예준의 단체문자였다.

다시, 선후배 사이로 돌아가자는 그의 암묵적인 고백이 있고 나서부터 두 사람은 빠르게 예전의 관계로 회복 중이었다. 예준이 그녀를 배려해 좀 더 편하게 대해 주었고, 아무 일도 없었다는 듯 먼저 그녀에게 다가섰기 때문이었다.

덕분에 직원들과 함께 있어도 불편하지 않았다. 아니, 서로 그러려고 노력했다.

그래서 그러하겠다 답을 보내고 가장 먼저 호텔을 나온 연우는 직원들을 기다리며 괜히 구두 끝을 바닥에 톡톡 찍었다 끌었다 무료한 시간을 보내고 있었다.

그렇게 기다리기를 몇 분, 연우는 자신을 거세게 짓누르는 누군가의 존재감에 무의식적으로 고개를 들었다. 그리고 자신을 바라보고 있는 하경과 눈이 마주쳤다.

"……."

연우는 두 손을 가지런히 모으고 그에게 반듯하게 인사했다.

그에게 고개를 숙였을 때, 두 사람 앞으로 까만 세단이 다가와 멈춰 섰다.

하경은 먼저 침묵을 깨고 그녀에게로 다가왔다.

"타. 데려다줄게."

"아닙니다, 대표님."

연우의 짧은 대답을 끝으로 침묵이 이어졌다.

아무런 말없이 서로의 존재를 피부로만 느끼고 있던 두 사람 사이로 낯익은 음성들이 파고들었다. 예준을 비롯해 직원들이 삼삼오오 두 사람을 향해 다가오고 있었다.

"어머, 안녕하십니까. 대표님."

공손히 하경을 향해 인사하는 은비 곁으로 예준이 다가섰다. 달갑지 않은 서로의 시선이 부딪혔지만 예준은 곧 하경을 향해 목례했다.

하경의 두 눈이 무섭도록 예준을 향해 있었다. 남자의 차디찬 시선이 감당할 수 없을 만큼 날카로웠다.

얼음장 같은 눈으로 예준만을 응시하고 있던 하경은 단번에 차에 올라탔고, 하경을 실은 차는 빠른 속도로 호텔을 빠져나갔다.

차 시트에 묵직한 몸을 파묻은 채 사이드미러로 직원들과 나란히 함께 걸어가는 연우와 예준을 응시하던 하경은 참고 있던 답답한 숨을 내쉬었다.

운전석에서 그를 보고 있던 비서가 걱정스런 얼굴을 해 왔지만 그것을 무시한 하경은 긴 손가락으로 거칠게 머리칼 사이를 찔러 넣어 쓸어 넘겼다. 아픈 눈을 비추기 싫어 그는 눈을 눌러 감고 이마를 감싸 쥐었다. 와인이 절실했다.

오랜만에 가지는 큰 회식이었다.

직원들은 회를 초장에 듬뿍 찍어 먹으며 소주를 콸콸 따랐다. 그리고 주거니 받거니 농담을 안주 삼아 들이켜고 있었다.

연우는 지배인이 건네는 술을 받고 꾸벅 인사를 하며 목구멍 안으로 쓴 술을 들이부었다. 식도를 타고 넘어가는 술을 따라 목구멍이 탈 것 같았다. 절로 눈썹이 일그러졌다.

"우리 연우 씨는 일을 잘해서 좋아. 늘 열심히 하잖아."

"감사합니다. 지배인님."

"연우 씨, 남자친구는 있어? 좋은 사람 있으면 연우 씨 소개시켜 주고 싶네."

"지배인님이 더 먼저예요."

장난스럽게 건네는 연우의 농담에 지배인은 껄껄 웃다 말고 입꼬리를 아래로 축 내려 우울한 얼굴을 했다. 그러다가 다시 술을 들이켰다.

"내가 이 나이에 장가가서 뭐 해. 나는 평생 일하고 결혼했다 생각하고 살 거야."

"일하고 결혼하면 무슨 재미예요. 그래도 좋은 사람이 곁에 있어야 안 외롭죠."

"됐어. 이 나이에 다시 누구를 만나서 사랑하기도 나는 다 귀찮고 피곤해."

"절대 그렇지 않아요. 사랑이라는 건 나이랑 전혀 상관없이 찾아오는 거잖아요. 아마 다시 사랑을 시작하시면 일을 포기해서라도 붙잡고 싶어지실걸요?"

"연우 씨, 누구 좋아해?"

"예?"

"아니. 연애 많이 해 본 사람처럼 말해서."

"저 연애 많이 안 해 봤어요."

한 사람이랑 오래 해서 그렇지.

연우는 하지 못할 그 말을 쓴 술과 함께 입 안으로 삼켜 넘겼다. 어느덧 곁으로 다가온 예준은 다리를 접고 앉아 멀리 있던 소주잔을 끌어왔다.

"지배인님, 연우 씨, 우리 셋이서 건배 한 번 해요."

"정 캡틴이랑은 재미없어서 술 안 마셔."

"아, 지배인님!"

"연우 씨, 우리끼리 마셔. 자, 자."

웃음이 터진 연우가 비어 버린 소주잔을 붙잡고 큭큭 웃어 댔다. 연우의 미소를 보던 지배인과 예준도 웃음을 터뜨렸다.

그리고 그런 연우를 바라보는 또 한 사람이 있었다. 하경은 안주도 없이 술을 물처럼 목구멍 안으로 쏟아부었다.

제 입맛에 맞지 않아 잘 마시지도 않는 소주를 벌써 두 병째 그렇게 마시고 있었다. 온통 시끄러운 주위 가운데 오직 하경, 자신의 자리만 침묵 속에 떨어진 것 같았다.

그는 주위 어떤 소리도 듣지 못하고 연거푸 술을 기울이기만 했다. 자신의 시야 안에 예쁘게 웃고 있는 연우와, 연우 곁에 앉아 그녀를 바라보고 있는 그 남자.

"대표님, 괜찮으십니까?"

하경은 저를 향해 하는 말들을 듣지 못한 채 그저 연우만을 보고 있었다.

다시 한 번 술을 들이켰다. 소주 같은 것은 입에도 대지 않는 입맛임에도 지금 목구멍 안으로 들이붓고 있는 것이 소준지 물인지도 모를 만큼 아무런 맛도 느끼지 못하고 있었다.

자신이 아닌 다른 남자를 만나겠다는 그녀의 목소리만이 도돌이표처럼 계속해서 되돌아왔다. 떠오르는 연우의 목소리에 하경은 마지막 남은 술을 들이켰다.

연우는 입술을 활짝 올려 웃다 말고 저와 마주치는 하경의 눈빛에 천천히 미소를 거뒀다.

자신을 향해 아프도록 내리쬐는 남자의 안타까운 눈.

그는 아픔에 완전히 잠식되어 있었다.

창밖엔 비가 주룩주룩 내리고 있었지만 연우는 문을 활짝 열었다. 오랜만에 대청소를 했다.

그동안 미뤄 놓았던 청소를 끝내 놓고 이제야 좀 쉬나 했더니 오른쪽 주머니에 넣어 놓은 핸드폰이 요란하게 울려 댔다. 잠잠하다 했더니 아니나 다를까 직원들의 호출이었다.

"여보세요."

–연우 씨, 뭐 해요. 우리끼리 한잔해야죠.

아무리 직장 생활이 술을 부른다지만 회식을 가진 지 얼마나 지났다고 직원들은 또 술을 주거니 받거니 하고 있는 모양이었다. 그런데 이번엔 미희의 목소리가 좀 더 우울하게 들렸다.

–그러지 말고 와요. 은비 씨는 다 죽어 가요.

오늘도 조용한 휴식은 물 건너간 듯 보였다.

호프집 앞에 차를 세우고 안으로 들어간 연우는 저를 향해 손을 흔드는 미희를 보며 방황하지 않고 곧장 자리로 찾아갔다. 이미 술을 어느 정도 한 건지 얼굴이 달아 있는 은비는 연우를 보며 다짜고짜 잔부터 내밀었고, 예준은 그런 은비를 진정시키려는 듯 등을 두들겼다.

"연우 씨, 한잔해."

"미희 씨, 괜찮아요? 벌써 취한 거예요?"

"난 멀쩡한데? 자, 자. 솔로들끼리 한잔해요, 우리."

미희의 말에 잠자코 있던 유일한 유부녀인 경란이 눈치 없이 끼어들었다.

"난 빼 줘."

"그럼 선배는 빼고 우리끼리 한잔."

미희에 등살에 못 이겨 건배를 한 직원들이 여기저기서 술을 넘겼다. 예준은 술을 마시다 말고 쓴 술에 눈을 찌푸리고 있는 연우에게 치킨을 내밀었다.

연우는 예준이 건네는 치킨을 받아 들며 입 안 가득 남아 있는 술을 꿀꺽 삼켰다.

"대체 우리는 왜 솔로인 거예요?"

오늘의 한탄 주제는 이것인 듯했다. 그래서 은비의 우울함이 극에 달한 것이었다.

"우리가 뭐가 부족해서? 직업 있지, 얼굴 되지, 몸매 되지, 성격 되지."

"은비 씨 말은 바로 해. 얼굴, 몸매가 돼?"

"에이씨."

은비는 다시 술을 넘기고 술 냄새가 가득 담긴 한숨을 푹 내쉬었다.

"아, 이만하면 됐지 뭘. 안 그래요. 연우 씨?"

"은비 씨 정도면 정말 괜찮은데."

연우의 말에 은비가 손뼉을 쳤다.

"그렇지, 그렇지. 아, 거봐요. 연우 씨도 맞대잖아."

"우리 연우 씨가 너무 착해서 모진 말을 못 해 그래."

은비는 입가에 흘러내리는 술을 손등으로 아무렇게나 닦으며 주정하듯 중얼거렸다.

"대표님은 애인 있을까요?"

은비의 중얼거림에 예준의 시선이 단박에 연우에게로 향했다. 연우는 별다른 말없이 앞에 놓인 안주에 손을 뻗을 뿐이었다.

"아, 오르지도 못할 나무 쳐다보지 말라니까."

"정말 대표님 봤을 때 저는 딱 느꼈거든요. 내 이상형이구나. 이 남자가 내 남자구나."

은비는 진심으로 우울한 표정을 했다. 그리고 두 눈을 딱 감고 술을 목 안으로 넘겼다.

직원들은 그런 은비의 모습에 더 이상 혀를 찰 기운도 없다는 듯 고개를 저어 댔다.

"저 아시죠? 세상에 내 것이 못 될 남자는 없다. 내 것이 될 수 없는 남자는 없다."

은비는 빈 잔을 테이블 위로 탁 하고 소리 내어 놓으며 소리치듯 말했다.

"두고 봐요. 내 남자로 만들 테니까."

예준의 시선은 여전히 연우에게로 향해 있었다. 연우는 그저 술잔만 내려다보며 은비의 말을 얌전히 듣고 있을 뿐이었다. 오히려 이 상황이 불안하고 불편한 건 예준, 자신뿐인 듯했다.

다시 일상이었다. 여느 때와 다름없이 바쁘게 일하고, 어젯밤 술자리에서 못다 한 이야기로 직원들과 시간을 보내기도 했다.

"연우 씨, 오늘 저녁 같이 할래요?"

"아뇨. 오늘은 가야 할 데가 있어서……."

"같이 갔으면 좋았을 텐데……."

아쉬운 소리를 하는 은비에게 표면상의 미소를 띤 연우는 말없이 가방을 어깨에 걸치고 캐비닛 문을 닫았다.

오늘은 신애와 가볍게 차 한잔하기로 했다. 좀 더 정확히 말하면 저번엔 술에 취한 채 수다를 떨었지만 오늘은 맨 정신일 때 좀 더 건전한 대화를 나누자는 것이었다.

사실 건전한 대화라고 해 봐야 주제는 별것 없었다. 힘든 사회생활 이야기, 신애의 남편 이야기, 시댁식구들 이야기, 연우의 연애 이야기가 다였다. 연애 이야기라고 해 봐야 오늘은 할 말이 없으니 종로에서 뺨 맞은 친구의 한강이나 되어 주자 싶었다.

사실 요즘 부쩍 스트레스로 통 잠도 잘 못 이루고 밥도 좀처럼 먹질 못해 누군가와의 대화가 절실했다. 그 주제가 무엇이든 간에 속에 있는 말들을 털어놓아 말로라도 풀고 싶었다.

제가 다니던 대학교 앞을 지나던 연우는 문득 고개를 돌려 제가 일했던 카페를 보았다. 2년 만이었다.

하경과 함께 이곳을 찾은 이후로 한 번도 오지 않았으니 2년 만이었다. 잊고 살았었다. 아니, 잊으려고 무던히도 노력했었다.

우리의 추억들이 너무나 가득해 그의 생각으로 가슴이 멍해져서 올 수 없었다.

여전히 그곳은 따뜻한 온기가 감돌았으며, 향긋한 커피 냄새가 밖까지 퍼져 나왔다.

시럽 없는 아메리카노……. 그래. 시럽 없는 아메리카노 향이었다.

"어서 오세요."

그새 아르바이트생이 바뀌었는지 전과 달리 앳돼 보이는 여학생이 커피를 만들고 있었다. 카페 안으로 들어간 연우는 가만히 간판을 보며 조용한 목소리를 했다.

"아메리카노 한 잔 주세요. 시럽 없이요."

말없이 카페 안을 둘러보던 연우는 늘 하경이 앉아 있었던 그 자리를 돌아보았다. 여전했다. 가끔 창밖을 바라보며 또 가끔은 턱을 괸 채 가만히 있기도 했고, 가끔은 저와 눈이 마주치기도 했으며 가끔은 눈을 감고 있기도 했던…….

그곳은 그대로였다. 제 기억 속에 있는 하경의 모습도…….

연우는 하경의 자리에서 고개를 돌려 그림이 걸려 있는 벽을 향해 걸어갔다. 어딘지 모르게 익숙했다. 익숙한 잔영의 여자가 웃고 있었다.

연우는 놀라 입이 다물어지지 않았다. 아주 오래전, 그러니까 9년 전 이 자리에서 그와 처음 만났던 그날의 제가 해사하게 웃으며 커피를 마시고 있었다.

서로의 이름도 주고받지 못했던 그 처음의 어여쁜 날이 그려져 있었다.

놀란 눈으로 그림을 바라보고 있던 연우의 눈동자 안에 그림 아래쪽에 작게 쓰인 익숙한 서체가 들어왔다.

[나의 사랑하는 蓮에게.]

연우는 손을 들어 정갈하게 쓰인 제 이름을 만졌다. 연. 연꽃. 연연우.

가득 고인 눈물로 눈앞이 아득해졌다. 도대체 언제 그가 이 그림을 그린 것일까. 언제부터 자신을 마음에 두고 있었던 것일까. 언제 이 그림을 여기에 두고 간 것일까.

자신이 기억하고 있는 그의 서체에 주체할 수 없는 눈물이 흘러내렸다. 하경이었다.

떨리는 손으로 하경이 쓴 제 이름을 매만지던 연우는 눈물만 뚝뚝 흘려 내고 있었다.

깨문 입술 사이로 끝내 참고 있던 울음 섞인 흐느낌이 터져 나왔다.

주저앉아 고개를 숙인 연우는 몸을 끌어안은 채 그렇게 울었다.

8.

다시, 고백

오늘도 제 상관인 하경은 저녁 식사를 거른 채 밤늦게까지 이사실에서 두문불출이었다.

서 비서는 조용히 노크를 하고 허락도 없이 이사실 안으로 들어갔다. 손에 쥔 커피에서는 뜨거운 김이 모락모락 피어오르고 있었지만, 한참이나 주인을 맞지 못한 커피 표면은 차가운 공기와의 접촉으로 점점 온기를 잃어 가고 있었다.

일에 집중을 하고 계신가 했더니 또 서류는 한 장도 넘어가지 못하고 있었다.

그는 공허한 눈으로 넘어가지도 않는 종이를 들고 한참 동안 시선을 박고 있었다. 서 비서가 들어왔는지조차 가늠하지 못하고 생각에 잠겨 있는 하경의 얼굴은 그새 많이 수척해져 있었다.

벌써 그의 수척한 안색을 마주한 지 일주일이 지나고 있었다.

"대표님."

대답이 들리지 않았다. 그녀가 부르는 것조차 듣지 못하고 의미 없는 눈을 책상 아래로 두기만 하던 하경이 천천히 고개를 들었다.

"……그래."

"커피 드십시오."

서 비서는 한참이나 들고 있던 커피 잔을 그의 책상에 내려놓았다. 커피를 두고 그에게서 몇 걸음 물러섰다. 하경은 그녀가 놓고 간 커피 쪽으론 단 한 번도 시선을 돌리지 않은 채 파리한 두 눈을 감았다.

서 비서는 화석처럼 그 자리에 못 박힌 채 하경의 모습을 한참 동안 바라보고 있었다. 그리고 제 입술을 질끈 깨물며 눈을 꾹 감았다 떴다. 아무래도 자신이 지니고 있는 '그것'을 돌려줘야겠다는 생각이 머릿속을 비집었다.

제법 큰 상자를 가만히 내려다보고만 있던 서 비서는 상자를 안고 연우의 빌라를 찾았다.

문이 조심스레 열리고 내밀어진 작은 머리통은 호텔에서 반듯했던 모습과는 다르게 한눈에 보아도 헝클어져 모양이 엉망이었다. 그새 하경만큼이나 얼굴이 좋지 않은 연우는 감기라도 걸린 것인지 식은땀을 흘리고 있었다.

'서 비서님이 여긴 어떻게…….' 라고 묻는 그 목소리엔 힘이 하나도 남아 있지 않았다. 아차 하면 바닥으로 꼬꾸라질 것 같은 연우를 보며 그렇지 않아도 죄인의 마음으로 찾아온 서 비서의 마음이 더욱 무겁게 가라앉고 있었다.

쇠붙이 하나를 매단 듯 끝도 없이 무거워지는 마음을 간신히 억누른 서 비서는 어떻게 찾아온 것이냐고 묻는 연우의 질문에 답을 하지 못하고 안으로 들어갔다.

"차 한 잔 드릴까요?"

"아니에요. 괜찮아요."

괜찮다며 말없이 소파에 앉는 서 비서를 보며 기어이 커피를 내온 연우가 그녀의 앞으로 예쁜 컵 안에 담긴 커피를 내밀었다.

"죄송해요. 인스턴트커피밖에 없어서."

"괜찮습니다. 고마워요."

서 비서가 소파 옆에 내려놓은 커다란 상자를 눈치채지 못한 연우가 저를 빤히 바라보고 있는 서 비서만을 응시하고 있었다.

연우의 시선을 내리 받고 있던 서 비서는 제 곁에 있는 상자를 그녀 앞으로 내밀었다. 이것이 뭐냐는 표정으로 서 비서를 본 연우는 말하기를 망설이며 조심스레 입을 떼는 그녀를 바라보았다.

"연연우 씨께 죄송하다는 말씀드리고 싶습니다."

"네?"

"2년 동안 대표님께서 연우 씨께 보낸 엽서들을 회장님 지시로 제가 중간에서 가로챘어요. 두 분께는 정말로 죄송합니다. 죄송합니다."

죄송하다는 말을 몇 번이나 덧붙인 서 비서가 사라진 후에도 연우는 파리한 얼굴로 상자를 내려다보고 있었다. 떨리는 손으로 상자 뚜껑을 열려다 저도 모르게 숨을 훅 들이마셨다. 상자는 한동안 손길이 닿지 않아 열리는 입구가 빽빽했다.

정갈한 글씨로 가득 적힌 엽서들은 수북하게 상자 안을 메우고 있었다. 그녀에 대한 그리움에 가득 차 그려진 그림들도 엽서만큼이나 한가득 상자 안을 차지하고 있었다.

연우는 떨리는 손으로 엽서들을 꺼내었다.

[당장 이 책들을 다 치워 버리고 여기에 널 눕히고 싶다. 보고 싶어.]

하경의 글씨체로 이루어진 엽서는 지난날들을 고스란히 담고 있었다.

[오늘은 CEO로서의 자세에 대한 걸 배웠어. 앞으로 전진하되 꼭 좌우를 돌아봐야 한다. 웃기지? 너를 내 품에 안지도 못하면서 옆을 돌아볼 정신이 있다니.]

[연우야. 우리 늘 가던 '장대비'에 같이 가고 싶네. 오늘은 너와 함께 마시는 커피가 너무나도 생각이 난다. 보고 싶어.]

[너 그거 몰랐지. 처음 널 봤을 때 가장 먼저 든 생각이 뭐였는지 알아? 연애하고 싶다. 저 여자랑 연애가 하고 싶다. 보

고 싶어 미칠 것 같아, 연우야.]

그리고 빛이 바랜 엽서 한 장을 발견했다. 처음 그녀에게로 부친 엽서 같았다.

[연우야, 놀랐지? 너에게 차마 말하지 못하고 떠나서 미안해. 아버지 고집 때문에 너에게 말도 하지 못하고 이렇게 떠나. 경영 수업 때문에 당분간 미국에 있을 거야. 그래도 걱정 마. 최대한 빨리 돌아올게. 자세한 사정에 대해서는 가서 설명해 줄게. 그래도 나 믿지? 절대 다른 생각 말고 건강하게 나 기다리고 있어. 알았지? 엽서는 일주일에 한 번은 꼭 부칠게. 목소리 듣고 싶다. 사랑해.]

굵은 눈물방울이 엽서 위로 툭 하고 떨어졌다. 연우는 수북하게 쌓여 있는 엽서와 그림을 보며 그것들을 끌어안았다.

연우가 병가를 낸 채 나오지 못한 지 이틀째라는 소식을 전해 들은 하경은 견딜 수가 없었다.

찾아가 볼까, 찾아가서 약만이라도 전해 줄까, 수없이 고민을 했지만 하경은 고민처럼 쉽게 찾아갈 수 없었다. 자신만 보면 아픈 연우라, 또 그녀를 향해 손을 뻗을 수가 없었다. 하지만 이기적이게도 그런 연우라도 보고 싶다는 생각이 또 하경을 괴롭혔다.

7년을 만날 때도 미열이 자주 났던 연우였지만 이렇게 그녀가 며칠째 나오지 못할 만큼 아플 때마다 걱정으로 잠 못 이루곤 했었다.

그럴 때마다 연우는 늘 이마를 쓰다듬어 달라고 했었다. 연우가 원하는 대로 이마를 매만져 주면 자신의 온기에 편안히 잠들곤 했었다.

하경은 한숨을 내쉬며 마른세수를 했다.

아무것도 집중할 수 없었다. 쉴 새 없이 밀려드는 서류에 사인을 하고, 몇 번이나 중요한 미팅을 가졌으며, 정신없이 일을 했지만 아무것도 집중할 수 없었다.

손끝에 잡히는 서류들을 의미 없이 만지며 한 손으로는 관자놀이를 누르고 있었다. 저를 향해 뭐라고 일과 관련된 말들을 쏟아내는 서 비서의 말소리는 들리지 않은 지 오래였다.

"해서 이번 결제 건은 대표님께서 직접…… 대표님?"

"……."

"저……."

"나중에 다시 봅시다."

하경은 눈을 감으며 관자놀이를 누르고 있던 손으로 두 눈을 눌렀다. 상태가 좋아 보이지 않는 하경의 모습에 서 비서는 별다른 말을 덧붙이지 않고 조용히 이사실을 나갔다.

금세 서 비서의 목소리로 시끄러웠던 이사실이 조용해졌다.

하경은 책상 한쪽에 놓인 약들을 보았다.

다시 감은 두 눈이 아파 왔다. 한참을 두 눈을 감고 있던 하경이 자리에서 벌떡 일어나 낚아채듯 약봉지를 들고 이사실을 나왔다.

바쁘게 움직이는 직원들이 하경을 발견하고 고개를 숙이며 자리에서 멈춰 섰고, 하경은 스치듯 그들을 지나쳐 레스토랑으로 향했다.

"대표님."

은비가 하경을 발견하고 고개를 꾸벅 숙였다. 잔뜩 기분 좋은 얼굴로 입꼬리가 올라간 은비를 보지 못하고 하경은 주위를 둘러보며 자리에 없는 연우의 모습을 떠올렸다.

바쁘게 일하며 연신 고객을 향해 미소 짓던 그 모습, 제게 화를 내며 눈을 찡그린 채 입술을 깨물던 모습, 저를 발견하고 난감해하며 짓던 표정, 저를 원망하며 울던 그 모습까지…….

"대표님, 찾으시는 거라도 있으십니까?"

은비는 목소리를 올리며 그에게 다시 한 번 물었다.

"……아닙니다."

애써 연우의 모습을 머릿속에서 지운 그는 눈으로 예준을 찾았다. 그리고 곧 자신을 발견하고는 고개를 꾸벅 숙이는 예준을 보았다.

"잠깐 보시죠."

하경의 말에 예준이 곧 그의 뒤를 따랐고, 은비는 두 손을 여전히 가지런히 모으며 미소를 띤 채 하경의 뒷모습을 바라보고 있었다. 그 모습에 미희가 혀를 끌끌 찼다.

하경은 주머니 속에 있는 약봉지를 꺼내려다 몇 번이나 망설였다. 저보다는 보다 편한 관계를 유지하고 있는 예준이 그녀에게 이 약을 전해 준다면 연우가 한결 마음이 편할 것이라는 생각 때문이었다.

저를 쳐다보는 예준의 모습에 약봉지를 꺼낼 수가 없었다. 예준은 하실 말씀 있으시면 하라는 눈으로 그를 보고 있었다. 그리고 곧 하경을 바라보고 있던 예준이 먼저 입을 열었다. 하경의 눈을 마주한 채.

"저…… 연우…… 괜찮습니까?"

예준은 정말 걱정이 된다는 목소리를 했다.

"전화도 받지 않고 아파서 회사에 나오지 못한다는 연락 한 통 이후론 따로 연락도 없어서……."

하경은 결국 주머니 속에 있는 약을 꺼내지 못했다. 이 알량한 질투 때문에 이 남자에게 약을 전해 줄 수 없다는 게 스스로도 화가 나고 기가 찼지만, 그래도 이 남자를 연우의 곁으로 보낼 수가 없었다. 하경은 스스로에 대한 분노로 주먹을 쥐었다.

“괜찮습니다. 직원들에게도 걱정 말라고 정 캡틴이 전해 주시죠.”

“예, 대표님.”

결국 저에게 고개를 숙이는 예준에게서 돌아선 하경은 눈을 찌푸리며 지끈거리는 관자놀이를 손으로 눌렀다. 그리고 엘리베이터로 향하던 하경은 제 앞을 막아서는 여직원을 보며 걸음을 멈춰 섰다. 그녀의 가슴께에 달린 명찰을 확인했다.

[이은비.]

저번 회식 때 연우의 옆자리에 앉아 있던 여자였다.

“대표님, 혹시 저번에 제가 대표님께 넘어져 불편하신 점은 없으셨습니까?”

그녀가 하는 말을 이해할 수 없어 기억을 더듬던 하경은 다시 회상으로 아파 오는 머리에 건성으로 괜찮다 답하며 그녀를 스쳐 지나갔다. 그런데 곁으로 따라붙는 은비의 구두 소리가 들려왔다.

“그땐 정말 죄송했습니다.”

귀찮게 계속해서 제 뒤를 따라오는 은비의 인기척에 결국 하경이 차갑게 뒤돌아섰다. 자신을 올려다보며 미소 짓고 있는 그녀의 얼굴이 보였다.

“이은비 씨는 한가한가 봅니다.”

“아, 그게…….”

하경은 미간을 찌푸리며 차갑게 말했다.

“가던 길 가 봐도 되겠습니까?”

"아…… 네, 네. 대표님."

은비의 말에 하경은 한 치의 망설임도 없이 걸음을 돌려 멀어졌다.

은비는 거침없이 걸어가는 하경의 뒷모습을 행복한 표정으로 바라보고 있었다.

열이 끓어 올라 숨을 쉴 수가 없었다. 연우는 뜨거운 숨을 내쉴 때마다 가슴이 아파 와 제 심장을 부여잡았다.

눈을 뜰 수가 없어 지금이 밤인지 낮인지도 알 수가 없었다. 얼마나 이마가 뜨거운지 만져 보고 싶은데, 손마저도 뜨거우니 아무리 만져도 알 수가 없었다.

지금 당장 하경에게로 달려가 그의 얼굴을 보며 나 아직 당신을 이렇게 사랑한다고 말하고 싶은데, 땀에 젖어 완전히 가라앉은 솜처럼 무거운 몸은 연우를 꼼짝도 하지 못하게 짓누르고 있었다.

현관문을 열고 들어온 하경은 들고 온 케이크 상자를 조용히 테이블 위에 내려 두고 무덤 같은 침묵 속에서 천천히 발을 움직였다. 사람 인기척조차 나지 않는 집 안은 마치 오랫동안 집주인이 집을 비운 것 같은 한기가 돌고 있었다.

결국 주머니에서 내내 주인을 찾지 못해 방황하던 약봉지를 들고 연우를 찾아왔다. 걱정되어 견딜 수가 없는 마음과 동시에 보고 싶은 마음이 쉴 새 없이 가슴을 두드려 견딜 수가 없었다. 이기적이라고 해도 좋았다. 그래도 연우의 안위를 확인해야 했다.

조용히 문을 열고 들어간 침실에는 죽은 것처럼 눈을 감고 있는 연우가 있었다. 얼마나 열이 끓고 있는지 방문을 열자마자 열기가 저에게까지 확 끼쳐 왔다.

하경은 가까이로 다가가 연우의 이마를 만져 보았다. 열이 얼마나 올라 연우를 괴롭힌 것인지, 화끈거리는 이마는 열이 몇 번이나 오르고 내리기를 반복한 탓에 식은땀으로 가득 차 있었다.

서둘러 손수건을 품 안에서 꺼내 물에 적셔 온 하경은 아픔에 눈살을 찌푸리고 있는 연우의 이마에 손수건을 얹었다.

그렇게 어느 정도 열이 가시길 기다린 하경은 손수건을 걷어 내고 커다란 손으로 작은 이마를 가만히 만져 주었다.

하경의 손길을 인식한 것인지 여태 거칠었던 숨이 가라앉고 제법 안정된 숨이 나오기 시작했다.

제가 그토록 좋아했던 맑고 순수한 눈, 오목조목한 코, 작지만 볼륨 있는 입술. 모든 것이 그대로였다. 자신이 사랑했던, 사랑하는 그 모습 그대로였다.

하경은 저의 사랑을 소중히 내려다보았다.

사랑하는 연우. 사랑하는 나의 연우.

또 나 때문에 아픈 것일까.

"미안하다. 미안하다, 연우야."

그녀의 이마를 쓰다듬던 손길을 거둔 하경은 눈을 감고 있는 연우를 보며 조용히 말했다. 하경과 연우의 숨소리가 작은 침실 안을 가득 메웠다.

"아프지 마. 네 말대로 우리 정말 그만두자. 더는 아프게 하지 않을게."

자신의 사랑으로 인해 아파하고 있는 연우의 모습이 하경을 가슴 아프게 만들었다. 짙은 남자의 눈동자는 그녀를 향한 갈구와 동시에 미안한 마음으로 잔뜩 얼룩져 있었다.

"그러니까 아프지 마."

자신의 생일인지도 모르고 이렇게 앓아누운 연우를 보자니 더 손을 뻗어 작은 몸을 안아주고 싶어졌다. 하지만 하경은 그녀에게로 뻗던 손을 꽉 쥐고 공중에서 움직임을 멈추었다.

"이제 다시는 찾아오지 않을 테니까 아프지 마."

연우야, 하고 그가 마지막으로 그녀의 이름을 불렀다. 내내 연우의 이마를 만지던 따뜻했던 손길을 거둔 하경은 굽혔던 무릎을 펴며 몸을 일으켜 세웠다.

떨어지지 않는 발을 움직여 거실로 나왔다. 아까보단 조금 온기가 돌았지만 여전히 차가운 공기에 몸이 시렸다.

현관 앞에 벗어 놓아둔 재킷을 들고 신발을 신은 하경은 그대로 문을 열고 밖으로 나왔다. 봄은 다가오고 있는데 밖은 너무나도 추웠다.

하경이 문을 닫고 나가는 소리가 들리자 연우는 감고 있던 눈꺼풀을 힘겹게 들어 올렸다. 그가 제 이마에 올려놓고 간 손수건을 더듬었다. 내내 자신의 이마를 만져 주던 그의 온기가 천천히 식어 가고 있었다. 잃어 가고 있는 그의 온기와는 다르게 여전히 공기 중에는 하경의 옅은 향수 냄새가 떠다니고 있었다.

연우는 식은땀에 완전히 젖어 버린 몸을 천천히 일으켜 세웠다. 제 손에 들린 남자의 손수건을 붙잡는 손에 힘이 없었다.

하경의 손수건을 힘겨운 눈으로 내려다보고 있던 연우는 제대로 움직이지 않는 몸을 일으켜 겨우 거실로 걸어 나왔다. 거실 테이블 위엔 자신이 좋아하는 딸기 케이크가 놓여 있었다.

주위를 둘러보았다. 그의 향기가 흔적처럼 남아, 남자의 모습이 잔영처럼 눈앞에 어른거렸다.

손을 공중으로 뻗었지만 향기는 흩어져 사라질 뿐, 잡히지 않았다. 고요한 어둠 속에 그는 없었다.

그 사실에 화들짝 놀란 연우는 현관으로 달려갔다. 그리고 그대로 손수건을 쥐고 떨리는 발을 신발 안으로 밀어 넣으려 애썼다. 신발 안으로 들어가기 위해 움직이는 발엔 힘이 남아 있지 않아 몇 번이나 발끝으로 신발을 더듬었다. 손 안은 온통 땀범벅이었다.

그러다 간신히 신발 안으로 발을 구겨 넣은 연우가 문을 열고 밖으로 나왔다. 땀에 젖은 제 몸으로 확 몰아닥치는 추위에 온몸이 딱딱하게 굳었지만 그런 것은 느껴지지도 않았다.

빌라 앞까지 아픈 몸을 움켜잡고 나온 연우의 발은 신도 제대로 신지 못해 엉망이었다. 그러나 개의치 않고 필사적으로 고개를 돌려 주위를 살폈다.

하경을 찾아 한참을 주위를 살피며 걸음을 걷던 연우는 열로 잔뜩 잠식된 눈을 손등으로 비볐다. 간신히 침을 삼키는 목구멍은 이미 따가워 부을 대로 부어 있었다.

연우는 눈물을 훔치며 다시 그를 찾기 시작했다. 제대로 갖춰 신지 못한 신발에 그나마도 입고 있던 옷은 식은땀으로 젖어 있어 온몸이 떨려 왔다. 한참 동안 그렇게 엉망인 차림으로 하경을 찾았다.

연우야, 하고 마지막으로 부르던 그 목소리가 이 차가운 공기를 타고 사라져 버렸다.

연우의 눈에서 끝내 눈물이 쏟아져 나왔다. 턱 끝에 대롱대롱 매달려 있던 눈물이 바닥으로 향했고, 연우는 그것을 닦지 못한 채 고개를 돌렸다. 그리고 저를 바라보고 있는 남자와 눈이 마주쳤다.

아픔에 젖은 연우의 눈과 그보다도 더 안타까운 하경의 눈이 서로를 향해 있었다.

한참을, 한참을 그렇게 서로만을 바라본 채 시간이 멈춘 듯 하염없이 눈을 마주하고 있었다.

◈

딸기 케이크……. 우리의 첫 번째 데이트가 생각났다.

하경과 그렇게 연락처를 교환하고 처음 만나기로 했던 그날, 연우는 들뜨는 마음을 숨길 수가 없었다. 새로 산 니트도 꺼내 입고 잘 입지 않던 치마도 입었다.

그 모습이 어색하기만 했지만 그래도 여성스러운 모습을 그에게 보여 주고 싶었다.

하경은 평소와 같이 그에게 어울리는 깔끔하고도 세련된 스타일이었지만 어쩐지 오늘은 더 멋있어 보였다. 괜히 분위기가 더 그랬다.

「하경 씨, 미안해요. 많이 기다렸어요?」

「아니에요. 제가 일찍 나왔는데요, 뭘.」

의자에 앉아 있던 하경이 자리에서 일어서 연우를 내려다보았다. 저보다 한참은 키가 큰 하경을 올려다보던 연우가 제 발밑을 내려다봤다. 굽 높은 구두를 신고 오길 잘했다는 생각이 들었다.

구두를 가만히 내려다보고 있던 연우가 저를 부르는 목소리에 고개를 들었다.

처음 만났을 때보다 훨씬 부드러워진 남자의 눈동자가 저를 향해 있었다.

「그럼 갈까요?」

그를 향해 물었다. 괜히 사람들의 이목이 하경에게 그리고 저에게 집중되는 것 같아 뺨이 가려웠다.

처음이었다. 카페에서 그와 수없이 만났지만-좀 더 정확히 말하자면 만난 게 아니라 지나쳤지만-이렇게 단둘이 한 테이블을 두고 앉아 있긴 처음이었다.

하경이 늘 시키던 커피가 테이블 위에 올라왔고, 그 옆엔 책이 여러 권 놓여 있었다. 무엇을 할까 고민하던 두 사람은 공통분모를 찾았고, 그중 하나가 '커피 마시며 책 읽기' 였다.

하경에겐 더 고상한 취미가 있을 줄 알았다. 그런데 그가 저와 비슷한 취미를 가지고 있다는 말을 들었을 땐 정말로 기분이 좋았다. 어쩐지 그와 조금은 가까워진 느낌이었다.

한참을 그렇게 책을 읽으며 커피를 마시던 연우는 문득 고개를 들어 하경을 보았다. 내리감은 눈으로 책을 넘기는 그의 긴 속눈썹이 눈에 들어왔다. 살짝 몸을 움직여 머그잔을 쥐는 그의 행동에 괜히 화들짝 놀라 고개를 떨어뜨려 책을 넘겼다.

「책 재밌어요?」

갑자기 떨어진 하경의 말에 놀란 연우가 책에서 시선을 떼 그를 보았다.

「예?」

「난 좀 집중이 안 되는데.」

하경은 그렇게 책을 덮으며 쥐고 있던 머그잔을 내려놓았다.

연우는 하경의 시선에 목을 긁으며 아직 몇 모금 마시지 않아 잔 가득 찰랑이고 있는 제 커피를 내려다봤다.

「……저도요.」

연우의 대답에 하경이 나지막이 웃는 소리가 들렸다. 연우는 커피를 바라보던 눈을 올려 웃고 있는 하경을 보았다. 꼭 제가 마시고 있는 커피만큼이나 향긋한 웃음이었다.

「하경 씨는 어떤 사람이에요?」

문득 튀어나온 자신의 물음에 연우는 스스로 놀라고 있었지만 그래도 궁금했다. 답을 듣고 싶었다. 꼭 생년월일, 신체 사이즈와 같은 그에 대한 자세한 신상 정보보다는 정말로 그에 대해 궁금했다. 주말엔 보통 뭘 한다든가, 좋아하는 영화라든가 그런 사소하지만 알고 싶은 것들.

「하경 씨에 대해서 전 아무것도 모르잖아요. 아, 물론 하경 씨도 저에 대해서 잘 모르시겠지만.」

「뭐가 알고 싶은데요?」

남자는 그렇게 말하며 다시 한 번 따뜻한 아메리카노를 한 모금 마셨다. 그의 입술에 묻은 커피가 눈 안에 들어왔지만 연우는 그의 입술에서 눈을 거두고 제 머그잔을 가져와 쥐었다. 눈을 둘 곳이 필요했다.

「좋아하는 음식이라든가, 좋아하는 계절이라든가, 주말엔 뭘 한다든가 그냥 그런 사소한 것들이요.」

「글쎄요. 직접 말하는 것보다 내 곁에 있으면 더 잘 알게 되지 않을까요?」

하경이 하는 말을 가만히 곱씹던 연우가 눈을 크게 떴다. 그러니까 그 말은 앞으로도 계속 이렇게 만나자는…….

하경은 멍하니 저를 보고 있는 연우를 보며 다시 가볍게 웃었다. 하경의 웃음소리에 온통 주위가 멍해진 것 같았다.

「연우 씨가 생각하는 그거 맞을 거예요, 아마.」

연우는 아득하게 멀어지는 하경의 웃음소리에 서서히 정신이 돌아오고 있었다.

하경은 책을 쥐며 연우를 향해 말했다. 남자의 목소리는 좀 더 다정해져 있었다.

「그럼 오늘은 연우 씨가 좋아하는 디저트를 먹으러 갈까요?」

하경의 말에 연우는 자꾸만 올라가는 입술을 감출 수가 없었다.

카페에서 나와 나란히 길을 걷는 동안에도 곁에 있는 그가 의식되어 괜히 곁을 힐끔거렸다. 커다란 그의 손을 한번 보았다가 제 손을 한번 보았다가 하는 바람에 걸음이 점점 느려졌다.

연우는 제 걸음에 맞춰 덩달아 느려지는 하경의 걸음에 불쑥 손을 뻗어 그의 손을 잡았다. 아니, 잡기가 무섭게 화들짝 놀라 손을 빼내었다. 조금은 놀란 하경의 눈이 저에게로 돌아왔다.

「아, 미안해요……. 저기 손……잡아도 돼요?」

연우는 둘 곳 없는 손을 만지작거리며 입술을 깨물었다. 그리고 곧 저에게로 내밀어진 커다란 그의 손에 고개를 들어 남자를 보았다.

열은 미소, 처음 카페에서 그를 만났을 때 보았던 그 깊은 분위기, 좀 더 가까이 다가서고 싶었던 그 설렘.

연우는 그가 내민 손을 잡고 좀 더 그에게로 붙어 섰다. 잡은 손이 따뜻했다.

디저트 가게에 들어선 연우는 자신이 메뉴를 고르길 기다리고 있는 하경을 보며 별다른 고민 없이 조각으로 예쁘게 잘려진 딸기 케이크를 집었다.

「딸기 케이크 한 조각이랑…….」

곁에 있는 하경을 힐끔 본 연우가 다시 입을 열었다.

「따뜻한 아메리카노 한 잔 주세요. 시럽 없이요.」

그리고 연우는 놓았던 하경의 손을 다시 잡고 예쁘게 놓인 의자에 앉았다. 그녀가 좋아한다는 딸기 케이크의 영향인지 아까보다 훨씬 기분이 좋아 보이는 연우는 곧바로 직원이 직접 가져온 딸기 케이크를 보며 포크를 들었다.

케이크를 잔뜩 입 안에 넣어 오물오물 씹던 연우는 그저 아메리카노만 마시는 하경을 보며 케이크 위에 올려진 딸기에 생크림을 듬뿍 찍어 하경에게 건넸다.

그녀가 내민 딸기를 먹으며 그는 손을 뻗어 연우의 입술에 묻은 생크림을 닦아 주었다. 생크림이 입 안에서 순식간에 녹아 사라졌다.

「다음번엔 더 맛있는 딸기 케이크 사 줄게요.」

「그럼 우리 다음번에도 만나는 거예요?」

「연우 씨만 좋다면요.」

「……좋아요, 전.」

다시 하경이 입술을 올려 웃었다. 연우는 입 안에 남은 생크림을 꿀꺽 삼키며 멍하니 그를 보았다. 달콤했다. 지금 우리 사이에 놓여 있는 이 딸기 케이크도 하경의 웃음소리도…….

모든 것이 달콤했다.

하경의 품에 안겨 부축을 받던 연우는 그대로 하경의 품에서 벗어나 테이블 위에 자리하고 있는 딸기 케이크로 다가갔다.

말없이 상자를 내려다보고 선 야윈 몸을 끌어안은 하경이 케이크 상자를 가볍게 쥐고 거실로 걸어가 거실 테이블에 케이크를 올려놓았다. 그의 품에 안긴 연우는 자연스레 그의 곁에 앉아 앞에 놓인 케이크를 보았다.

상자 안에서 딸기 케이크를 꺼낸 하경이 생크림 위에 초를 얹었다. 곧 불이 붙여졌다.

하경은 곁에 놓인 담요로 연우의 몸을 감싸 안으며 연우를 따라 앉았다.

벌써 며칠째 불을 켜지 않은 탓에 따로 불을 끌 필요가 없었다. 어두운 공간 속에서 케이크 위 초만이 환하게 빛나고 있었다.

"생일 축하해, 연연우."

"……하경 씨."

저를 부르는 연우의 가냘픈 음성에 하경은 그녀를 안고 있는 손길에 더욱 힘을 주었다. 그녀가 제 어깨에 머리를 기대는 것이 느껴졌다. 그는 다정하지만 안타까운 음성을 했다.

"내 곁에 있는 거 맞지? 내 옆에 있는 사람이 연연우 맞지?"

"응, 맞아."

하경은 잔뜩 억눌린 목소리를 내면서도 아직 떨고 있는 그녀의 팔을 쓰다듬어 주었다.

두 사람 앞에 놓인 상자가 큰 존재감을 뿜어내며 눈앞에 있었다. 연우는 손을 뻗어 박스를 가져와 뚜껑을 열었다. 그 안에 담긴 상당한 양의 엽서와 그림이 하경의 눈 안에 들어찼다.

이 상자를 처음 보았던 연우만큼이나 놀랄 줄 알았는데 그는 담담한 표정을 짓고 있었다.

"서 비서님이 가져오셨었어."

"……."

"왜 말하지 않았어. 이렇게 많이 보냈으면서 왜 말하지 않았어."

"……달라지는 건 없으니까."

"하경 씨."

"내가 너를 두고 갔었다는 사실은 변함이 없으니까."

"어떻게 변함이 없어. 난 그런 줄도 모르고 버려진 줄 알고……."

"아직도 날 몰라? 내가 널 버릴 수 있는 사람이야?"

연우는 그의 물음에 고개를 저었다. 아니, 아니. 그렇게 낮게 중얼거리며 세차게 고개를 저었다.

"미안해. 미안해, 하경 씨."

그의 품에 안겨 머리를 바짝 기대어 안겨 있던 연우가 그녀의 등을 쓰다듬는 따뜻한 손길에 천천히 고개를 들어 물었다. 그에게 물어보고 싶던 말이 있었다.

"장대비에 걸어 둔 그림은 언제 걸어 둔 거야?"

"2년 전…… 내가 떠나기 일주일 전에. 너랑 다시 와서 보여 주려고 했는데 그렇게 돼 버리는 바람에."

"……그랬구나."

작은 몸이 넓은 품 안으로 파고들었다. 연우는 힘없이 초를 끄며 하경의 옷자락을 꼭 움켜잡았다.

"하경 씨……."

"응."

"하경 씨."

"그래."

하경은 계속해서 제 이름만 부르는 연우의 등을 따스하게 매만져 주었다.

깊숙이 그의 품으로 파고든 연우는 고개를 들어 하경을 올려다보았다. 너무나 미웠지만 너무나 보고 싶었던, 너무나 만지고 싶었던 남자의 얼굴이 눈 안에 들어왔다. 하지만 쉽사리 손을 뻗지 못하고 그저 바라만 볼 뿐이었다.

다시 몸이 으슬으슬 아파 오기 시작했다.

"이리 와."

그가 연우의 겨드랑이에 손을 끼워 넣어 가볍게 들어 자신의 무릎 위에 앉혔다. 가녀린 몸이 쉽게 그의 품 안으로 들어왔다.

연우의 몸을 껴안은 하경은 식은땀에 젖어 있는 그녀의 머리를 쓸어 넘겨 주었다. 그리고 그는 케이크 상자를 열어 향긋한 냄새를 뿜고 있는 딸기 케이크를 꺼냈다.

"조금이라도 먹어. 좋아하잖아."

도리도리. 고개를 젓는 목에 힘이 없었다.

"연우야."

이름을 부르니 그제야 하경의 가슴에 기대고 있던 고개가 힘없이 들렸다.

"알잖아. 너 잘 못 먹는 거 보면 내가 마음 아파하는 거."

연우는 안타깝고도 사랑이 잔뜩 묻은 그의 말에 고민 섞인 눈으로 케이크를 돌아보았다. 하경이 연우의 목덜미에 입술을 묻으며 연우만큼이나 뜨거운 숨을 내쉬었다. 금세 가는 목덜미를 파르르 떨었다.

"오빠 힘들어."

목덜미에 뜨거운 혀를 가져다 대며 지그시 말하는 그의 목소리에 결국 연우가 포크를 쥐었다. 딸기를 한 움큼 퍼먹은 연우는 입 안 가득 향긋하게 퍼지는 딸기 향에 다시 한 번 케이크를 떠

먹었다.

그리고 또 한 번 빵 조각을 편 연우는 하경에게 내밀었고, 하경은 말없이 연우가 내민 빵 조각을 입에 넣었다. 단 음식은 좋아하지 않는 그지만 자신이 주는 것이라면 그저 말없이 받아먹는 하경을 알고 있었다.

케이크에게서 하경에게로 고개를 돌려 다시 그의 가슴에 머리를 기댄 연우는 가만히 하경의 심장 소리를 듣고 있었다. 쌔근쌔근, 연우의 숨소리가 들려올 뿐 어둠 가득한 집은 고요했다.

"알아. 하경 씨도 미국에서 많이 힘들었던 거. 당신도 나 많이 보고 싶었잖아."

"……그래."

"어떻게 참았던 거야?"

"네 생각하면서. 너만 생각하면서."

연우는 그에게 기대었던 고개를 들어 저를 내려다보고 있는 하경의 눈을 보았다. 제가 반했던 그 눈동자가 오로지 자신만을 보고 있었다.

하경의 뜨겁고도 열에 젖은 입술이 천천히, 그리고 진득하게 연우의 입술로 달라붙었다. 한참을 가만히 맞닿은 채 서로의 온기를 느끼기만 하던 입술이 벌어지며 생크림 향을 잔뜩 머금은 하경의 달짝지근한 혀가 입 안으로 넘어왔다.

너무나도 익숙한 남자의 촉감에 연우가 본능처럼 그의 목에 손을 둘렀다. 그것을 신호로 하경은 더욱 깊숙하게 제 혀를 연우에게로 밀어 넣었다. 몇 번이나 겹쳐지고 겹쳐지는 키스가 주체할 수 없을 만큼 격렬해지려고 하는 순간이었다.

하경은 입술을 떼어 내고 아직 힘들게 숨을 내쉬고 있는 연우의 이마에 가볍게 입을 맞추었다. 그리고 작은 몸을 안고 침실로 가 침대 위에 연우를 조심스레 내려놓고 담요를 끌어 올려 주며 이마에 입을 맞추었다.

그는 일렁이는 눈으로 연우를 보며 말했다. 그의 목소리에 서려 있는 따뜻함에 눈물이 왈칵 쏟아질 것 같았다.

"사랑한다."

감격스럽게도.

"사랑한다, 연연우."

그가 다시, 고백했다. 9년 전 그때처럼 떨리는 입술로 사랑을 고했다.

"그러니까 다시 네 곁에 있게 해 줘."

여차하면 입술이 맞닿을 거리에서 그가 속삭였다.

"다시 사랑하자, 우리."

그의 고백에 연우는 손을 뻗어 하경의 얼굴을 감싸 쥐었다. 그리고 열에 잔뜩 짓눌린 입술을 그의 입술로 가져갔다. 다시금 뜨거운 키스가 이어졌다. 천천히, 그리고 뜨겁게 맞닿는 혀는 전기가 오른 것처럼 찌릿했다. 서로를 갈구하며 섞이고 감긴 혀가 얼얼하도록 마찰하고 있었지만 연우의 열 때문인지, 남자가 가진 뜨거움 때문인지 입술은 떨어질 줄 모르고 맞붙어 있었다.

연우가 자극에 못 이겨 잘게 허리를 떨었을 때 그제야 하경은 그녀에게서 입술을 뗐다.

그리고 서로의 눈을 보았다. 눈 속에 담긴 그것은 사랑이었다.

다시, 사랑이었다.

9.

안아 줘

하경의 손을 잡은 채 그의 무릎에 누워 있던 연우는 TV를 보다 말고 하경을 올려다보았다. TV는 보지도 않고 내내 저만 내려다보고 있는 하경의 시선이 따가워 견딜 수가 없었기 때문이다.

"……왜?"

"TV가 눈에 들어와?"

"무슨 말이야?"

"난 너 때문에 TV고 뭐고 아무것도 집중이 안 되는데 너는 태연하게 TV나 보고 있고."

"영화 재밌는데……."

괜히 그가 보내는 시선이 가려워 연우는 다시 그에게서 스크린으로 시선을 돌렸다. 사실 저도 영화 내용 같은 것은 하나도 눈에 들어오지 않았지만 애써 태연하게 스크린을 바라보고 있었다. 그와 이렇게 다정히 붙어 있는 건 너무도 오랜만이라 저도 주체할 수 없을 만큼 가슴이 뛰었기 때문이다.

영화 속 두 남녀는 뜨거운 키스를 주고받다 이내 거칠게 서로의 옷을 벗기고 실오라기 하나 걸치지 않은 채 침대로 돌진하기 시작했다.

그렇지 않아도 그의 무릎에 누워 있어 신경이 바짝 쓰이는데 서로를 갈구하는 영화 속 주인공 때문에 연우는 얼굴이 벌겋게 달아올랐다. 저도 모르게 목이 메어 콜록콜록 기침을 했다. 두 손으로 얼굴을 가렸다가 눈만 배꼼 내고 스크린을 힐끔거렸다.

연우는 제 미간 사이를 톡 하고 치는 하경의 손길에 깜짝 놀라 그를 올려다보았다. 옅은 미소를 지은 채 저를 바라보고 있는 그의 눈동자에 심장이 두근거렸다.

"연연우."

이름을 부르는 목소리가 다정하고 부드러웠다. 연우는 아직 벌겋게 달아오른 뺨이 느껴져 시선을 피하며 대답했다.

"……응."

그렇지만 고개를 숙여 그녀의 코앞까지 다가와 눈을 맞추는 하경 때문에 피할 곳 없는 두 눈동자가 그와 마주했다.

"얼른 나아."

하경은 연우의 이마에 입을 맞춰 주며 속삭였다. 다정한 남자의 목소리에 두 눈이 뜨거워지는 것이 느껴져 연우는 눈을 찡그렸다. 그것을 캐치한 하경이 입술이 닿을 만큼 더욱 가까이 다가왔다.

"왜 그래?"

다 알면서도 태연히 묻는 그의 질문에 연우가 우물쭈물하며 하경의 셔츠를 꽉 쥐었다. 보통, 아니 거의 늘 잠자리에서 적극적인 건 하경이었지만 이렇게 가끔 연우가 먼저 너와 사랑을 나누고 싶다고 제 의사표현을 분명히 할 때면 하경은 그 어느 때보다 행복했으며 불타올랐다.

"여기서 더 열나면 너 정말 쓰러질지도 몰라."

저만큼이나 아쉬운 눈을 하는 그녀의 눈망울에 하경이 다시 한 번 입을 맞추었다.

"키스도…… 안 돼?"

이제 괴롭기 시작한 것은 하경이었다. 하경은 점점 더워지는 열기에 연우에게서 몸을 떼어 냈다.

"안 돼. 키스만으로 못 멈추는 거 알잖아."

그의 말에 쉽게 수긍하며 연우가 고개를 끄덕였다. 그리고 가물거리는 눈을 감고 잠을 청하기 시작했다. 하경은 저를 이렇게 애달게 해 놓고 잠을 청하기 시작하는 연우를 보며 뜨거운 한숨을 내쉬었다.

금세 편안해진 연우와 달리 하경은 점점 뜨거워지는 열기에 가슴이 답답해지기 시작했다.

하경은 천천히 감고 있던 눈을 올려 떴다. 무섭게 그를 누르고 있던 남자의 분위기에 이사실은 차가운 공기가 깔려 있었다. 그의 앞에서 서 비서는 그저 입을 다물고 고개를 숙이고만 있을 뿐이었다. 그 침묵엔 어떠한 대가도 달게 받겠다는 그녀의 의지가 담겨 있었다.

"그만둘 건가."

"지시하시면 그렇게 하겠습니다."

"그래. 그럼 그만둬."

"예, 대표님."

"그리고 다시 돌아와."

하경은 곧 있을 점심 약속에 제 손목시계를 내려다보며 무거운 목소리를 했다. 낮고도 짙게 깔린 남자의 목소리에 여태 꼿꼿이 서 있던 서 비서가 살짝 어깨를 떨었다.

"지금은 보고 싶지 않으니."

"……."

"당분간은 내 곁에서 떨어져 있어."

그는 보고 있던 서류들을 덮으며 여전히 제게 시선을 두지 못하고 고개를 숙이고 있는 서 비서를 보았다.

"대답 안 할 건가?"

"……분부하신 대로 하겠습니다."

하경은 약속 시간이 임박했음을 알고 자리에서 일어섰다. 그리고 여전히 고개를 숙인 채 눈을 맞추지 못하는 그녀를 지나쳤다.

신기하게도 며칠을 못살게 하던 감기는 하루 만에 연우에게서 떨어졌다. 연우는 좀 더 쉬라는 하경의 말에도 못 들은 척하고 몸이 좋아지기 무섭게 출근을 했다.

중요한 손님들과 함께 레스토랑에 자리해 우아하게 와인을 마시던 하경이 소리 없이 웃다 말고 저에게로 가까이 다가온 연우를 올려다보았다. 연우는 반듯한 몸가짐으로 비어 버린 와인글라스에 와인을 따르며 손님들을 향해 웃었다. 그리고 저를 바라보고 있는 하경의 잔으로 다가가 뒷짐을 진 한 손은 곱게 둔 채 한 손으로 그의 빈 잔을 채우기 시작했다.

순간 와인글라스에 담기던 와인이 찰랑거렸다. 연우가 고개를 들어 하경을 보았다. 뒷짐을 진 제 한 손가락을 슬쩍 잡았다 놓는 그의 행동에 놀라 눈이 동그래졌다. 은근한 미소를 띤 채 연우의 손가락을 잡을 듯 놓을 듯 매만지는 그의 행동에 놀란 몸이 움찔거렸다.

어느새 채워진 잔을 보며 뒤로 살짝 물러선 연우는 저에게 시선을 떼지 않는 하경과 눈을 마주했다. 그가 알 듯 모를 듯 살짝 한쪽 눈을 감았다 떴다.

연우는 그가 보낸 신호에 순간 머리를 굴렸다. 그가 왼쪽 눈을 살짝 감았다 뜨는 건 그러니까 이사실에서 만나자는 신호…….

연우가 그의 신호를 알아들은 것을 눈치챈 하경이 입꼬리를 올리며 다시 손님들과 대화를 하기 시작했다.

괜히 그와 몰래 나누는 신호에 다리가 떨렸다. 혹시라도 다른 직원들이 눈치챌까 맞잡은 두 손이 떨려 왔다.

연우는 슬쩍 화장실을 가는 척 나서며 에스컬레이터에 올랐다.

하경은 제 목을 꽉 조이고 있던 넥타이를 매만지며 부드러운 사무용 미소를 지었다.

그리고 함께 식사 중인 귀빈들을 향해 살짝 인사를 하며 양해를 구했다.

“잠깐 실례하겠습니다.”

그리고 뒤돌아서 에스컬레이터에 올라탄 하경은 그대로 이사실로 향했다.

문이 열리고, 그대로 얇은 팔목을 확 낚아챈 하경은 불도저처럼 연우의 입술에 제 입술을 포개었다. 이미 몸을 섞은 듯한 강렬한 키스가 이어졌다. 하경의 뜨거운 혀가 작은 입 안으로 사정없이 들어찼다. 순간 비틀거리며 연우가 주저앉듯 그의 품에 안겼다.

하경은 놓치지 않고 연우의 혀를 빨아들이며 동시에 그녀의 유니폼 셔츠 안으로 손을 집어넣었다. 갑자기 들이닥친 그의 손길에 연우는 어찌할 바를 모르고 허리를 떨었다.

입술이 떨어지며 연우가 제 입을 틀어막았다. 거친 숨이 헉헉 쏟아져 나왔다. 잔뜩 붉어져 있는 남자의 눈동자에 연우가 고개를 저었다.

"손님들 기다리고 계시잖아. 안 돼."

"여기서 멈추자는 거야?"

기어코 그녀의 셔츠를 찢어 내듯 잡아 벗기는 그의 행동에 연우가 뒤로 물러섰다. 지금의 하경을 보자면, 일을 치르고도 남았다.

"안 돼. 참아. 하경 씨."

"너, 나 미치게 해 놓고 지금……."

"아, 호출이다. 나 간다!"

연우는 잔뜩 달아오른 그를 남겨 두고 이사실을 총총 나섰다.

홀로 남은 하경이 아직 붉어진 눈으로 잔뜩 풀어헤쳐진 제 옷을 내려다보았다.

내리 잡힌 행사에 연회장을 바쁘게 오가던 연우는 행사가 거의 끝이 날 무렵에야 엉덩이를 의자에 붙이고 다리를 뻗을 수 있었다. 회의를 마치고 나온 지배인이 어깨를 두드리며 쉬고 있는 연우를 보며 가까이로 다가왔다.

"연우 씨."

"지배인님."

"아냐, 아냐, 앉아 있어."

반쯤 무릎을 펴며 일어선 연우가 제 옆자리에 자리 잡고 앉는 지배인을 보며 다시 엉덩이를 붙이고 앉았다. 지배인은 회의 기록이 담긴 파일을 무릎 위로 내려놓으며 걱정 섞인 눈으로 연우를 보았다.

"연우 씨, 전에도 내가 말했지만 연우 씬 우리 호텔 보물인데 아프면 안 돼. 연우 씨 미소 보고 레스토랑 찾는 손님도 심심찮다고."

"빈말이란 걸 알지만 감사해요. 지배인님."

"빈말 아냐. 그러니까 아프지 마. 참, 아까 정 캡틴이 연우 씨 찾던데. 저기 오네."

지배인은 멀리서 걸어오는 예준을 보며 손을 흔들었다.

"정 캡틴!"

지배인의 부름에 빠른 걸음으로 다가온 예준이 고개를 꾸벅 숙였다.

"캡틴. 저 찾으셨어요?"

"어? 아, 그랬는데 미희 씨랑 해결했어."

연우의 반대 자리에 자리를 잡고 앉은 예준도 잠깐의 휴식에 가세했다.

얼마 후 지배인이 떠나고, 하경은 뭐가 그렇게 재미있는지 서로를 보며 깔깔대고 있는 예준과 연우의 모습을 위층에서 한참을 지켜보고 있었다. 일을 다시 하러 떠나간 두 사람의 뒷모습을 바라보고 있던 하경이 다소 좋지 못한 표정으로 뒤돌아섰다.

힘겹게 끝난 일을 마무리 지은 연우가 탈의실이 아닌 이사실로 향했다.

일 때문에 어쩔 수 없었지만 아까 그렇게 하경을 두고 나와 버려 괜히 신경이 쓰였다.

서 비서가 있는지 주위를 둘러보던 연우가 그녀의 부재를 확인하고 안도의 한숨을 쉬었다. 그리고 노크를 하며 이제 만남의 장소를 이사실이 아닌 다른 장소로 변경해야겠다는 생각을 했다.

잠시 후 짧은 허락의 목소리가 들렸고, 연우는 문을 열고 들어가 그에게로 다가섰다. 책상 위에 펼쳐진 서류 종이들을 눈으로 훑고 있는 그의 한쪽 손에는 만년필이 들려 있었다.

"대표님."

업무에 열중인 그의 모습에 괜히 목에 긴장이 들어갔다. 새삼 느끼지만 그는 자신이 근무하고 있는 호텔의 대표였다. 상사도 아니고 대표. 그것이 얼마나 많은 것을 뜻하는지 모르지 않아 더 그랬다.

연우의 목소리에 서류에서 고개를 든 하경이 여전히 손에 만년필을 든 채 당겨진 의자를 살짝 뒤로 밀어 여유 공간을 만들었다.

"가까이 와."

그의 요청에 좀 더 가까이로 다가선 연우의 손목이 순식간에 휘어 잡혔다. 손목이 잡히는 바람에 그에게로 더욱 바짝 다가선 모양새에 연우가 놀란 눈으로 하경을 보았다.

"정 캡틴이랑 사이좋던데?"

아까 저와 예준이 대화를 나누고 있는 모습을 보았다는 그의 말투에 연우가 아무것도 아니라는 듯 태연히 말했다.

"캡틴이랑 나랑은 그냥 좋은 동료일 뿐이야. 우리 벌써 그렇게 지내기로 했고."

연우의 말에 하경의 인상이 더욱 어두워졌다. 차가워진 남자의 표정에서 이미 냉기를 읽은 연우가 고개를 저었다. 최하경을 너무나 잘 알고 있기에 그의 표정이 무엇을 말하고 있는지를 잘 알 수 있었다.

"하경 씨가 생각하는 그런 거 아냐."

"우리……. 우리라는 단어를 쓸 만큼 가까운 사이인가 보군."

"그런 거 아냐. 하경 씨도 잘 알고 있었잖아."

"무슨 말이야?"

"하경 씨가 그때 그랬잖아. 내가 자기를 사랑하고 있는 걸 알고 있다고."

하경은 연우의 말에 제가 했던 말을 곱씹었다.

「넌 아직도 나 사랑해. 내가 널 몰라?」

천천히 되새겨지는 기억에 하경의 입꼬리가 슬쩍 올라갔다. 그는 만년필을 책상 아래로 내려놓으며 옅은 소리를 내며 웃었다. 그리고 그의 웃음을 지켜보던 연우가 고개를 갸웃거릴 즈음 다시 하경이 말을 이었다.

"일은 다 끝난 거야?"

"응. 이제 퇴근하려고."

"그럼 너는 지금 근무 중이 아니란 말이고, 나는 방금 일을 끝냈고……."

도통 의미 모를 말을 하는 하경의 모습에 고개를 갸웃하려던 찰나, 그의 손길이 저의 허리에 와 닿는 것이 느껴졌다. 놀란 연우가 의자에 등을 기댄 채 편안히 앉아 있는 하경을 내려다보았다.

"너도 근무 중이 아니고 나도 근무 중이 아니면 이제 우리는 우리가 할 일을 해도 상관이 없는 건가?"

그의 말이 끝나기가 무섭게 차가운 손이 연우의 스커트 안자락으로 불쑥 들어왔다. 난데없이 따뜻한 아래를 침범한 차가운 촉감에 어깨가 움찔거렸다.

놀란 연우가 저도 모르게 하경의 어깨를 붙잡았다.

"하, 하경 씨."

"만지고 싶어 죽는 줄 알았어."

"그, 그래도 여기서 왜 이래."

매끈하게 뻗은 허벅지를 쓰다듬는 손길은 전혀 차분하지 못했다. 차가웠던 남자의 손가락 온도가 점점 따뜻하게 온기를 찾아갔다. 연우는 자꾸만 집요하게 파고드는 하경의 움직임에 손을 들어 그의 손을 저지시켰다.

"하경 씨……."

잔뜩 빰이 붉어진 연우를 보던 하경의 얼굴엔 난감한 표정이 가득했다.

“미치겠네.”

빠르게 스커트에서 손을 빼낸 하경은 연우의 손목을 잡아 이끌었다. 그는 이사실을 나가 이사실에서 한 층 더 위에 자리 잡은 대표이사 전용 룸으로 들어갔다. 널찍한 공간에 넓게 펼쳐진 침대가 두 사람 앞에 놓여 있었다.

연우는 당황한 얼굴로 그를 올려다보았다. 하경은 입술을 올려 웃으며 제 목 깊숙이 채워진 단추를 풀어내고 그대로 연우의 목덜미에 이를 박았다. 읏, 하는 작은 신음이 곧 들려왔다. 목덜미에서 한참을 연우의 향기를 맡던 하경이 입술을 떼어 내 연우의 작고도 오밀조밀한 입술을 찾아 그대로 돌진했다.

끈적하고도 이미 필요 이상으로 높은 온도를 한 남자의 혀가 연우의 혀를 칭칭 감으며 깊숙하게 들어왔다. 본능적으로 그의 목에 손을 두른 연우는 곧 제 상의 안으로 손을 뻗쳐 오는 남자의 손길에 몸을 떨었다.

이제부터 그와 시작될 사랑에 연우는 긴장으로 침을 삼켰다.

질척하게 혀가 부딪힐 때마다 감기는 음란한 소리에도 하경은 전혀 개의치 않고 연우의 상의 안을 더듬었다. 아직 갈아입지 못한 유니폼 셔츠가 하경의 손에 의해 바닥으로 떨어졌다. 연우의 향이 코끝으로 사정없이 파고들었다.

하경은 예쁘게 솟은 연우의 가슴을 움켜쥐며 한참을 맞대고 있던 입술이 힘겹게 떨어지려는 찰나를 놓치지 않고 다시 한 번 작은 입술을 집요하게 파고들었다.

담아낼 곳 없이 두 사람 사이에서 배회하던 타액이 입술 사이로 늘어져 나왔다. 하경은 연우의 이마부터 시작해 뺨, 목덜미, 쇄골을 지나쳐 새하얀 허벅지 안쪽까지 꼼꼼하게 입술을 가져갔다.

하경은 두 손으로 연우의 길게 뻗은 다리를 벌리고 그녀의 가장 은밀한 곳에 입술을 묻었다. 연우는 저도 모르게 허리를 비틀며 그의 어깨를 잡았지만 하경은 멈추지 않았다.

뜨거운 그의 혀가 지나갈 때마다 연우는 온몸을 비틀었다. 저도 모르게 흘러나오는 신음에 숨을 몰아쉬었다.

덜덜덜 떨고 있는 연우의 눈이 예뻐 보여 다시 한 번 그녀의 감은 두 눈을 손으로 매만져 준 하경은 더 이상 참을 수 없다는 듯 제 바지 버클을 뜯어내듯 풀었다. 그 모습에 심장이 쿵쿵거렸다.

"하고 싶었지. 연연우."

"그런 말 하지 마아……."

부끄러워 목소리가 작아졌다.

연우는 숨을 가쁘게 내쉬었다. 곧 다가올 그와의 사랑을 예감하는 그녀는 이미 가슴이 쿵쾅쿵쾅 뛰고 있었다.

"나랑 하고 싶었잖아. 어떻게 참았어, 너."

계속되는 그의 부끄러운 말에 연우는 고개를 저었다. 그만하라는 연우의 신호였다. 하지만 하경은 자비롭게 봐주는 성인군자 스타일이 결코 아니었다.

"아……냐."

"아니긴 뭐가 아냐."

부끄러워 눈을 감고 그의 말을 부정하면서도 연우는 손을 뻗어 안아 달라고 매달렸다. 허리를 숙여 연우의 뺨에 제 뺨을 맞대고 저를 끌어안게 만들면서 하경은 목을 조이고 있던 넥타이를 벗어 던지며 다시 연우의 목덜미를 찾았다.

너무나 그리웠던 그녀의 향기, 촉촉한 연우의 피부에 더는 참을 수 없는 욕망이 끓어올랐다.

한참이나 전희가 이어졌지만 거른 햇수만큼이나 이미 그녀의 아래는 좁을 만큼 좁아져 있었다.

하경은 천천히, 아주 천천히 제 뜨거움을 연우에게로 밀어 넣었다. 그리고 동시에 미간을 찌푸렸다.

긴장으로 더욱 몸에 힘이 들어간 연우는 잔뜩 조여진 자신을 봐주지 않고 파고드는 두꺼운 그의 것에 힘들어하며 어깨를 탁탁 쳤다.

자신의 내부 깊숙이 자리한 그의 뜨거움이 너무나 생생히 느껴져 절로 입술이 벌어졌다. 오랜만에 느끼는 뜨거운 감각과 끼쳐오는 하경의 향기에 연우는 두 눈을 질끈 감았다.

하경은 잔뜩 성이 난 자신을 품은 연우가 적응할 수 있도록 한

동안 허리를 움직이지 않고 등을 쓸어 주었다. 어느 정도 고른 숨을 내쉬는 연우의 귓가로 그가 입술을 가져왔다.

"너는 모르지. 네가 얼마나 예쁜지."

그는 기다란 손으로 벌써 젖어 있는 연우의 머리칼을 쓸어 넘겨 주며 참을 수 없다는 듯 눈을 일그러뜨렸다. 그리고 동시에 그가 허리를 움직이기 시작했다. 갑작스런 그의 움직임에 연우가 그의 목을 바짝 끌어안았다.

점점 리듬을 타는 하경의 움직임에 연우는 한쪽 손으로 그의 어깨를 꽉 감싸 안고, 반대편 손으론 시트를 움켜쥐었다.

창백히 시트를 움켜쥔 작은 손이 그의 눈 안에 들어왔다. 하경은 연우의 작은 손 위에 제 손을 겹쳐 얹고 따뜻한 입술을 가져가 긴장을 풀어 주는 듯 풍만한 젖가슴에 입을 맞추었다.

계속되는 자극에 잘게 떠는 연약한 허리를 단단한 손으로 붙잡고선 그가 힘껏, 아래를 움직였다. 더욱 강하게 밀고 들어오는 뜨거운 그의 것에 저도 모르게 비명 같은 신음이 흘러나온 연우는 곧 제 입을 틀어막고 질끈 눈을 감았다.

"아, 아!"

"못 멈춰. 그러니까 포기해, 연연우."

연우는 그의 말에 고개를 저으며 주어지고 있는 자극을 조금이라도 최소화시켜 보려 허리를 움직였다. 하지만 지칠 줄 모르고 계속되는 하경의 거칠고도 격렬한 움직임에 허리를 움직일 때마다 더욱 깊숙이 내벽을 찔러 와 연우는 숨을 헐떡였다. 참아 보려

해도 새어 나오는 야릇한 목소리에 연우는 하경의 목덜미에 얼굴을 묻고 고개를 저었다.

"소리 질러도 돼. 소리 지르라고 여기로 왔잖아."

"내가…… 일하는 곳에서……."

연우는 넘어가는 숨을 겨우겨우 삼키며 하경의 귓가에서 힘겹게 말을 이었다.

"소리 지르고 싶지…… 않아."

하경은 네가 그러고도 버틸 수 있겠냐는 듯 연우의 허리를 고쳐 잡고 더욱 격정적이고도 강인하게, 그리고 놓아주지 않겠다는 듯 저를 움직였다.

"하으…… 으."

입술에 힘을 굳게 줘 봐도 여과 없이 새어 나오는 신음에 연우의 눈이 벌겋게 달아오르기 시작했다.

그가 주는 자극에 더는 견딜 수 없어 자세를 바꿔 보려 허리를 틀었지만 하경이 그것을 허락하지 않았다. 연우의 허리를 붙잡고 더욱 깊게 자신을 밀어 넣었다. 은밀한 안쪽 끝까지 밀고 들어오는 그의 것에 아랫배가 움찔움찔거렸다.

"하경 씨……."

아이처럼 칭얼거리며 연우가 하경의 목을 끌어안고 보챘다. 하경은 다시 아래를 빼내었다가 깊숙이 밀어 넣기를 반복했다.

"그래도 안 봐줘."

강하게 밀어붙이던 하경은 온통 땀으로 얼룩진 제 셔츠를 찢듯 벗어 던졌다.

오래 서로를 그리워한 만큼이나 쌓인 서로에 대한 욕정에 연우 또한 자신만큼이나 강한 자극을 원한다는 것을 그는 모르지 않았다. 힘없이 나풀거리는 연우의 다리를 제 허리에 감싸게 하며 하경은 다가올 절정에 떨고 있는 연우의 눈물 맺힌 눈을 쓸어 주었다.

그리고 다시금 강하게 허리를 움직였다. 진득하니 맞춰지는 입술에서 참을 수 없는 신음이 터져 나왔다.

"좀 더 안겨 봐."

하경은 연우를 안고 있는 손으로 그녀의 등줄기를 쓸어내렸다. 순간 돋는 소름과 아찔함에 연우의 목이 뒤로 넘어갔지만 그럴 때마다 그녀의 여린 목을 단단히 받치고 있는 것은 하경의 손이었다.

"아, 안 돼."

연우는 끝도 없이 몰려오는 야릇한 감각에 저도 모르게 하경의 어깨를 붙잡았다. 이렇게 그와 사랑을 나누다간 정말 끝을 볼 것만 같았다. 아니, 한번 불타오르기 시작하면 끝을 볼 때까지 자신을 놓지 않는 하경이라는 것을 알고 있었다.

"돼."

하경은 연우의 목덜미를 물어뜯듯 깨물며 단호하게 말했다. 빨라지는 그의 움직임에 연우는 감은 두 눈을 뜨지 못하고 사정없이 흔들리는 몸을 바짝 긴장시킨 채 입술을 깨물었다. 깨문 입술

안에선 뜨거운 숨과 함께 나오지 못하는 신음이 맴돌고 있었다.

아래가 맞닿을 때마다 절정으로 내몰렸다. 이미 아래를 꽉 채우고 있는 그의 것이 깊숙이 들어갔다 나올 때마다 담을 곳 없는 뜨거운 액이 끌쩍이며 흘러내리고 있었다.

연우는 정신이 나갈 것만 같았지만 자신만을 뜨거운 눈으로 바라보고 있는 하경을 움켜잡은 채 놓치지 않았다.

거칠게 숨을 내쉬며 젖은 머리를 쓸어 올리는 야수 같은 그의 몸짓에 연우는 내부까지 차오른 뜨거움을 이겨 내지 못하고 헐떡거렸다. 하경이 목덜미에 입술을 파묻고 격정적인 몸짓으로 더욱 움직임을 빨리했을 때 연우는 결국 참지 못하고 울음을 터뜨렸다.

사랑의 절정이었다.

"……흑."

기어코 연우를 울리고 말았다.

"연연우."

"나빠. 너무 강하게 하지 말라고 그랬는데도……."

"언제."

"신호 줬잖아."

"모르겠는데."

끝까지 저를 괴롭히는 하경에 연우가 힘이 실리지 않은 주먹으로 그의 가슴을 탁 하고 때렸다.

"알잖아, 나. 부드럽게 잘 못하는 거."

하경은 연우의 목덜미에 다시 코를 박으며 나지막이 읊조렸다.

"널 보면 부드럽게가 안 돼."

"그런 게 어디 있어."

"울리고 싶어 미치겠어."

"진짜 나빠."

"나빠도 상관없어. 너도 좋잖아."

하경은 입술을 목덜미에서 떼어 내 연우의 눈을 보았다. 검붉은 남자의 익숙한 눈동자, 자신만을 향하는 그 소유욕 강한 눈빛.

연우는 떨어지는 눈물을 손등으로 비비며 그에게 안겼다. 그리고 고개를 끄덕였다.

하경은 제 품 안에 있는 연우를 다시 침대 위로 눕혔다. 하얀 몸이 곧 다시 시선 안으로 들어왔다.

"자, 잠깐만, 하경 씨."

"못 기다려."

하경은 연우의 잘 뻗은 다리를 제 어깨 위에 얹고 다시금 입술을 찾아 농도 짙은 키스를 했다. 다시 그의 격렬한 사랑의 시작이었다.

대화를 나누며 로비를 걸어가던 레스토랑 직원들이 자리에 멈춰 서 지나가는 하경과 임원들을 향해 고개를 숙였다. 직원들 틈에서 눈을 들어 하경을 올려다본 연우가 몸을 움찔거렸다. 곁에 있는 임원들과 대화를 나누면서도 저를 향해 있는 남자의 눈이 부드럽게 웃고 있었다.

그를 바라보고 있던 연우의 입술이 저도 모르게 올라갔다. 미소를 참으며 입술을 깨물고 있던 연우가 스쳐 지나가 버린 하경의 뒤를 힐끔 돌아봤다.

"연우 씨, 오늘 얼굴에 꽃이 폈네?"

"요새 뭐 좋은 일 있어요?"

어젯밤 한참을 쉴 새 없이 퍼붓는 하경의 사랑을 이기지 못하고 그대로 호텔에서 잠이 든 연우는 겨우 출근 시간에 맞춰 룸에서 나올 수 있었다. 괜히 제 옷매무새를 살피며 잔머리를 정리한 연우는 고개를 돌려 멀리 가고 있는 하경을 보았다. 그리고 그 순간 하경이 고개를 돌렸다. 눈이 마주쳤다.

"어머! 웬일이야. 대표님께서 날 보셨어."

은비가 호들갑을 떨어 댔고, 그와 눈이 마주친 연우가 웃었다. 연우의 웃음에 역시 미소로 화답해 준 하경이 다시 고개를 돌려 제 갈 길을 갔고 여직원들이 꺅꺅대기 시작했다.

"세상에 나 회사 다닐 맛 난다. 진짜."

"나 막 대표님 같은 남자한테 소유당하고 싶어. 왜 그런 거 있잖아. 넌 나만 봐. 나만 바라봐."

어설픈 남자 목소리까지 흉내 내며 말하던 은비가 상상만으로도 황홀하다는 듯 어깨를 들썩였다.

그런 여직원들의 호들갑에 연우는 어색한 미소를 지었다. 어디

서 많이 듣던 소리긴 했다. '내 여자' 에 대한 소유권 주장을 말하는 것이라면 하경은 여직원들 말대로 그 이상이었으면 이상이었지 절대 보통은 아니었다. 특히 잠자리에서는 더욱.

"한 번만 안겨 보고 싶어."

"어우. 은비 씨 그만해."

직원들이 그러거나 말거나 연우는 아픈 어깨를 움직이는 데 집중했다. 어젯밤 그의 강한 힘에 붙잡혀 있던 온몸이 욱신욱신거렸다.

"연우 씨!"

그런 연우의 어깨를 툭 친 은비는 순간 제 어깨를 부여잡으며 크게 움찔거리는 연우의 행동에 살짝 놀란 눈을 했다. 곁에 있던 직원들이 그런 두 사람을 쳐다봤다.

연우는 괜히 목을 더듬으며 얼굴을 붉혔다. 이래서 도둑이 제 발 저린다는 말이 나오는 건가 보다 싶었다. 제가 일하는 회사 호텔에서 하경과 사랑을 나눴다니.

"연우 씨, 왜 그렇게 놀라? 몸 안 좋아? 그러게 보약 한 첩 지어 먹으라니까. 연우 씨는 몸이 너무 약해서 늘 걱정돼, 내가."

경란은 정말로 연우가 걱정된다는 듯 다소 걱정스러운 눈을 했다. 은비는 그런 연우를 보며 팔짱을 끼며 영 풀이 죽은 목소리를 했다.

"나도 연우 씨처럼 연약하고 여성스러운 여자 같아 보여야 하는데……."

은비의 한탄 같은 말에 곁에 있던 경란이 아닐 말이라는 듯 말소리를 높였다.

"허이구. 자기 지금도 충분히 연약해 보여. 여성스러운 것도 매력적이지만 은비 씨처럼 귀여운 것도 얼마나 매력적이야."

"거봐요. 난 여성스러운 거랑은 거리가 멀다니까요."

우울해하는 은비를 보며 연우가 난감한 얼굴을 했다. 그런 그녀를 보며 경란이 연우의 어깨를 말없이 쓰다듬었다. 경란을 올려다보는 까만 눈이 어제의 여운으로 빨갛게 젖어 있었다. 경란은 연우의 눈동자를 보고 있자니 은비가 무슨 말을 하는지 알 것 같았다.

확실히 연우는 다른 여직원들과 다른 뭔가가 있다. 그냥 예쁜 것과는 달랐다. 안아 주고 싶고 좀 더 곁에서 챙겨 주고 싶고 여자인 제가 봐도 연우의 분위기는 뭔가 말할 수 없는 묘함을 풍기고 있었다.

"연우 씨, 연애해?"

"네?"

경란의 갑작스런 질문에 연우가 저도 모르게 놀라 되물었다. 곁에 서 있던 미희와 은비가 순간 떨어진 흥미로운 먹잇감에 눈을 반짝였다.

"갑자기 그건 왜……."

"그냥 사랑받고 있다는 느낌이 들어서."

그렇게 말하며 경란이 웃었다. 악의 없는 그녀의 웃음에 연우는 경란을 보며 희미하게 웃었다.

그리고 갑자기 하경이 번쩍 떠올랐다. 더불어 그의 직위가 우리 호텔 대표이사라는 것도 함께 떠올랐다. 순간, 저도 모르게 마른침을 목울대를 타고 꿀꺽 넘어갔다.

"아뇨. 안 해요. 연애……."

"근데 뭘 그렇게 긴장해. 그러니까 의심스럽잖아."

경란은 웃으며 연우의 어깨를 두드렸다. 제 발 저리지 말자, 제 발 저리지 말자 그렇게 중얼거리면서 연우는 떨고 있는 제 다리를 꽉 움켜쥐었다.

10.

네 곁에

뜨겁게 겹쳐지는 입술에서 끈적끈적한 타액이 흘러나왔다. 하경의 손에 의해 무방비 상태로 노출된 아래가 움찔거렸다.

그녀의 허벅지 안쪽을 쓰다듬는 그의 손길에 저도 모르게 허리가 들렸다. 이렇게 호텔 안에서, 그것도 그가 업무를 보는 곳에서 하경과 애정 행각을 한다는 것이 연우를 괴롭게 만들었다.

잠깐 스쳐 지나가다 우연히 만난 하경의 손에 이끌려 이사실로 들어온 후 이렇게 정신없이 키스를 주고받은 지 벌써 한참이 지나고 있었다. 잔뜩 빨리고 빨려 부풀어 오른 입술이 다시금 그의 입술에 의해 지배당했다.

잔뜩 열기를 머금은 혀는 연우의 가느다란 목덜미를 파고들었다. 어떻게 하면 그녀가 자극을 받는지 너무나도 잘 아는 하경의 움직임에 연우는 하릴없이 몸을 떨었다. 이미 뜨거울 대로 뜨거워져 있는 하경의 손이 연우의 허벅지 안쪽을 과감 없이 쓸어내릴 때마다 간신히 그에게 지탱하며 서 있는 다리가 가눌 길 없이 후들거렸다. 그의 손이 은밀한 곳을 슬쩍 스칠 때마다 연우는 결합하지도 않은 아래가 떨려왔다.

이대로라면 정말 위험하다. 그라면 충분히 이대로 사랑을 나누고도 남았다. 연우의 셔츠 안에서 보드라운 허리를 매만지고 있는 하경의 다른 한 손이 연우에 의해 붙잡혔다.

"……하지 마."

단호하지 못해, 연연우.

옅게 웃음을 짓는 하경은 불안으로 떨고 있는 연우의 눈매를 매만졌다. 그가 건네는 손길하나에도 예쁜 눈꼬리가 떨었다.

"좀 더 단호하게 말해야지. 이래선 하고 싶다는 말로밖엔 안 들리잖아."

"어떻게 더 단호하게 말해."

"왜 말 못 하는데."

"……하경 씨잖아."

부끄러운 듯 빨갛게 익은 뺨이 보였다. 어찌할 바를 모르고 눈을 아래로 떨어뜨린 연우는 난감한 얼굴을 했다. 하경은 한참을 유영하던 연우의 허리에서 손을 거두며 책상에 기대어 앉았다. 그리고 연우를 바라보았다.

"어떡하지?"

난데없이 뱉어진 하경의 말에 땅만 바라보고 있던 연우의 고개가 들렸다.

"너 때문에 정말 못 참을 것 같아."

잔뜩 뜨거워져 단단해진 자신의 아래에 하경이 정말로 난감한 얼굴을 했다.

그는 애써 여유로운 웃음을 지으며 손으로 그녀의 벌겋게 달아오른 목덜미를 쓸었다. 목덜미에 유난히 민감한 연우가 그의 손길에 깜짝 놀라 어깨를 경직시켰다.

하경은 자신의 뜨거워진 아래를 내려다보며 힘겹게 웃었다.

"이건 내가 알아서 할 테니 가서 일 봐."

하경의 말을 알아들은 연우는 주춤대면서도 그에게서 멀어져 이사실 문고리를 잡았다. 그리고 여전히 책상에 비스듬히 걸터앉아 있는 하경을 돌아보았다.

"……미안."

잔뜩 그의 열을 올려 놓고 이렇게 혼자 나가 버려 미안한지 연우는 아직 식지 않은 얼굴로 미안한 표정을 지었다.

"어서 가 봐."

하경의 말에 그제야 연우가 문을 열고 나갔다. 혼자 남겨진 하경은 죽을 생각이 없는 제 아래를 보며 잔뜩 미간을 일그러뜨렸다.

퇴근을 하고 집으로 돌아와 재킷을 벗으며 침실로 들어선 연우는 붙박이장 문을 열자마자 소스라치게 놀라 뒷걸음질 쳤다. 옷으로 꽉 채워져 있던 붙박이장 안 사이사이가 휑하니 비어 있었다.

놀라 서랍장 문을 모두 열어젖힌 연우가 군데군데 옷이 비어 있는 공간을 보며 황급히 핸드폰을 찾았다. 떨리는 손으로 하경의 단축번호를 꾹 누른 연우가 몇 번 가지 않아 들려오는 그의 목소리에 놀란 눈으로 말했다. 다리가 후들후들거렸다.

"하경 씨! 집이 좀 이상해. 옷이랑 화장품이 없어졌어."

다급한 연우의 목소리에도 그는 느긋한 목소리를 했다. 일을 하는 중인지 누군가를 향해 그만 나가 보라는 목소리가 들렸다.

–알아. 내가 그랬어.

"……뭐?"

여태 일에 매달려 있던 책상에서 멀어진 건지 그가 좀 더 여유로운 목소리를 했다.

–필요한 짐 챙겨서 우리 집에 가 있어.

"우리……?"

–그래. 우리 집.

그가 말하는 '우리'의 뜻을 곰곰이 생각하고 있던 연우가 그제야 사라진 제 캐리어 가방을 발견했다.

"하경 씨가 들고 간 거야?"

–오늘 일찍 퇴근할게. 이따 집에서 보자.

그리고 끊긴 전화를 보며 연우가 다시 집을 둘러보기 시작했다. 더는 없어진 것이 없는지 이리저리 둘러보던 연우가 고개를 갸웃했다. 분명 하나가 사라졌다. 그런데 그것이 무엇인지 감히 잡히지 않았다.

침실, 주방, 거실…… 거실…… 거실.

거실 한가운데 서서 허전한 느낌을 찾던 연우가 천천히 소파 위에 앉았다. 그리고 자신을 허전하게 했던 것을 찾았다. 이젠 바짝 말라 형태조차 알아볼 수 없는 백합이었다. 거실 테이블 위에 놓아두었던 백합이 사라져 있었다.

그의 도어락 비밀번호를 앞에 두고 잠깐 고민에 빠진 연우는 손을 들어 자신의 기억 속에 남겨져 있던 그의 집 비밀번호를 꾹꾹 눌렀다. 그러자 얼마 지나지 않아 경쾌한 소리를 내며 문이 열렸다.

우리가 처음 만났던 그 날짜. 여전히 그의 비밀번호는 바뀌지 않았다.

집 안으로 들어와 주위를 둘러본 연우는 이미 하경이 가져다 놓은 제 짐들을 곁눈질하고선 집을 둘러보기 시작했다.

커다랗게 걸려 있는 자신과 그의 행복했던 시간이 담긴 사진, 그가 그린 세련된 그림이 깔끔하게 걸려 있었다.

하경이 직접 꾸민 것으로 보이는 심플하면서도 세련된 인테리어에 단번에 눈이 갔다. 집 안 구석구석이 하경의 취향으로 잔뜩 도배되어 있었다.

잠자리가 예민한 하경에게 맞게 침실엔 널따란 더블 킹 침대가 자리 잡고 있었다. 빨래 하나 제대로 개키지 못한다고 저를 향해 웃더니 먼지 하나 앉지 않고 흐트러짐 없이 개켜져 있는 옷들이 한쪽에 놓여 있었다. 그리고 그의 공간 가득히 하경의 향이 배어 있었다.

문이 열리는 소리에 현관으로 고개를 돌린 연우가 실내화를 끌고 거실로 나왔다. 슈트 단추를 풀어내며 신발을 벗는 하경이 눈 안에 들어왔다.

"하경 씨."

"와 있었네."

"왜 아무 말도 없이 내 짐을 다 옮겨 놓은 거야?"

"몰라서 묻는 거야?"

하경은 옷을 갈아입으러 침실로 향하다 말고 연우를 돌아보았다. 남자의 두 눈이 일렁이며 연우를 헤집고 있었다.

"너와 더 떨어져 있으라고? 회사에서 잠깐씩 얼굴 보는 것도 미칠 것 같은데 더 떨어져 있으라고?"

그는 진심으로 답답한 듯 미간을 일그러뜨렸다. 타이를 끌어내리는 손길에 더욱 힘이 들어갔다. 강인하기만 한 힘에 타이가 쉽사리 내려가지 못하고 그의 목에 엉겨 붙어 있었다.

연우는 천천히 그에게로 다가가 남자의 손을 맞잡으며 넥타이를 쥐었다.

"내가 해 줄게."

그리고 그의 넥타이를 마저 풀어내 주었다. 넥타이를 풀고 하경의 목 끝까지 반듯하게 채워져 있는 단추를 풀어 주던 연우가 자신을 빤히 쳐다보고 있던 하경을 눈치채고 의아한 눈을 했다.

"연우야."

"왜?"

"다시는 멀어지지 마."

그녀를 보고 있는 하경의 눈이 순간 뜨겁게 닫혔다가 열렸다.

"다시는 내게서 멀어지지 마."

2년간 꿈에서조차 그녀가 나오지 않아 얼마나 불안했는지 모른다. 그저 그녀 하나만을 생각하며 지낸 그 시간 동안 그녀는 자신보다 더 아팠을 것이며, 더 상처받았을 그 시간이 자꾸만 가슴에 멍으로 남아 자신을 때렸다.

하경은 느릿하게 고개를 숙여 닫혀 있는 연우의 입술을 찾았다.

굳게 닫혀 있던 작은 입술에 닿는 하경의 촉감에 연우는 천천히 입술을 벌렸다. 그녀가 자신을 받아들이자 좀 더 깊숙이 입을 맞추며 연우를 안아 올렸다.

연우는 가볍게 자신을 안아 올리는 하경의 손길에 그의 목을 껴안으며 하경이 자신에게 키스할 수 있도록 좀 더 입술을 벌렸다. 꼭 감은 두 눈꺼풀이 파르르 떨렸다.

하경은 거침없이 연우의 스커트를 완전히 위로 밀어 올렸다. 공기에 노출된 다리에서 소름이 돋았지만 그보다 더욱 강하게 느껴지는 하경의 촉감에 연우는 하경의 셔츠를 꽈악 움켜쥐었다.

목덜미를 타고 내려와 쇄골, 그리고 젖가슴에 입술을 묻은 하경은 정성스레 연우에게 자신의 열기를 전달하는 데 힘썼다.

봉긋한 가슴에 키스하듯 입 맞춘 하경은 곧장 연우의 스커트 아래 숨겨진 속옷을 옆으로 밀어내 제 손가락을 급하게 그녀 안으로 밀어 넣었다. 빡빡한 그녀의 내부는 능숙한 그의 손길에 어렵지 않게 젖어 갔다. 결합이 가능할 만큼 촉촉하게 만들어 놓은 후에야 손가락을 빼낸 하경은 서둘러 바지 버클을 풀었다.

오늘은 이상하게 그가 서두르는 느낌이었다. 아니, 그녀를 향한 사랑을 이기지 못하고 잔뜩 욕망에 끓어올라 있는 하경은 더 이상 참지 못하겠다는 듯 붉은 눈을 잔뜩 일그러뜨렸다.

하경이 자신을 완전히 안아 올리는 바람에 그의 어깨에 손을 얹어 몸을 지탱한 연우는 힘겹게 그의 어깨를 붙잡았다. 그리고 그 순간 하경은 그녀를 향한 사랑과 욕망으로 잔뜩 불거져 있는 자신을 그녀의 내부로 밀어 넣었다.

“아, 아읏.”

단단하고도 두꺼운 그를 울컥거리며 집어삼킨 그녀는 익숙한 그의 촉감에 신음을 흘렸다.

7년 동안 하경과 사랑을 나누었던 연우였지만 여전히 그녀는 독점욕과 소유욕에 차 거침없이 밀어붙이고 자신을 자극시키는 하경에 비하면 서툴기만 했다.

하경은 제 분신을 잔뜩 옥죄어 오는 그녀의 뜨거운 내부에 참지 못하고 정신이 나갈 것처럼 허리를 흔들었다. 작은 몸이 그가 주는 힘에 사정없이 흔들렸다. 공중에서 힘없이 나풀대고 있는 제 다리를 보며 연우가 하경의 어깨를 깨물었다. 힘없는 입술 사이로 뜨거운 숨이 터져 나왔다.

"아, 아. 자기야……."

저를 거칠게 밀어붙이는 하경을 감당하고 있던 연우가 더 이상 이 뜨거움을 참지 못하겠다는 듯 고개를 저었다. 그것이 그만두라는 의사표현이 아님을 알고 있는 하경은 그런 연우의 목덜미를 매만지며 다른 한 손으로는 떨고 있는 가녀린 허리를 힘주어 끌어당겼다.

그녀의 예민한 곳만 한껏 매만진 탓에 결국 온몸에 자극이 오를 대로 오른 연우가 신음을 내뱉었다. 그리고 그 여파로 간신히 힘을 주고 있던 목이 뒤로 넘어갔다. 하경은 그런 연우의 목을 받쳐 주면서도 그녀를 놓지 않았다.

삽입이 되고 나서도 멈출 줄 모르고 부풀어 오르는 그를 조금이라도 편하게 받아들이기 위해 더욱 다리를 벌린 연우는 하경의 어깨에 머리를 툭 얹었다. 그가 주는 쾌락과 자극이 정점에 다다른 지 오래였지만 하경은 놓아주지 않았다.

단단한 그를 꽉 물고 있는 그녀의 내부는 그가 치고 나갈 때마다 여과 없이 쾌락에 떨었다. 이미 절정을 맛보고 싶은 그의 것에선 묽은 액이 조금씩 맺히기 시작했지만 하경은 절정을 맛보지 않고 참으며 더 강하게 밀어붙이기만 했다. 이미 뜨거울 대로 뜨거워진 그의 것을 품은 아래는 경련하듯 움찔거리기 시작했다.

한계를 넘어서 반복되는 질퍽한 마찰로 누구 것인지 모를 끈적이는 액이 단단한 그의 것을 타고 흘러내리고 있었다. 그 느낌이 너무 생경해 절로 입술이 벌어졌다.

"후으……."

한계에 다다른 이 야릇한 감각에 연우의 눈이 저도 모르게 빨갛게 달아올랐다.

"……키스해 줘."

하경의 뜨겁고도 애절하기까지 한 요구에 연우가 다시금 정신을 차리고 그의 얼굴을 붙잡았다. 그리고 급하게 입술을 찾았다. 타액이 섞이며 질척이는 음란한 소리가 귓가에 적나라하게 들려왔지만 지금은 그것을 신경 쓸 겨를이 없었다.

"이제 절대 놔주지 않을 거야."

거칠게 연우를 밀어붙이며 허리를 움직이던 하경이 일순간 움직임을 멈추며 그렇게 말했다. 저를 완전히 짓누르고 있던 자극이 끊긴 탓에 연우는 어쩔 줄 몰라 저도 모르게 허리를 들썩였다.

그녀가 그의 등을 탁탁 때렸다. 한계까지 몰려 이미 도달하기 직전인 절정의 순간에서 갑자기 멈추어 버린 남자의 행동에 연우는 자신도 모르게 그의 가슴을 힘없이 두드렸다.

"안……돼……."

아직 절정을 맞지 않아 단단하게 솟은 그의 남성이 너무나 적나라하게 느껴져 연우의 두 눈엔 물기가 흥건했다.

"다른 남자는 안 돼."

하경은 감질나게 천천히 다시 허리를 움직이기 시작했다. 여전히 속도를 내지 않는 느릿한 움직임이었다. 연우는 이렇게 자신을 자극시키는 하경의 행동에 결국 울먹거리며 그의 어깨에 얼굴을 묻었다.

"넌 나여야만 해."

그런 그녀의 등을 쓰다듬은 하경이 다시금 허리를 세차게 움직여 연우의 절정을 이끌어내기 시작했다. 하경은 이미 벌어질 대로 벌어진 연우의 다리를 더욱 잡아 벌리며 잔뜩 불거져 있는 제 것을 뿌리 끝까지 밀어 넣었다.

"아앗, 아, 그, 그만!"

연우는 더는 버틸 수 없어 고개를 저으며 제 머리를 움켜잡았다. 곧 절정으로 도달을 허락한 하경으로 인해 연우는 주체할 수 없는 열락에 온몸을 바들바들 떨며 힘없이 그에게로 안겼다.

"내 곁에서 떨어지지 마."

하경의 속삭임에 연우가 차마 답치 못하고 제가 잔뜩 더럽혀 놓은 그의 셔츠를 꽉 움켜잡았다.

오랜만에 편히 잠을 이루었다. 새벽이 돼서야 잠이 들었지만 다행히 쉬는 날이라 오후 늦게까지 하경의 곁에서 늦잠을 잘 수

있었다.

연우는 해가 지기 시작하고서야 곤히 자고 있는 하경의 품에서 나와 거실로 향했다. 힘없이 걸어 나온 연우는 제 짐을 정리하며 그가 자신의 집에서 가져와 테이블 위에 올려놓은 백합을 바라보았다. 꽃잎은 말라비틀어져 형태를 알아볼 수 없었지만, 아직 향은 은은하게 꽃 주위를 맴돌고 있었다.

어디선가 울리기 시작한 진동 소리에 연우는 아직 덜 깬 잠에서 깨어나며 천천히 정신이 들기 시작했다. 그리고 제가 가져온 가방을 이리저리 뒤적여 핸드폰을 찾아냈다.

발신인을 확인했다.

〈이은비.〉

이은비? 은비?

연우는 눈을 번쩍 떴다. 전날 미희와 은비, 경란, 그리고 자신까지 레스토랑 F4, 네 명의 미녀끼리 내일 저녁 6시에 모여 술 한잔하자고 한 은비의 장난스러운 목소리가 떠올랐다.

연우는 통화 버튼을 누르고 핸드폰을 귀로 가져갔다.

"여보세요."

–연우 씨! 안 나오고 뭐 해요. 우리 빌라 앞이에요.

"죄송해요. 늦잠을 자는 바람에…… 지금 나갈게요!"

–근데 연우 씨 혼자 산다고 그러지 않았나?

미희와 은비가 속닥거리며 말하는 소리가 수화기를 넘어 연우에게까지 들려왔다.

–어차피 늦었는데 우리 멀리 갈 필요 없이 연우 씨네 집에서 술 한잔할까요?

–그럴까? 물어봐.

그리고 속닥이는 소리가 끝나기 무섭게 물어왔다.

–연우 씨, 우리 가도 돼요?

연우는 아직 꿈속을 헤매듯 은비의 말에 눈을 느리게 깜빡였다. 어제의 여운으로 침대 위에 누워 잠이 든 하경이 번개처럼 떠올랐다. 연우는 마치 본능처럼 하경이 있을 침실을 쳐다봤다.

연우는 미친 사람처럼 밖으로 나왔다. 펄럭이는 점퍼를 제대로 입지 못해 엉뚱한 곳으로 손을 찔러 넣기를 반복했다.

그리고 완전히 밖으로 나와 고개를 돌렸을 때, 그녀를 발견한 여직원들이 연우를 향해 손을 흔들고 있었다. 헐레벌떡 그들 앞으로 뛰어간 연우가 거친 숨을 몰아쉬었다.

"뭘 또 그렇게 달려오고 그래. 괜찮은데."

"늦어서 죄송해요."

"자, 자. 가요. 가서 마셔 보자고."

힘겹게 직원들의 관심을 집에서 돌려낸 연우는 가자고 재촉하는 경란을 따라 빠르게 걷기 시작했다. 집과 점점 멀어지고 있음을 느끼며 안도의 한숨을 내쉬었다.

이번 술자리의 만담 주제는 내 남자와의 잠자리였다. 유부녀인 경란을 제외하고 죄다 최근에 애인과 헤어져 싱글인 여직원들은 예전 내 남자와의 잠자리를 떠올리며 술잔을 기울였다.

"그 남자는 엄청 부드러웠어요. 그래서 아, 내가 정말 사랑받고 있구나, 그게 딱 느껴지더라니까요."

"부드러운 건 주 요리 위에 얹힌 양념처럼 가끔 있어 줘야 좋은 거지. 난 막 강하게 밀어붙여지는 게 그렇게 좋더라. 내 귓가에서 막 헉헉거리는 숨소리하며 못 참겠다는 야성적인 눈빛."

미희는 은비의 말에 반박하듯 받아치며 예전의 그를 떠올리고 있었다. 미희의 말을 듣고 있던 경란이 소주 한 잔을 원샷 하고선 검지를 좌우로 까딱까딱 움직이는 제스처를 취했다.

"그것도 젊었을 때나 그런 거지. 조금만 더 나이 들어 봐. 우리 신랑 가끔 분위기 잡는다고 강하게 밀어붙이는데, 그이나 나나 힘들어서 몇 분 못 가고 뻗는다니까."

경란의 말을 들으며 고개를 끄덕이던 미희가 이번엔 말없이 닭갈비를 먹으며 소주잔을 기울이고 있는 연우에게로 고개를 돌렸다.

"연우 씨는 어때?"

"네?"

"자기는 예전 남자친구랑 어땠어? 좋았어?"

아직 연우의 현재 애인의 존재를 알지 못하는 여직원들은 연우의 옛 남자친구에 대해 궁금증을 드러내 왔다.

"……글쎄요."

"아우. 뭐야. 연우 씨 어땠는데 말해 봐."

망설이는 듯 입술을 들썩이던 연우는 결국 하경을 떠올렸다. 자신은 하경이 아닌 다른 남자와 사랑을 나눠 본 적이 없으므로 오로지 떠올릴 사람은 그밖에 없었다.

"저를 생각해 줘요."

"그게 뭔 소리야?"

"문득 눈을 보면 그 사람 눈에 저밖에 없거든요."

그리고 연우는 남아 있는 술을 홀짝였다. 눈앞이 알딸딸해져 왔다.

연우의 말을 듣고 있던 미희가 한숨을 푹 쉬며 술잔을 들었다.

"외롭다. 외로워. 우리 건배해요. 오늘 마시고 죽자고요."

연우의 말에 다들 한 잔, 두 잔 속도를 높여 술을 마시기 시작했다. 연우는 벌써 취기가 올라와 술잔을 밀어냈지만 다시 은비에 의해 술이 콸콸 채워졌다.

"뭐 해, 연우 씨. 아직이야."

그리고 다시 술잔을 들었다.

연우는 제 어깨 위에 얹힌 미희의 팔을 떼어 낼 생각도 못 하고 술이 완전히 잠식한 얼굴로 고개를 끄덕끄덕했다. 가물거리는 눈을 떴다 감았다 했지만 반쯤 나가 버린 정신은 돌아오지 못하고 있었다.

직원들은 서로 어깨동무를 한 채 절로 팔자스텝을 하며 시루떡처럼 붙어 있었다.

"우리…… 딱 한 잔만…… 더 하러 갈까?"

혀가 잔뜩 꼬여 웅얼웅얼 중얼거린 미희가 침이 떨어질 것 같은 입을 손등으로 쓸었다.

"그럴까요?"

직원들은 다시 다른 술집으로 가자고 소리치면서도 스스로에 의해 통제되지 않는 걸음은 빌라를 향해 걷고 있었다.

"추……워."

무의식적으로 춥다고 중얼거린 연우는 제 어깨에 손을 두른 미희에게 머리를 기대었다.

"우리 연우 씨이…… 추워? 집으로 가자."

"우리 연우 씨, 내가 집으로 데려다줄게. 기다려."

경란은 휘청대며 연우의 어깨를 꽉 끌어안았다. 덕분에 갑자기 힘이 가해진 연우의 가는 몸이 앞으로 쏠렸고, 직원들이 도미노마냥 앞으로 꼬꾸라졌다.

덕분에 무릎이 잔뜩 쓸렸지만 아픔을 느낄 수 없었다. 다들 바람에 흩날리는 갈대처럼 휘청휘청거리며 겨우 일어나 다리에 힘을 주고 섰다.

연우는 여전히 정신을 가누지 못하고 자리에 앉아 있었다. 경란과 미희가 연우를 힘겹게 일으켜 올리고 팔짱을 꼈다. 다시 네 사람이 오징어처럼 한 몸이 되었다.

“연우 씨…… 집으로…… 집으로 가자. 추운 우리 연우 씨부터 데려다줘야지…….”

발음이 이리저리 새 무슨 말인지 알아들을 순 없었지만 다들 회귀본능처럼 집으로 향하고 있는 것만은 틀림없었다.

“여기가 우리 집…… 아, 맞아. 이사……했지.”

연우는 자신의 집 앞에서 고개를 끄덕거리다 다시 하경의 집으로 걸음을 옮기기 시작했다.

연우는 지끈거리는 머리를 부여잡고 간신히 눈을 떴다. 바짝 말라 버린 목을 붙잡고 옆으로 돌아누운 연우는 눈앞에 보이는 하경의 모습에 가물거리는 눈을 올려 떴다.

“하경 씨…….”

하경은 편안한 옷차림으로 침대 헤드에 기대어 앉아 책을 읽고 있었다.

“일어났어?”

“……응.”

연우는 몸을 일으켜 세우고 앉아 뻐근해 오는 허리를 두들겼다. 힘겹게 침대에서 발을 빼 바닥을 디딘 순간, 통증이 느껴지는 제 무릎을 내려다보았다. 치료를 했는지 밴드가 정갈하게 붙여진 무릎이 눈에 들어왔다.

연우는 잘 떠오르지도 않는 어젯밤을 기억해 내느라 한참을 머리를 굴렸다.

"……나 어제 잘 들어온 거지?"

"그래. 잘 들어왔어. 손님까지 줄줄이 달고."

갑자기 뱉어 낸 그의 의미 모를 말에 연우가 아직 뻑뻑한 눈을 감았다 떴다.

"그게 무슨 말이야?"

"나가 봐."

책장을 넘기며 느긋한 목소리로 하는 하경의 말에 대수롭지 않게 목덜미를 긁으며 거실로 나온 연우는 경악으로 소리를 지를 뻔했다. 튀어나오려는 비명에 제 입을 두 손으로 틀어막아 간신히 소리를 봉쇄했다.

은비와 미희, 경란이 이리저리 굴비처럼 엮인 채 거실 한복판에 뻗어 있었다. 은비는 제 배를 벅벅 긁으며 나른한 잠꼬대를 해댔다. 한쪽 다리는 경란의 배 위에 얹혀 있었다.

읽고 있던 책을 겨드랑이에 끼우고 어느새 연우의 곁으로 다가온 하경이 그 모습에 눈살을 찌푸렸다. 자신의 곁에 서 있는 하경의 존재를 깨달은 연우는 소스라치게 놀라며 그의 팔을 잡고 침실로 들어왔다.

"이게 어떻게 된 거야?"

"기억 안 나?"

분명 비밀번호를 누르고 집 안으로 들어온 것까지는 기억이 나는데……. 아닌가? 비밀번호를 눌렀나?

정말로 기억이 새까맣게 그을려 버린 듯 연우의 머릿속이 텅 비어 갔다.

하경은 그런 그녀를 보며 못 말리겠다는 듯 웃었다.

어젯밤, 몇 번이나 비밀번호를 잘못 입력해 경고음이 난 통에 밖으로 나온 하경이 문을 열었고, 그와 동시에 연우와 여직원들이 집 안으로 물밀 듯이 밀고 들어옴과 동시에 앞으로 고꾸라졌다.

확 밀려오는 술 냄새에 인상을 잔뜩 쓴 하경이 직원들 틈에 짓눌려 있는 연우를 들어 올려 침실로 데려왔다. 그리고 차분히 겉옷을 벗겨 주었다. 언제 상처가 난 것인지 잔뜩 쓸려 있는 연우의 무릎을 본 그는 능숙히 상처를 치료해 주었고, 그대로 방문을 닫아 직원들과의 거리를 차단시켰다.

성격대로 여직원들을 다 밖으로 끌어내고 싶었지만 그러지 못해 답답할 뿐이었다.

그리고 그 잠깐 사이에 어제의 상황을 대충 파악한 것인지 그렇지 않아도 하얀 그녀의 얼굴이 창백하게 변해 갔다.

"하경 씨, 여기 꼼짝 말고 있어. 절대 밖으로 나오지 마. 내가 돌려보내면 그때 나와. 알겠지?"

닫힌 문을 힐끔힐끔 보면서도 불안해하고 있는 연우를 보며 그는 작게 한숨을 내쉬었다. 이리 불안해하면서 어제 그토록 술을 마셨다니. 직원들이 빠른 시간 내에 제 발로 순순히 나가지 않을 것임이 자명했다.

연우는 다시 한 번 하경에게 꼼짝 말고 여기 있을 것을 당부한 뒤 밖으로 나왔다. 그리고 나오자마자 눈앞에 걸려 있는 자신과 하경이 함께 찍은 사진 액자를 떼어 내 숨겼다. 또 의심을 살 만한 물건들을 빠르게 감추기 시작했다.

아직 일어날 생각이 없는 직원들은 그러거나 말거나 널브러져 있었고 연우는 잔뜩 곤란한 얼굴로 그들을 흔들어 깨웠다.

느릿느릿 잠에서 깨어나기 시작한 직원들은 기지개를 켜며 하품을 쩍쩍 해 댔다.

은비는 엉망이 되어 버린 머리를 대충 쓸어 넘기고 휘적휘적 주방으로 걸어가 물을 벌컥벌컥 마셨다. 그런 은비를 초조한 표정으로 바라보던 연우가 이번엔 또 다른 돌발행동을 할 것처럼 보이는 미희를 돌아보았다.

미희는 제 엉덩이를 긁으며 욕실로 들어가기 시작했다.

"면도기!"

연우는 저도 모르게 그렇게 소리치며 입을 틀어막았다.

아직 깨어날 생각이 없이 누워 있는 경란을 보며 연우는 제가 생각해도 기가 막힌지 한숨을 내쉬었다.

욕실 안 남성용품을 발견하지 못했는지 미희는 아직도 제대로 뜨지 못한 눈을 반쯤 감으며 욕실을 나오고 있었다. 연우는 그대로 욕실로 달려가 남성용품을 서랍 안으로 쓸어 넣었다. 그나마 도 다행인 것은 하경이 지나치게 깔끔한 탓에 거실을 비롯한 집 곳곳에는 남자의 것이라고 추정할 수 있는 물건이 없다는 것이었다.

욕실을 정돈하고 간신히 밖으로 나온 연우는 초조하게 직원들의 행방을 살폈다. 아무리 직원들에게 우리의 사이를 밝힌다 하여도 이런 식은 아니었다. 여직원과 한집에서 살고 있는 호텔 대표 이사님을 술김에 맞닥뜨리게 하다니?

이런 식의 공개는 정말이지 아니었다.

그런 연우의 속을 아는지 모르는지 미희는 주방을 어슬렁거리기 시작했다.

"연우 씨, 혹시 해장할 만한 거 없어?"

연우는 정말로 난감하다는 표정을 했다.

"속 쓰려서 미칠 것 같아."

전혀 나갈 생각이 없어 보이는 직원들의 행동에 연우가 황급히 주방으로 달려갔다. 그리고 냉장고 안, 가지런히 놓인 달걀을 꺼냈다. 어서 빨리 국이라도 대충 먹여 보낼 생각이었다.

그런데 서서히 자리에서 엉덩이를 떼기 시작한 직원들은 아직 덜 풀린 몽롱한 눈으로 집 구경을 하기 시작했다.

연우는 본능적으로 하경이 있을 침실을 쳐다보며 양파를 썰었다. 불안감에 잔뜩 예민해진 레이더는 양파를 썰면서도 직원들을 향해 있었다.

"와. 이거 연우 씨가 그린 거야? 연우 씨 그림 되게 잘 그리네."

하경이 그린 그림을 이리저리 보며 감탄을 하던 미희가 이번엔 하경이 꾸며 놓은 인테리어 장식품을 둘러보기 시작했다.

"연우 씨, 되게 센스 있는 사람이었구나. 인테리어 너무 예쁘다."

"시, 식사하세요. 은비 씨, 미희 씨, 경란 선배!"

금방이라도 사고를 칠 것처럼 불안한 행동을 하는 직원들을 불러 모은 연우는 재빨리 손님용 수저를 꺼내기 시작했다. 그리고 초조한 눈으로 문이 닫혀 있는 침실을 바라봤다.

식사가 시작되었을 때, 얼큰한 국을 뜨던 미희가 망나니마냥 헝클어져 있는 자신의 머리를 쓸어 넘기며 감탄의 목소리를 했다.

"연우 씨, 이렇게 고급빌라에 살고 있는지 몰랐네."

"근데 집이 좀 연우 씨랑 닮지 않았네."

"그게 무슨…… 말이에요?"

"인테리어하며 벽지하며 왠지 그냥 그런 느낌이 들어서. 지나치게 깔끔하고 남성다운 느낌?"

미희의 말에 연우는 저도 모르게 마른침을 꿀꺽 삼켰다. 손에서 땀이 나기 시작했다.

"근데 연우 씨 집 진짜 좋다. 진작 초대하지 그랬어요."

화제를 바꾼 은비의 말에 어색하게 웃음을 흘린 연우가 한 숟갈도 뜨지 못하고 내리 물만 마시고 있었다.

"연우 씨, 커피 있어? 나 한 잔만 줘."

"나도 한 잔이요."

끝이 보일 듯 끝이 날 줄 모르는 상황에 연우는 대충 커피를 타 식탁 위로 내려놓곤 직원들이 커피를 마시는 틈을 타 욕실로 달려갔다. 푸석푸석한 얼굴을 세안하며 이리저리 엉망인 제 모양새를 정돈했다. 싸한 박하 향 치약이 입 안으로 불쑥 들어오자 그제야 정신이 들기 시작했다.

그렇게 양치 후 눈치를 살피며 욕실을 나와 침실로 들어간 연우는 긴장으로 떨리는 심장을 손으로 눌렀다. 가슴이 두근두근 뛰었다.

여전히 아무렇지 않은 듯 침대에 앉아 책을 읽고 있던 하경의 시선이 연우에게로 날아왔다.

연우는 옷을 갈아입고 다시 거실로 나갈 준비를 했다. 하경은 미안한 표정을 지으며 저에게로 가까이 다가오는 그녀의 허리를 감싸 안았다. 갑작스런 그의 행동에 놀란 연우가 의아한 눈으로 그를 보았다.

"황금 같은 오픈데 이렇게 시간 보내고 있을 거야?"

"미안, 하경 씨. 금방 돌려보내고 올게. 잠시만 기다려."

여전히 연우의 허리를 놓지 않는 하경은 더욱 힘주어 그녀의 허리를 감싸 안았다. 그는 연우를 놓아줄 생각이 없어 보였다.

"지금 널 안고 싶은데."

"뭐?"

“사랑을 나누고 싶다고.”

“자, 장난치지 마. 금방 돌려보내고 올게.”

하지만 하경은 여전히 연우를 놓아주지 않았다.

“장난 아니야. 여긴 우리 집이고 직원들은 불청객이야. 내가 왜 저들의 눈치를 봐야 하지?”

그답지 않게 심술을 부리는 하경은 정말로 그녀와 사랑을 나누고 싶은 눈이었다. 오늘은 둘이서 함께 시간을 보내기로 약속을 해 놓고 이렇게 직원들과 의미 없이 시간을 보내고 있으니 그가 안달이 날 만도 했다.

연우는 자신의 허리를 두르고 있는 그의 손을 잡으며 미안한 얼굴을 했다.

“그러니까 빨리 보내고 와.”

연우는 자신을 부드럽게 바라보며 재촉하는 하경의 눈빛에 고개를 끄덕였다. 그리고 곧장 거실로 나와 차를 마시며 대화에 여념이 없는 직원들에게 다가갔다.

“저…… 제가 곧 외출을 해야 해서…….”

“아, 그래. 우린 이제 가야지.”

말은 그렇게 하면서도 아쉬운지 엉덩이를 느릿느릿하게 움직였다. 직원들은 거실에 아무렇게나 던져 놓은 자신의 점퍼를 하나씩 쥐고 아쉬움 가득한 눈을 하고 현관으로 향했다. 연우는 그제야 안도의 미소를 지었다.

“그럼 내일 호텔에서 봐. 연우 씨.”

문이 열렸고, 직원들이 모두 나갔으며 동시에 천국의 문이 열렸다. 연우는 그길로 침실로 달려가 문을 벌컥 열었다.

"미안. 하경 씨. 다 갔어. 많이 기다렸지……."

하경에게로 가까이 다가온 연우가 미안한 듯 목덜미를 긁었다.

"우리 오랜만에 같이 아침 먹자."

환하게 웃으며 아침을 제안하는 연우의 목소리에도 하경은 대답 없이 그녀의 허리를 가까이로 끌어당길 뿐이었다.

"우선순위를 제대로 정해."

"무슨 말이야?"

"난 너와 사랑을 나누는 게 제일 우선이야. 식사는 그다음이고."

말이 떨어지기가 무섭게 자신을 끌어당기는 하경을 보며 연우가 난감한 기색을 했지만 그래도 그를 이해하고 있었다. 그저께 밤에도 몇 번이나 자신을 품으며 떨어지고 싶지 않다고 속삭인 하경이 떠올랐기 때문이었다.

그동안 자신만을 그리워하며 잠도 편히 자지 못했을 그를 생각하니 더욱 그의 마음을 알 것 같았다.

지금 그는 아직도 연연우가 자신의 곁에 있다는 사실을 실감하지 못해 불안해하고 있는 것이었다. 하경은 막 사랑을 배운 사내처럼 그녀를 갈구하고 있었다.

연우는 손을 뻗어 불안해하고 있는 하경의 뺨을 매만졌다.

"불안해하지 마. 하경 씨."

"……."

"나 여기 있어. 어디 안 가."

"……안심시켜 줘."

하경은 그녀의 말에 안타까운 눈을 하면서도 아까보다 좀 더 편안한 숨을 내쉬었다.

연우는 안심시켜 달라는 그의 말에 어찌해야 할까 쭈뼛거리며 제 옷을 이리저리 쥐었다 펴기를 반복했다. 그리고 다리를 펴고 앉아 있는 하경의 위로 머뭇거리며 천천히 올라타 앉았다.

마주 보는 자세가 된 두 사람은 한동안 서로를 가만히 바라보고 있었다. 그리고 그를 한참 동안이나 바라보고 있던 연우가 천천히, 아주 천천히 그에게 입을 맞추었다. 좀 더 적극적인 모습을 그에게 보여 주고 싶었다.

그동안 수도 없이 해 왔던 키스였지만 떨리는 것은 매번 여전했다. 그와의 키스로도 온몸이 녹는 것은 충분했다. 부드럽게 마찰을 하던 혀가 어느새 빠르게 서로를 탐한다고 느껴질 찰나, 마주치는 혀끝에 전기가 돌았다. 연우는 허리를 세우고 좀 더 편안 자세를 찾으며 키스를 했다.

거친 숨을 뱉어 낸 하경은 손을 뻗어 연우의 뺨을 움켜잡고 다시 키스를 시작했다.

하경은 한참을 탐하던 연우의 입술을 놓고 목덜미에 입술을 파묻었다. 진득하게 달라붙는 하경의 타액이 느껴져 목덜미가 타들어 갈 것처럼 뜨거웠다. 연우는 천천히 숨을 내쉬며 금세 뜨거워진 두 눈을 손등으로 비볐다.

그때였다.

초인종이 울리는 소리가 들려왔다. 연우는 순간 감고 있던 눈을 번쩍 떴다.

"이 시간에 올 사람이 없는데? 직원들인가 봐. 뭘 두고 간 건가?"

그에게서 떨어지려 허리를 일으켜 세우는 그녀를 확 끌어당긴 하경은 다시 젖은 입술로 그녀의 목덜미를 찾았다. 몇 번 초인종이 더 울렸지만 하경은 전혀 신경 쓰지 않고 하던 일에 집중했다.

집중하라는 듯 제 목덜미에 이를 세우는 하경의 행동에 문 밖으로 향해 있던 정신이 서서히 돌아오기 시작했다.

하경은 연우의 원피스 단추를 풀어내고 곧 제 상의 끄트머리를 두 손으로 교차해 잡아 끌어 올렸다. 다시 한 번 초인종을 누르는 소리가 들렸지만 이번엔 쿵쾅거리는 심장 때문에 초인종 소리에 집중할 수 없었다.

쉽게 벗겨진 원피스가 침대 아래로 떨어졌고, 연우는 휑해진 아래를 보며 달아오른 눈을 감았다. 셀 수 없이 그와 사랑을 나누었지만 도저히 이 상황에서의 부끄러움은 익숙해지지 않았다.

하경의 섬세한 손길이 속옷 안, 가장 은밀한 곳으로 침투했을 때 연우는 저도 모르게 입술을 깨물었다. 촉촉하게 젖어 있는 아래를 한참이나 탐하던 하경은 결합이 어렵지 않다 판단해 손가락을 빼냈다. 그가 빠져나가며 건드려 놓은 내벽이 움찔거렸다.

하경은 연우의 허리를 올려 세웠다. 그리고 동시에 그는 망설임 없이 브리프까지 벗어 냈다.

연우는 단단하고 거대한 그의 것을 보며 긴장으로 침을 삼켰다. 그리고 그의 것에 맞춰 천천히 허리를 아래로 내렸다. 제대로 아래를 맞추지 못해 단단한 그가 엉뚱한 곳을 찔러 왔다. 연우는 떨리는 손을 아래로 뻗어 그의 것을 잡고 제 아래 가장 은밀한 입구를 찾아 맞대었다. 순간 불끈거리는 남성이 느껴져 긴장으로 허리가 굳었다.

자세를 고쳐 잡고 다시 허리를 내려앉으며 뜨거운 그의 분신을 완전히 집어삼켰다. 연약하고 은밀한 살결을 밀고 깊숙이 들어간 뜨거움이 여실히 자리를 잡았다.

자신의 무게가 실려 더욱 내부 깊숙이 자리하는 하경이 느껴져 연우는 저도 모르게 신음을 흘렸다. 이미 몇 번이나 연우의 긴장을 풀어낸 하경 덕분에 남성을 받아들이는 건 힘에 겨웠지만 오래 걸리진 않았다.

"아, 윽."

연우는 열이 나는 제 두 눈을 비비며 잔뜩 달아오른 얼굴로 하경을 바라봤다. 어찌할 바를 모르는 표정이 역력했다. 그런 그녀를 가만히 바라만 보고 있던 하경은 손을 뻗어 연우의 눈가를 매만졌다.

"움직여 봐."

부드럽지만 강한 그의 말에 연우는 그의 어깨를 붙잡고 천천히 허리를 움직였다.

"아앗."

뜨거움과 함께 동반되는 이상야릇한 감각에 제대로 허리를 움직일 수가 없었다. 서툴게 움직이는 탓에 뜨거운 그의 것이 자꾸 낯선 곳을 찔러 와 정신을 차릴 수 없었다. 서툰 움직임으로, 겨우 밀어 넣어 놓은 남성이 쑤욱 빠져나가자 연우는 저도 모르게 허리를 비틀었다. 뜨거운 숨을 눌러 참으며 끈적끈적한 액으로 인해 미끈거리는 그의 것을 붙잡고 다시 제 안으로 밀어 넣은 연우는 거친 숨을 헐떡였다.

깊숙이 닿는 뜨거움 감각이 생경해 연우는 허리를 움직이면서도 어찌할 바를 모르고 하경의 어깨를 잡았다, 놓았다를 반복했다.

결국 연우가 울먹이며 그의 어깨에 머리를 툭 하고 내려놓았다. 여린 몸이 힘없이 떨리고 있었다.

"제대로 잡아."

하경의 주문에 연우가 그의 목을 꽉 끌어안았다. 떨고 있는 그녀의 허리를 일으켜 세운 하경은 뜨거운 손끝으로 허리를 쓸어 줌과 동시에 엄청난 힘으로 아래를 쳐올리기 시작했다. 갑작스럽게 침투하는 뜨거움에 참을 수 없는 신음이 터져 나왔다.

그의 것이 꽉 들어찬 아래에선 결합을 할 때마다 질척하기 이를 데 없는 외설적인 소리가 들려왔다. 결합한 곳에서 이리저리 섞여 누구 것인지 알 수 없는 뜨거운 액이 아래로 뚝뚝 떨어질 때마다 거친 숨소리가 흘러나왔다. 연우는 자신의 아래를 꽉 채우는 그 뜨거움에 하경의 목덜미에 입술을 묻었다. 움직이는 와중에도 더욱 부풀어 오르는 남성에 연우가 입술을 깨물었다.

연우는 몸이 정신없이 흔들리는 와중에도 하경의 목을 꽉 끌어안은 채 숨을 헐떡이며 말했다.

"……나, 당신 곁에…… 있을 거야."

하경은 두 팔로 연우의 등을 단단히 끌어안았다.

"어디…… 가지 않을 거야. 그러니까……."

연우는 울음 섞인 목소리로 헐떡였다.

"불안해하지 마."

안심시켜 달라는 하경의 말을 잊지 않고 있었다.

"그래. 넌 내 옆에 있을 거야."

하경은 연우를 더욱 꽉 끌어안았다.

출근하자마자 연우는 하경의 집, 거실에서 발견했던 은비의 핸드폰을 당사자에게 돌려주었다. 역시 이게 거기 있었냐며 보물 영접하듯 핸드폰을 건네받은 은비는 할 말이 있다는 듯 입을 열었다.

"근데 어제 다시 찾으러 갔었는데 집에 안 계시던데요? 볼일 있다더니, 그새 나갔었어요?"

"어제……."

은비의 말에 자연스레 답하려던 연우의 말문이 막혔다.

어제, 하경과 뜨거운 시간을 보내고 있을 때 초인종이 몇 번이나 울렸던 것이 떠올랐다. 그리고 지금의 상황상 초인종을 누른 사람이 은비라는 것까지 완벽하게 맞아떨어지고 있었다.

연우는 침을 꼴깍 삼키며 은비와 마주하고 있던 두 눈을 회피하듯 피했다.

"네. 어제는 볼일 때문에……."

은비는 별 상관 없다는 듯 이내 고개를 끄덕이며 다시 저에게 돌아온 핸드폰으로 관심을 돌렸다.

화장실에서 나오다 우연히 하경을 발견한 은비는 옷매무새를 점검하며 손으로 머리를 다듬었다. 최대한 예쁜 미소로 그를 향해 인사를 할 계획이었다. 괜히 멋없이 단정하기만 한 까만 구두에 어디 흠집이라도 나지 않았는지 조바심이 나 내려다보았다.

하경은 빠르게 걸어 은비 앞으로 다가왔다. 빠르게 걸으면서도 그의 구두는 흐트러짐 없이 일렬로 줄을 이었다. 마침내 자신의 앞으로 다가와 마주한 남자의 존재에 은비는 저도 모르게 제 입술을 깨물었다.

떨리는 목소리로 인사를 하며 고개를 숙였을 때, 흠 하나 없이 깨끗한 남자의 구두가 멈춰 서는 것이 보였다. 그냥 스쳐 지나갈 줄 알았던 남자가 멈춰 선 것이다.

은비는 순간 다급한 마음에 고개를 들어 그를 보았다. 남자의 얼굴에서 옅은 미소가 번졌다. 여태 그가 보였던 사무적인 미소와는 다른 무엇이 있었다. 입은 웃고 있었지만 매서운 눈매는 늘 옅은 웃음 한 번 보여 준 적 없었다. 그런 그의 눈동자에 봄볕처럼 따스한 기운이 스며들어 있었다.

은비는 저도 모르게 꼿꼿이 세웠던 등에 힘이 풀리는 것이 느껴졌다. 그의 웃음에 답하듯 하경을 부르려 입을 떼어 냈을 때, 하경이 그녀를 스쳐 지나갔다. 그리고 곧 익숙한 목소리가 들려왔다.

"대표님."

"연연우 씨."

남자의 목소리에 꿈에서 깨어나듯 느리게 눈을 감았다 떴다. 은비는 멍하게 뒤를 돌아 그를 보았다. 그리고 그의 곁에 있는 연우를 보았다. 연우가 예쁘게 웃고 있었다. 이상했다. 기분이 이상했다. 그리고 무언가가 말로 설명할 수 없는 묘한 공기가 돌았다.

두 사람을 바라보고 있던 은비가 그들에게서 시선을 돌려 제 어깨를 붙잡는 손을 바라봤다.

"캡틴."

"여기서 뭐 해요?"

"그게……."

예준은 대답을 얼버무리는 은비를 보며 그녀의 등 뒤에 있는 하경과 연우를 힐끔거렸다. 그리고 다시 연우와 하경, 두 사람에게로 고개를 돌리려는 은비의 팔을 자신도 모르게 잡으며 말했다.

"미희 씨가 찾던데 안 가 보세요?"

예준은 이내 멀어지기 시작하는 은비를 보며 다시 등을 돌려 어느새 저 멀리 걸어가고 있는 하경의 뒷모습을 보고 있었다.

은비는 피곤한 어깨를 툭툭 치며 집을 향해 걸었다. 오늘따라 피곤한 어깨가 물먹은 솜처럼 축축 늘어졌다.

예준과 연우가 살고 있는 빌라를 지나쳐 가던 은비는 순간 빌라 안으로 들어가는 낯익은 승용차를 보며 고개를 갸웃거렸다.

"어디서 봤더라? 분명 본 적 있는 찬데?"

그렇게 넋 나간 사람처럼 중얼거리다 곧 손뼉을 탁 하고 쳤다.

"대표님!"

같은 찬가? 그런데 저렇게 좋은 차를 타는 사람이 흔한가?

몹쓸 궁금증이 솟아오르기 시작했다.

은비는 그새 피로를 잊고 빠른 걸음으로 차가 들어간 빌라 안으로 발을 옮겼다.

자신이 잘못 본 것이 아니었다. 브라운 머플러를 감은 하경이 차에서 내리는 것이 보였다.

은비는 달려가 우연인 척 인사라도 할 생각으로 자신의 옷을 내려다보며 대충 매무새를 가다듬었다. 그리고 종종걸음으로 그에게 가까이 다가가다 말고 천천히 걸음을 늦추었다.

그리고 곧 그녀의 손에 들려진 가방이 바닥으로 추락했다.

보조석 문을 열고 내린 연우가 천천히 하경의 옆으로 붙어 섰다. 그리고 그녀는 자연스레 하경의 손을 잡았다. 곧 하경의 다정한 눈동자가 연우에게로 달라붙었다.

두 사람은 손을 잡고 걸으며 함께 빌라 안으로 들어섰다.

11.

사내연애의 정석

은비는 정신을 차리지 못하고 있었다. 자신의 곁을 바쁘게 스쳐 지나가는 연우를 따라 자신도 모르게 고개가 돌아가고 있었다.

왜 두 사람이 다정하게 손을 잡았던 것일까. 두 사람이 서로 알고 지낸다는 사실은 들어 본 적이 없는 것은 물론이고, 이렇게 서로의 집을 드나들 만큼 두 사람이 가까운 사이라는 것은 상상을 해 본 적도 없었다. 두 사람이 사귀는 사이인 건가? 아니면 그보다 더 애틋한 사이?

은비는 자신도 모르게 연우의 행적을 기계처럼 눈으로 좇아가고 있었다.

손님을 향해 해사하게 미소 짓는 그녀의 모습을 보고 있던 은비는 어제, 하경과 연우가 서로 마주 보고 서 있던 그림이 떠올랐다. 한 번도 본 적 없었던 하경의 따뜻한 미소는 물론이고 서로를 향하고 있던 시선이 자연스레 머릿속에서 그려지고 있었다.

"은비 씨, 왜 그러고 서 있어요."

"……."

"은비 씨."

"……네?"

자신의 어깨를 톡톡 두드리는 예준에게로 느리게 고개를 돌렸다. 멍청히 두 눈을 깜빡이던 은비가 그제야 의아하게 자신을 보고 있는 예준과 눈을 마주했다. 예준이 알 수 없단 표정으로 자신을 뚫어져라 쳐다보고 있었다.

"아니에요. 아무것도……."

간신히 기어들어 가는 목소리로 대답하는 은비를 의아하게 바라보던 예준은 곧 그녀를 떠나 주방 안으로 들어갔고, 은비는 여전히 몽롱한 상태에게 깨어나지 못한 채 눈만 끔뻑이고 있었다. 그리고 그런 은비를 발견한 연우가 웃으며 그녀에게로 다가왔다.

"은비 씨. 미희 씨랑 경란 선배가 오늘 술 한잔 같이 하자는데, 같이 갈래요?"

대답 없이 자신을 빤히 바라보고 있는 은비의 행동에 연우가 고개를 갸웃했다.

"은비 씨?"

"연우 씨."

"네?"

은비는 연우의 눈을 뚫어져라 바라보다 말고 이내 고개를 저었다.

"아니에요. 같이 술 마시러 가요. 그때 얘기해요."

연우는 그녀의 대답에 만족한다는 듯 고개를 끄덕였다. 예쁘게 웃는 연우의 모습에 은비는 다시 정신이 반쯤 튀어나오고 있었다.

고기가 노릇노릇 구워져 가고 있었지만 은비는 소주만 연신 목구멍으로 넘기고 있었다. 아예 고기는 손도 대지 않은 채 술만 붙잡고 있는 은비를 보던 미희가 참다못해 손을 뻗어 소주병을 낚아챘다.

"은비 씨. 천천히 마셔 천천히. 왜 무슨 일 있어?"

미희의 걱정 섞인 말투에 은비는 눈을 치켜떠 연우를 바라봤다. 그리고 목구멍으로 넘어가고 없는 소주의 씁쓸함을 느끼며 말했다.

"연우 씨. 남자친구 없다고 했지?"

난데없는 은비의 말에 경란과 미희가 동시에 은비를 쳐다보았다. 그리고 다시 연우를 보았다. 은비의 물음에 잠시 난감한 표정을 짓던 연우는 이내 천천히 웃으며 뒷머리를 긁었다.

"그게 사실은…… 있어요. 남자친구."

"뭐? 그게 정말이야? 왜 말 안 했어! 언제부터였는데?"

미희는 연우의 대답에 호들갑을 떨며 먹던 고기를 내려놓았다. 간만에 흥미로운 먹잇감을 발견한 미희는 눈을 반짝이며 연우의 대답을 재촉했다. 경란도 흥미로운지 질긴 고기를 씹으면서도 눈은 연우를 향해 있었다.

"얼마 안 됐어요. 사실 헤어졌다 다시 만난 사람이거든요."

"옛 애인 다시 만난 거구나. 설마 저번에 잠자리에서 연우 씨 생각해 준다던 그 남자?"

"아, 그…… 네."

부끄러운지 목덜미를 매만지는 연우의 뺨이 빨갛게 달아올라 있었다. 미희는 그런 연우의 모습에 두 손으로 턱을 괴고 흐뭇한 미소를 지었다.

"그래서 요새 연우 씨 기분이 좋았구나."

경란은 소주를 빠르게 마시는 은비를 보며 혀를 끌끌 찼다.

"은비 씨 또 시작했네. 또 시작했어. 좀 천천히 마셔. 술에 체하면 약도 없다."

"은비 씨는 술에 체한 게 아니라 사랑에 체한 거예요."

미희는 측은한 표정으로 은비의 등을 다독였다.

하경으로 추정되는 그에게 사랑을 받아 행복한 표정을 하고 있는 연우를 보자니 심장이 뒤틀리는 기분이었다. 저도 알고 있었다. 그저 하경은 자신에겐 멀고 먼 사람이라는 것. 다른 세상에 살고 있는 사람이라는 것을.

알고 있었다. 그래서 그를 마음에 두었지만 동시에 당연하게 그를 향한 마음을 포기했었다. 그를 반드시 내 남자로 만들 거라고 괜히 직원들에게 큰소리쳤지만 직원들도 자신이 그저 말뿐이라는 것 정도는 알고 있었다.

그런데 다가설 수 없는 그 남자가 연우의 남자라니.

한 번 연우의 남자친구가 하경이라고 생각을 하니 걷잡을 수 없을 만큼 생각이 꼬리에 꼬리를 물었다.

"연우 씨, 남자친구가 잘생겼어?"

은비는 확인을 받듯 연우에게 물었다. 그저 내 눈에는 그렇게 보인다는 연우의 대답이 돌아왔고 은비는 다시 한 번 물었다.

"남자친구 키가 크지? 차가워 보이기도 하고 또 한편으론 다정해 보이기도 하고."

"……네?"

연우는 갑작스런 은비의 말에 저도 모르게 당황에 찬 목소리가 흘러나왔다.

"연우 씨는 좋겠네."

"그게 무슨 말……."

"저 먼저 일어나 볼게요."

은비는 자리에서 벌떡 일어나 곁에 놓인 제 핸드백을 낚아챘다. 그리고 뒤도 돌아보지 않고 고깃집을 나가 버렸다.

나가 버린 은비를 멍하니 바라보고 있던 연우가 난데없이 고함을 치는 미희의 목소리에 깜짝 놀라 그녀를 돌아보았다.

"이런, 씨! 계산은 하고 가야지!"

그리고 미희는 입가에 묻은 술을 거칠게 닦아 냈다. 연우는 알 수 없는 이상한 기분에 다시 고개를 돌려 은비가 나간 문을 바라보고 있었다.

◈

섹스 같은 키스를 하고 있었다. 하경의 뜨거운 혀에 의해 입 안이 빨리고 또 빨렸다. 격렬하게 키스를 한 탓에 이미 입술은 서로의 타액으로 번들거리고 있었다.

연우는 하경의 어깨를 힘겹게 움켜잡으며 신음을 뱉어 냈다. 키스만으로도 절정을 맛볼 것만 같았다.

하경의 손이 허벅지를 가르며 들어와 은밀한 부위를 슬쩍 쓸어내렸을 때 연우는 저도 모르게 새된 신음을 흘리며 허리를 비틀었다. 그의 손길에 이미 아래가 완전히 젖어 있었다.

이번엔 이사실이 아니었다. 그가 자신을 호출한 것은 지하, 직원들이 잘 찾지 않는 구석의 화장실이었다. 이상하게 기분이 더 야릇했다.

직원들 눈치 보지 않고 편하게 일하고 싶어 시작한 비밀연애에 호텔에서 은밀한 만남을 이어 왔지만, 직원들 몰래 하는 스킨십은 더욱 기분을 야릇하게 만들었다.

그 때문인지 화장실에서 에코처럼 울리는 비음 섞인 신음 소리에 연우는 고개를 저으며 하경의 품을 파고들었다. 그의 손이 여린 허벅지를 거침없이 매만지며 예민한 곳을 자극시켰다.

자꾸만 흐느끼는 목소리가 입 밖으로 흘러나와 연우는 손으로 입을 틀어막았지만 곧 그것을 제지하는 하경에 의해 다시 입술이 벌어졌다.

"아, 아……. 여기선 안 돼."

"여기까지만."

분명 이렇게까지 흥분을 시켜 놓았다는 건 이곳이 화장실이건, 이사실이건 자신을 안겠다는 소린데, 이상하게 그는 쉽게 그만둘 것을 선언했다.

연우는 저도 모르게 당혹스런 얼굴로 그를 올려다보았다.

"집에서 마저 하자. 미치게 해 줄게."

"그런 말…… 하지 마."

"날 원하는 만큼 밤새도록 채워 줄게."

"제발……."

부끄러워 고개를 도리도리 젓는 연우의 입술은 이미 그의 타액으로 범벅이 되어 있었다.

하경은 품 안에서 손수건을 꺼내 연우의 입을 닦아 주며 이마에 입을 쪽 하고 맞추었다.

"집에서 봐. 먼저 자면 안 돼. 자면 깨워서라도 안을 거야."

"그, 그만 말 하라니까."

혹여 누가 들을까 어쩔 줄 몰라 쉿, 쉿 하는 제스처를 취한 연우가 아무도 없음에도 문이 닫힌 화장실 안을 살펴보았다. 그리고 연우는 하경을 등지고 화장실 문을 열었다.

연우는 다시 한 번 고개를 돌려 저를 바라보고 있는 하경을 보며 입술을 올려 웃었다. 그리고 그녀가 하경의 시야 밖으로 사라졌다.

하경은 머리를 쓸어 올리며 화장실 문을 열었다. 그리고 차가운 목소리를 했다.

"엿들을 만큼 엿들었으면 이제 그만 나오시죠."

하경의 얼음장 같은 음성에 화장실 문 밖에서 숨어 있던 은비가 사색이 된 얼굴로 모습을 드러냈다.

하경이 연우와 같은 집에 살고 있다는 것을 직접 두 눈으로 확인했지만 받아들이고 싶지 않은 현실에 연우와 함께 있는 그의 모습을 직접 확인이라도 하고 싶은 듯 주위를 서성이고 있었다. 그것을 눈치챈 하경은 제 입가에 묻은 타액을 긴 손가락으로 쓸어내며 비릿하게 웃었다.

"어제부터 내 뒤를 따라다닌 이유가 이것 때문이었습니까?"

하경은 자신이 취임을 하고부터 쭉 저를 알아봐 달라고 애쓰는 은비를 알고 있었다. 그렇지만 그런 일들은 하경의 인생에 있어 드물지 않았고, 때문에 하경은 그런 은비를 알면서도 쉽게 묵살했다.

그런데 그저께, 집으로 들어갈 때까지 자신을 뒤따라온 은비를 발견했다. 그렇지만 그녀가 어떻게 나올까 좀 더 지켜볼 심산이었다.

연우와 함께 살고 있다는 것을 두 눈으로 확인한 은비는 그 이

후로 정말로 하경과 연우가 만남을 하는지 눈에 띄게 지켜보기 시작했고, 하경의 뒤를 몰래 밟기까지 하고 있었다. 지금처럼.

그래서 그는 부러 이사실이 아닌 화장실을 골랐다. 이번에도 그녀가 자신의 뒤를 밟을 거라 생각했으며, 그 예상은 적중했다.

"뭐가 더 궁금해 내 뒤를 밟은 겁니까. 연우와 내가 연인 사이라는 건 이미 알고 있잖습니까."

"……."

"이은비 씨."

남자의 목소리에 내내 고개를 숙이고 있던 은비가 그를 올려다보았다.

"아직 연우한테도 하지 못한 말을 당신한테 먼저 하는 게 마음에 들지 않지만."

"……."

"연우는 곧 나와 결혼할 겁니다."

그가 확인 사실을 하듯 말했다. 그의 말 안에는 더는 긴말하기 싫으니 귀찮게 달라붙지 말라는 의미가 내포되어 있었다. 차가운 남자의 눈동자에는 귀찮은 기색이 역력했다.

"차차 밝힐 계획이었는데 이은비 씨가 불쾌한 경로로 먼저 알게 되었네요."

아무 말도 하지 못하고 소금기둥처럼 굳어 있는 은비를 보며 하경이 인심 쓴다는 듯 말했다.

"더는 귀찮게 엿보지 말고 지금 물어보세요. 특별히 이은비 씨한테는 알려 드리죠."

하경은 제 입술에 달라붙어 있는 연우의 타액을 혀로 핥으며 전혀 자비가 담기지 않은 웃음을 했다. 달콤하고 다정하기만 한 줄 알았던 대표이사의 처음 듣는 미치도록 날카로운 음성에 은비는 맞잡은 두 손을 덜덜 떨었다.

하지만 하경은 정말 여기서 모든 것을 다 끝내고 싶은 표정으로 그녀에게 대답을 재촉했다.

"이은비 씨랑 이렇게 한가하게 놀고 있을 시간 없습니다. 궁금한 게 있으면 지금 물으세요. 더는 날 미행하지 말고."

그의 음성엔 귀찮은 기색이 역력했다. 어서 빨리 끝내자는 남자의 음성에 은비는 바닥만 바라보고 있던 얼굴을 천천히 들어 올렸다. 딱딱하게 굳어 버린 입술을 힘겹게 깨물었다.

"……죄송합니다."

여전히 그녀를 냉랭한 눈으로 바라보고 있는 하경을 보며 은비는 초조한 눈으로 말을 더듬었다.

"저, 정말 그럴 생각은 아니었는데……."

떨리는 손을 꽉 붙잡은 은비는 잔뜩 눈물을 머금으며 어서 하고 싶은 말이 있으면 하라고 재촉하는 하경의 목소리에 고개를 저었다.

"포기하려고 했는데…… 정말로 대표님을 포기하려고 했었는데……."

결국엔 울음 섞인 목소리를 내는 은비의 태도에 하경의 입술이 뒤틀렸다. 불리하면 눈물부터 내비치는 여자의 행동에 딱 귀찮다는 표정이었다.

그는 답답한지 차가운 금속 반지가 정갈하게 끼워져 있는 손을 들어 목 끝까지 바짝 조여져 있는 넥타이를 더듬었다. 그는 자신의 목을 옥죄고 있는 넥타이를 느슨히 풀어낼 법도 했지만 옷매무새 하나 흐트러트리지 않았다.

“내가 손이라도 잡아 주길 바랐습니까? 아니면 키스라도 바란 건가?”

“…….”

“기가 차는군.”

결국 은비는 몸을 들썩였다. 참았던 눈물이 턱을 타고 내려와 바닥으로 떨어졌다.

하경은 한숨을 내쉬었다. 급격히 피곤이 밀려왔다.

“이은비 씨, 내 직원을 상대로 더는 지저분하게 굴고 싶지 않습니다.”

알아서 잠자코 떨어지라는 그의 말에 은비는 눈물이 떨어지는 눈을 꾹 감으며 고개를 숙였다.

“더는 내 직원에게 상처 주고 싶지 않다는 말입니다.”

그녀가 말귀를 알아들었다는 것을 눈치챈 하경은 뒤도 돌아보지 않고 화장실 문을 열었다.

은비는 입을 굳게 다문 채 그저 구두를 움직여 빠르게 나가 버리는 하경의 뒷모습을 보고 있었다.

◇◇

조금 늦어지니 먼저 잠자리에 들라는 하경의 전화를 받았지만 연우는 쉽게 잠들지 못하고 그를 기다리고 있었다.

하경을 기다리다 깜빡 잠이 든 연우는 순간 눈을 번쩍 뜨고 부스스한 머리를 들어 올려 시계를 보았다. 그리고 주위가 온통 환하다는 것을 알아차렸다.

벌써 아침이 찾아왔고 해가 중천에 떠 있었다. 연우는 자신의 곁에 누워 눈을 감고 있는 하경을 발견했다.

분명 소파에서 잠깐 잠이 들었는데 이리 침대에 누워 있는 걸 보니 하경이 저를 안아다 침대에 눕혀 놓은 것이 틀림없었다.

간만에 가지는 휴일이라 오늘은 온종일 하경과 함께할 수 있어 연우는 괜히 입꼬리가 올라갔다.

연우는 가만히 잠들어 있는 그를 두고 주방으로 향했다.

대충 호밀식빵과 버터, 생크림을 꺼내고 계란을 깨뜨려 프라이팬 위에 올려놓은 연우는 아차 싶어 접시를 찾아 선반 여기저기를 돌아보기 시작했다. 그리고 원하던 접시를 향해 까치발을 들다 말고 등 뒤를 감싸는 남자의 손길에 고개를 돌렸다.

하경은 연우가 원하던 접시를 가볍게 꺼내 식탁 위로 내려놓았다.

"일어났어?"

"이리 와."

느긋이 식탁 의자에 앉은 그는 연우를 향해 팔을 벌렸다. 그리고 자신의 무릎에 앉는 연우의 어깨를 끌어안고 아직 잠에서 덜 깬 얼굴로 그녀의 쇄골에 얼굴을 묻었다. 나른한 숨이 쇄골을 간질였다.

그런 그를 가만히 지켜보던 연우는 지글지글 타오르는 냄새를 맡고 불현듯 하경에게 붙잡힌 어깨를 움직였다.

"계란프라이 탄다!"

그에게서 벗어나려 하는 연우의 가는 어깨를 꽉 끌어안은 하경은 그러거나 말거나 느긋하게 고개를 들었다. 그리고 그런 저를 바라보는 연우를 향해 말했다.

"저녁은 만들어 먹을까? 너 좋아하는 파스타 해 먹자."

"그럼 같이 장도 보는 거야?"

"그래."

그리고 하경이 연우의 헐렁이는 상의 안으로 따뜻한 손가락을 찔러 넣었을 때 그녀는 다시 생각이 났다는 듯 그의 무릎에서 벌떡 일어나 아직 계란이 구워지고 있는 가스레인지로 달려갔다.

손을 잡고 마트를 돌고 있던 두 사람이 식품코너에 멈춰 섰다. 아니, 정확히 말하자면 연우가 멈춰 섰다. 본래 단 음식을 좋아하긴 했지만 딱히 군것질거리를 좋아하는 편은 아니었는데 오늘따라 이상하게 연우는 이제 막 단 음식을 배운 아이처럼 초콜릿 앞에서 시선을 뺏긴 채 멈춰 서 있었다.

"……하경 씨도 먹을래?"

단 음식을 좋아하지 않는 하경의 대답은 당연히 '노'로 돌아왔다. 그의 대답을 예상한 연우는 제 몫의 초콜릿만 챙겨 카트에 담고 다시 하경의 팔짱을 꼈다.

괜히 평소엔 잘 가지 않던 시식코너도 들르고 사지도 않을 주방용품코너도 돌아보며 소소하지만 평범한 데이트를 즐겼다.

생크림이 잔뜩 얹힌 딸기 케이크, 달콤한 초콜릿, 좋아하는 알맹이가 작은 귤.

어느새 제법 물건이 가득 담긴 카트 안은 연우가 좋아하는 음식들로 가득했다.

잔뜩 사 온 음식들을 탁자 위에 내려놓은 연우는 재빨리 비닐봉투 안에서 초콜릿을 꺼내 껍질을 깠다. 새카맣고 단내가 나는 초콜릿을 한입에 베어 문 연우는 기분 좋은 표정으로 하경에게 내밀었지만 단 음식을 좋아하지 않는 하경은 좋지 못한 표정으로 고개를 저을 뿐이었다.

"단 음식 싫어하면서 딸기 케이크는 왜 먹는 거야?"

"그건 예전 우리 데이트할 때부터 먹던 거라 익숙해졌어."

첫 데이트 때 연우가 자신에게 내민 딸기 케이크 맛이 너무나 달콤해, 아니 그때의 연우가 너무나도 달콤해 딸기 케이크는 싫어하지 않았다.

하경은 한쪽 손은 주머니에 꽂은 채, 다른 한 손으로 능숙하게 파스타가 맛있게 담긴 프라이팬을 상하로 흔들었다.

향긋한 파스타 향이 주방 가득 배이기 시작했다.

연우는 그의 곁에 서서 고개를 기웃거리며 마지막 남은 초콜릿을 입 안으로 쏙 집어넣었다.

얼마 후 식탁 위로 놓인 파스타는 금세 온기를 잃고 식어 가고 있었지만 연우는 몇 번 먹지도 못하고 포크를 탁자 위로 내려놓았다. 그렇게 좋아하는 파스타도 마다하는 연우 덕에 함께 입맛을 잃은 하경도 포크를 내려놓은 지 오래였다.

"왜 그래? 입맛이 없어?"

"……응. 초콜릿을 먹어서 그런가 봐."

"이리 와 봐."

하경은 파스타를 식탁 저 멀리 밀어 놓고 연우를 불렀다. 조금은 피곤한 표정으로 그에게 다가간 연우는 하경의 무릎에 앉아 힘없이 그의 목에 팔을 둘렀다.

"이것저것 잘 먹는 애가 왜 갑자기 식욕이 없어."

고개를 도리도리 젓는 연우가 아이처럼 그에게 매달려 왔다.

"먹여 줘?"

"……아니. 그래도 안 먹을래."

"그럼 케이크 먹을까?"

여태 고개를 젓던 연우가 이번엔 고개를 끄덕였다. 상자 안에 있던 케이크가 밖으로 꺼내지자 상큼한 딸기 향과 함께 달콤한 생크림 향이 확 번져 왔다. 포크로 생크림을 떠 내밀자 연우는 단번에 하얀 크림을 입 안으로 가져갔다.

그리고 연우는 곧 생크림을 떠 하경에게 내밀었다. 망설임 없이 받아 먹는 그를 보며 연우가 웃었다. 입 까다롭기로 유명한 하경이 이렇게 자신의 취향을 맞춰 주고 있다 생각하니 그게 기특하기도 했고 고맙기도 했다.

새하얀 크림이 묻은 하경의 입술을 보며 소리 없이 웃었다.

"왜 웃어."

"좋아서."

"뭐가?"

"최하경이 좋아서."

"……지금 고백하는 거야?"

갑자기 진지하게 물어오는 하경의 모습에 연우가 웃다 말고 크림이 묻은 그의 입술에 입을 쪽, 하고 맞췄다. 그리고 다시 앞에 놓인 생크림을 퍼먹으려 손을 뻗다 말고 순간 움찔거렸다. 하경이 제 니트 스커트 안으로 손을 불쑥 집어넣었기 때문이었다.

연우는 포크를 잡지 않은 반대 손으로 그의 손을 막았지만 그를 막을 만한 힘이 저에겐 없었다.

"하, 하경 씨. 갑자기 왜 이래."

"계속 먹어."

더 먹으라고 말하면서도 그의 손은 허벅지 안쪽까지 진입해 뜨겁게 달라붙어 있었다. 연우는 어찌할 바를 모르고 포크를 쥐고 있었다. 그리고 그의 손이 제 속옷 안으로 침입한 순간 포크를 놓쳐 쨍그랑, 하고 좋지 못한 소리가 들려왔다.

속옷 안으로 돌진한 손이 그녀의 가장 민감한 부위로 파고들었다. 연우는 두 손으로 하경의 손을 제지했지만 하경은 더욱 집요하게 내부를 열었다.

연우는 자극을 최소화하려는 듯 고개를 도리도리 저었지만 이미 하경이 잔뜩 흥분시켜 놓은 아래에서는 끈적이는 액이 흘러나오고 있었다.

하경은 완전히 연우의 허리를 들어 스커트를 벗기지도 않은 채 속옷을 끌어내렸다.

"여, 여기서?"

제 바지 버클을 푸는 것으로 대답을 대신한 하경은 천천히 연우의 허리를 잡아 제 아래에 맞춰 내리며 한 손으로는 그녀의 보드라운 젖가슴을 찾았다. 이미 한껏 매만져 아프도록 단단해진 봉오리는 조금만 그가 쓸어도 아플 지경이었다.

하경은 제 입술을 연우의 뒷덜미에 박으며 공중에서 흔들거리고 있는 그녀의 다리를 더욱 잡아 벌려 놓았다. 다리를 한계까지 벌려 놓은 탓에 그의 것이 더욱 적나라하게 느껴져 아직 움직임은 시작도 하지 않았는데 연우는 뜨거움에 정신을 차리지 못하고 있었다.

그녀가 움직이지 말라는 듯 고개를 도리도리 저었다.

연우는 식탁에 얹어 놓은 팔꿈치에 힘을 주었다. 완전히 앉자니 그의 뜨거움이 너무 깊숙이 들어와 정신을 차리지 못하겠고, 그렇다고 일어서자니 애써 좁은 내부로 밀어 넣어 놓은 그의 것이 빠져나갈까 이러지도 저러지도 못한 채 힘겨워하고 있었다.

그녀가 가장 힘들어하는 자세였지만 그가 제일 선호하는 자세이기도 했다. 연우가 가장 그의 몸에 솔직하게 반응하는 순간이기 때문이었다.

하경은 연우의 허리를 거침없이 끌어 내려 아래를 집어삼키게 했다. 공중에서 파드득거리고 있는 발가락 끝이 잔뜩 오므라들었다.

"아, 윽!"

힘겨워하는 연우의 뒷덜미에 입술을 박으며 그녀의 허리를 잡아 앞뒤로 움직이기 시작했다. 아직 제대로 시작도 않았는데 벌써 아래가 흥건하게 젖고 있었다. 참을 수 없는 자극에 연우는 본능적으로 그의 품에 안기고 싶어 돌아보려 했지만 하경은 더욱 연우의 등을 끌어안으며 잡은 허리의 힘을 놓지 않았다.

뻗으면 잡힐 것 같은 생크림은 이미 연우의 관심을 잃은 지 오래였다.

결국 고개를 떨어뜨린 연우는 두 눈을 질끈 감았다. 제 허리를 잡고 있던 남자의 손이 떨어져 나가는 것이 느껴졌다. 그리고 그는 연우의 귀에 대고 다정하고도 뜨겁게 속삭였다.

"움직여야지."

남자의 달콤한 주문에 연우는 이미 물기가 차오른 눈을 비비며 천천히 그의 다리를 잡고 허리를 움직이기 시작했다. 그의 다리를 짚은 손이 바들바들 떨리고 있었다. 몇 번 채 움직이지 못하고 쾌감을 감당하지 못해 속절없이 허리가 무너져 내렸지만 그럴 때마다 하경은 그녀의 허리를 단단히 안아 주었다.

연우는 저도 모르게 두 눈에 눈물이 그렁그렁 맺혔다. 그렇지만 하경은 어떠한 행동도 취하지 않고 그녀에게 모든 것을 맡기고 있었다. 연우는 타고 흘러내리는 눈물을 손등으로 닦으며 다시 움직이는 데 집중했다.

힘을 주지 못해 제대로 움직이지 못한 연우가 손을 더듬어 하경의 커다란 손을 움켜잡았다. 도와 달라는 그녀의 신호에 하경은 두 손으로 연우의 허리를 붙잡았다. 그리고 그녀의 허리를 완전히 아래로 내려앉혔다. 연우의 도톰한 엉덩이를 감싸 쥐기가 무섭게 그는 힘주어 연우의 연약한 몸을 흔들었다.

"아, 앗!"

꽉 물린 아래가 뜨거워 잔뜩 몸에 힘을 줬지만 하경은 멈추지 않고 그녀를 흔들었다. 연우는 그의 무릎을 짚은 채 울음 섞인 숨을 토해 냈다. 부러 그녀가 예민해하는 체위만을 고집해 자극시키는 그의 행동에 그녀의 눈가는 눈물에 벌겋게 짓물러 있었다.

"자, 잠깐만, 나 몸이 좀 이상해, 하경 씨……."

연우는 보통 때보다도 더 열이 끼쳐 오르는 듯한 이상한 기분에 몸을 비틀었다.

"몸이 뜨거워어……."

그녀의 헐떡임에 하경은 고개를 숙여 연우의 등에 입을 맞추었다. 그리고 그녀의 겨드랑이에 손을 넣어 완전히 자신 쪽으로 돌려 앉혔다. 서로 마주 보는 모양새가 되었을 때 그제야 안심이 된 연우는 서둘러 그의 목을 감싸 안았다.

자세가 바뀌며 아래를 가득 메우고 있던 뜨거움이 빠져나가자 연우는 눈물을 흘리면서도 덜덜 떨리는 손을 아래로 뻗어 불덩이같이 솟은 그의 남성을 쥐고 제 좁은 아래로 힘겹게 밀어 넣었다. 벌어진 입술 사이로 신음이 터져 나왔다.

"나 아닌 다른 남자는 절대 안 돼."

"으읏!"

"잊지 마."

그 목소리가 다정했지만, 눈물이 나도록 다정했지만 강인한 경고 같은 음성이었다. 몇 번이나 확답을 받아 내듯 속삭인 남자는 결국에야 고개를 끄덕이는 연우의 대답을 듣고 나서야 그는 그녀의 허리를 끌어안았다.

그리고 하경이 자리를 잡으며 자세를 고쳐 잡았을 때 연우는 파르르 떨리는 허리를 들썩였다. 온몸으로 느껴지는 남자의 사랑에 저도 모르게 그의 품 안을 파고들었다.

12.

네 손을 잡고

하루 동안 하경과 휴식 아닌 휴식을 취하고 다시 호텔로 돌아왔을 때 연우는 은비가 회사를 그만두었다는 소식을 전해 들었다. 왜 그만둔 것이냐고 물었을 때 그녀는 '개인 사정'이라는 말만 하곤 더 이상 아무런 답이 없었다고 했다.

온종일 쫑알대던 은비가 호텔을 나가자 레스토랑은 확실히 좀 더 조용해져 있었다. 술친구가 하나 줄어들어 기분이 좋지 않은 미희와 경란은 우울한 표정을 하면서도 능숙한 손놀림으로 유니폼을 깔끔하게 갖춰 입었다.

"은비 씨도 참 너무해. 어떻게 우리한테 말 한마디도 않고 그만둘 수가 있어?"

"개인 사정이 있다잖아요. 말 못 할 사정이 있었겠죠."

세 사람이 탈의실을 나와 레스토랑에 도착했을 때 레스토랑 안은 눈에 띄게 어수선했다. 꼭 학부모 참관수업을 준비하는 학교처럼 호텔 안은 긴장감마저 돌고 있었다. 지배인의 지시 아래 모인 직원들은 전투를 준비하는 사람들처럼 비장한 눈빛이었다.

지배인은 파일철 하나를 옆구리에 끼며 두 손으로 손뼉을 짝짝 쳤다. 모든 직원들의 이목이 무섭도록 그에게 집중되었다.

"갑작스럽게 회장님께서 오늘 오전 도착 비행기로 서울에 도착하신다는 보고를 받았습니다. 지금 시간 얼마 안 남았어요. 다들 알죠? 회장님께서 얼마나 철두철미하신지."

갑작스런 소식에 호텔은 그야말로 비상이었다.

하경의 아버지께서 오신다. 하경의 아버지께서…….

미희가 연우의 곁을 재빠르게 스쳐 지나가며 다급한 구두 소리를 내고 있었다.

하경은 사람을 보내 연우의 주위를 감시케 했다.

그 감시에는 혹 누구의 지시로 연우가 불려 가지는 않는지, 다른 불합리한 일을 당하는 것은 아닌지 철두철미한 보고가 기본으로 깔려 있었다. 그 누구와의 접촉도 허락지 않았다.

하경은 자신을 향해 걸어오는 최 회장을 보며 노골적으로 좋지 못한 표정을 했다. 최 회장의 뒤를 보좌하는 경호원들과 비서가 하경을 발견하고 한 발자국 뒤로 물러섰다.

"왜 오신 겁니까."

"내가 내 회사 오는 데 이유가 필요한 것이냐."

최 회장은 만족스러운 표정으로 하경을 보았다. 역시 제 아들이었다. 자신의 피를 물려받아 누구보다 냉정하고 이성적인 성격인 제 아들이 경영에 꽤 소질이 있다는 것은 믿어 의심치 않았다. 그래도 하경이 취임을 하고 눈에 두드러지게 보이는 실적에 최 회장은 누구보다 만족스러웠다.

"매출이 눈에 띄게 올랐더구나."

"저와 거래하지 않으셨습니까. 그 거래 지키고 있는 것뿐입니다."

연우를 얻는 대신 이 회사를 지키겠다는 거래.

하경은 잊지 않았을 뿐이라며 말을 덧붙였다. 최 회장은 그런 하경을 보며 못마땅한 얼굴을 했다.

"못난 놈."

그래도 최 회장은 그런 하경을 무시할 수 없었다. 자칫하면 저보다 더 독한 짓을 할 놈이 아닌가.

그를 이 자리에 앉히기까지도 얼마나 많은 힘을 들였는지 모르지 않는 바였다. 비열한 수까지 써 가며 하경을 잡아 두었지만, 그런 그를 잡아 두기 위한 방편으로 연우 그 아이가 꼭 필요한 것은 최 회장도 마찬가지였다.

그래도 영 마음에 들지 않는 것은 어쩔 수 없었다. 세상에서 가장 완벽하다 생각하는 제 아들놈이 고작 여자 하나에 빠져 있다는 것 자체가 웃긴 일이었다.

"중요한 자리가 있어 온 것이니 그리 볼 것 없다."

불편한 얼굴로 최 회장에게서 뒤돌아선 하경은 회의 시간이 다 된 것을 확인하며 자리에서 일어섰다. 그는 회의실로 곧장 향하며 다시 한 번 연우의 감시를 게을리 하지 말라고 당부했다.

남자의 명령을 전달받은 남자가 하경의 명령에 고개 숙여 답했다.

그와 동시에 하경이 열고 들어간 회의실 문이 굳게 닫혔다.

연우는 기다리고 있었다는 듯 자신을 찾아온 남자의 뒤를 따라 나섰다. 그리고 곧 그와 함께 회장실 가까이로 다다랐을 때, 낯선 남자 하나가 연우 앞을 막아섰다. 보아하니 하경의 사람이 틀림없어 보였다.

"아무도 만나게 하지 말라는 대표님의 지시가 있으셨습니다."

연우의 앞을 막아선 남자는 철통같이 그녀를 지키며 말했다. 회상의 지시로 연우를 데리러 온 남자가 두 눈을 매섭게 치켜뜨며 지지 않고 답했다.

"연연우 씨를 데려오라는 회장님의 지시입니다."

한참이나 기 싸움을 하고 있는 두 남자를 보며 연우가 한숨을 내쉬었다.

이렇게 두 사람 사이에 끼여 있어 봐야 아무런 답이 나오지 않을 것만 같아 연우가 저를 막아선 하경의 사람을 보며 말을 꺼냈다. 두 사람의 딱딱한 시선이 연우에게로 쏟아졌다.

"전 괜찮습니다. 회장님 만나 뵐게요."

"절대 안 됩니다. 대표님께서……."

"제가 만나 보겠다고 했다 하면 괜찮을 거예요."

난감한 얼굴을 하고 있는 남자를 보며 연우가 그의 팔을 잡았다. 허락해 달라는 그녀의 눈빛에 남자는 천천히 고개를 숙이며 답했다.

"그럼 밖에서 기다리고 있겠습니다. 무슨 일이 있으시면 바로 저를 찾으십시오."

연우는 고개를 끄덕이며 저를 찾아온 남자의 뒤를 따라나섰다.

회장이 기다리고 있는 방으로 들어간 연우는 따뜻한 차를 들고 있는 최 회장을 보며 천천히 고개를 숙여 인사했다. 찻잔을 내려놓은 최 회장은 푸른 사파이어 반지가 끼워져 있는 손가락을 매만지며 앉으라는 지시를 했다.

그의 지시에 연우는 천천히 자리에 앉았다. 최 회장의 찻잔에선 뜨거운 김이 모락모락 피어오르고 있었다.

"우리 인연이 질기구나."

"정식으로 인사드리겠습니다. 연연우라고 합니다."

"대체 그 목석같은 놈을 어찌 구슬린 것이야."

하경을 닮아 차갑고 잔인한 남자는 돌리는 법 없이 곧장 하고 싶은 말을 이었다.

"여자라면 거들떠도 안 보는 그 아이를 어찌 구슬린 것이냐, 이 말이다."

"……구슬린 적 없습니다."

"어찌했기에 저놈이 저렇게 정신 빠진 놈마냥 구는 게야."

선을 보라고 그렇게 많은 여자들을 들이밀어 억지로 자리에 앉혀 놓아도 갈 때마다 여자를 울리고 나오는 하경이 아니었는가. 담담한 표정의 연우를 보며 최 회장은 인상을 찌푸렸다.

"그놈이 얼마나 독한 놈인데, 머지않아 널 가차 없이 버릴 것이다. 널 갖고 노는 거다, 이 말이야. 그때 가서 바짓가랑이 잡고 천박하게 늘어지지 말고 지금 그만두거라."

최 회장은 혀를 끌끌 차며 뜨거운 차를 마셨다. 여태 최 회장의 눈을 피해 김이 모락모락 나는 차만 바라보고 있던 연우가 고개를 들어 최 회장을 바라보았다.

"하경 씨가 저를 버린다고 해도 저는 끝까지 하경 씨 놓지 않을 겁니다. 이번엔 제가 하경 씨 지킬 겁니다."

연우의 말에 최 회장이 코웃음을 쳤다.

"네까짓 게 감히 무슨 수로 그 아일 지켜."

"그 사람은 저를 위해서 자기 미래마저도 다 포기한 사람입니다. 그런 사람을 두고 제가 어떻게 떠날 수 있겠습니까. 무슨 일이 있어도 저, 그 사람 곁에 있을 겁니다."

연우는 자신이 생각해도 무섭도록 침착하게 말했다. 서늘한 공기가 감돌았지만 두 사람은 언성을 높이지 않았다. 무서울 만큼

침착하게 냉정을 유지하고 있었다.

"내일 하경이랑 함께 저녁 식사에 나오거라."

갑작스런 최 회장의 제안에 연우는 어찌 답해야 할지 잠시 갈피를 잡지 못하고 머뭇거렸지만 이내 그러하겠다 답했다.

최 회장은 여유로운 표정으로 턱을 매만질 뿐이었다.

최 회장은 하경이 달려올 것을 알고 있었던 사람처럼 그저 손가락에 끼워진 알 큰 반지만 만지작거릴 뿐이었다.

하경은 차가운 눈으로 최 회장을 똑바로 응시했다. 더 이상의 자비는 없다는 그 눈동자에도 최 회장은 느긋이 반지만 만지작거릴 뿐이었다. 이미 노성이 목 끝까지 차오른 하경을 알면서도 그는 태연한 얼굴을 하고 있었다.

"뭐라고 연우를 협박하셨습니까."

"……."

"약속을 지켜 준다는 전제로 전 아버지 뜻을 받아들인 겁니다. 잊지는 않으셨겠지요. 지켜 주시는 게 좋을 겁니다."

"너와의 약속을 어긴다는 말은 한 적이 없는 걸로 안다만."

"또 다른 방법을 세워 놓으셨겠지요. 길이 없으면 만들어서라도 가고 마는 아버지를 제가 모릅니까?"

"애비한테 못 하는 말이 없구나."

"마지막 예의는 2년 전 지켜 드렸습니다. 제 손으로 아버지를 해하는 일은 부디 없길 바랍니다."

"저, 저놈이!"

하경은 서늘한 눈으로 자리에서 일어섰다. 그대로 회장실을 나와 한 치의 망설임도 없이 레스토랑으로 향했다. 무섭도록 반듯하게 그리고 거침없이 걷는 그의 걸음에 맞은편에서 오던 직원들이 가던 길을 멈추고 고개를 숙였다. 그렇지만 하경은 멈추지 않고 구두를 움직였다.

갑작스런 하경의 등장에 서둘러 자리에서 뛰쳐나오는 예준을 스치듯 지나친 하경은 미희와 웃으며 대화를 나누고 있는 그녀에게로 성큼성큼 다가갔다.

"어머. 대표님."

미희는 무섭도록 딱딱한 표정을 짓고 있는 하경을 보며 저도 모르게 뒤로 물러섰다. 자신을 향해 알은체하는 미희에게 눈길 하나 주지 않은 하경의 눈동자는 오로지 연우만을 향해 있었다. 타오르는 남자의 시선에 놀란 것은 비단 연우뿐만이 아니었다.

"연연우 씨, 저 좀 보시죠."

하경은 더 어떠한 말도 덧붙이지 않고 뒤돌아섰다. 연우는 그의 갑작스런 요청에 차마 걸음을 옮기지 못하고 우두커니 서 있을 뿐이었다. 레스토랑을 나서다 말고 다시 연우에게 고개를 돌린 남자는 진심으로 좋지 못한 표정을 하고 있었다.

여기서 안아 들고 가기 전에 나오라는 남자의 눈빛은 황망하기 이를 데 없었다. 혹여 무슨 문제라도 있나 버선발로 뛰어오다시피 달려와 고개를 숙인 지배인을 알은체 않은 하경은 그대로 등을 돌려 레스토랑을 나가 버렸다.

그런 하경을 보며 어찌할 바 모르고 고개를 숙인 연우는 성큼 성큼 걷는 하경의 뒤를 따랐다. 전혀 그답지 못했다. 이렇게 직접적으로 저를 찾아와 두 눈으로 손목을 끌어 잡을 만큼 충동적인 행동을 하는 사람이 아니었다.

이사실 안으로 들어온 하경은 연우를 등지고 뒤돌아서서 답답한 가슴을 두드리지도 못하고 깊고도 거친 한숨을 내쉬었다. 순식간에 연우를 향해 뒤돌아선 남자는 있는 대로 미간을 찌푸리며 말했다.

"대체 왜 만난 거야."

"……."

"좋은 말 안 나올 거라는 거 알면서 왜 만난 거냐고."

"……하경 씨."

"아버지가 뭐라 그러든 말았든 그냥 무시해. 어쭙잖은 협박에 넘어가지 마."

무언가에 쫓기듯 불안한 눈동자를 하고 있는 남자의 시선이 급격하게 요동치고 있었다. 연우를 향해 손을 뻗다가도 다가서지 못하고 제 머리를 거칠게 쓸어 올린 그는 억눌러 보지만 그래도 터져 나오는 차가운 한숨을 감추지 못하고 눈을 감았다.

도대체 무엇이 이 남자를 이토록 불안하게 만들었는지 모르지 않았다.

하경, 자신이 그랬던 것처럼 어쭙잖은 협박에 넘어가 혹여나 그를 떠나기라도 할까 봐 미친 듯이 불안해하고 있는 것이 틀림없었다. 그래서 그는 잘 보이지 않는 이성이 흐트러진 모습까지도 내비치고 있었다.

"하경 씨, 회장님이 그런 모진 말씀 안 하셨어. 오히려 내일 저녁 식사에까지 초대해 주셨는데?"

"……연우야."

"너무 걱정 마. 당신이 생각하는 그런 일 절대 없을 거야."

하경은 담담히 말하는 그녀를 보며 한층 누그러진 표정이었지만 그래도 놓이지 않는 마음에 거친 숨이 쏟아져 나왔다.

연우는 그런 하경을 보며 담담하게 웃었다.

웅성웅성 떠드는 소리가 들렸지만 신경 쓰지 않았다. 연연우가 대표님의 연인인 것이 기정사실화가 되어 가는 상황이었지만 어느 누구 하나 쉽게 연우에게 물을 수 없었다. 연우 또한 아는 체하지 않았다. 그렇게 서로 눈치만 보고 있는 기이한 공기가 깔리고 있었다.

연우의 눈치를 보고만 있던 미희와 경란은 연우가 레스토랑을 벗어나기 무섭게 그녀에게로 찰싹 달라붙어 왔다. 촐싹 맞던 은비가 없어 좀 조용해지나 했는데 미희는 은비만큼이나 무서운 속도로 연우의 팔을 감아 왔다.

눈을 번뜩이며 주위를 살핀 미희는 은밀하게 연우의 허리를 쿡쿡 찔렀다.

"연우 씨…… 사실이야?"

아무런 대답 없이 미희를 그저 바라만 보고 있는 연우는 그새 지친 표정을 하고 있었다. 아무런 답이 돌아오지 않았지만 연우의 눈빛을 빤히 바라보고 있던 미희가 멍청히 입을 벌렸다.

돌아오지 않는 침묵은 무언의 긍정이었다. 미희는 넋이 나간 사람처럼 잡고 늘어지던 연우의 팔을 놓았다. 완전히 혼비백산이 된 얼굴을 하고 있는 것은 경란 또한 마찬가지였다.

"세상에 어떻게 이 어마어마한 사실을 눈치 못 채고 있었던 거지?"

미희는 제 머리를 붙잡으며 한참 동안이나 예수님을 찾아 댔다.

"지저스 크라이스트."

"연우 씨, 우리가 뭐 실수한 건 없지?"

호호, 어색하게 웃는 경란의 옆구리를 퍽 하고 쑤신 미희는 그렇게 간, 쓸개 다 빠진 사람처럼 굴 거냐며 도끼눈을 했다. 그리고 연우에게로 바짝 다가왔다.

"연우 씨, 앞으로도 잘 부탁해."

애교 섞인 미희의 콧소리에 경란은 못 말리겠다는 듯 고개를 저었다.

한참이나 멍하게 생각에 잠겨 있던 경란은 뭔가 큰 걸 알아낸 사람처럼 눈을 동그랗게 떴다. 그녀의 표정은 이미 유레카를 외치고 있었다.

"전에 말했던 헤어졌다 다시 만난 남자친구가 설마……."

세상에 모든 비밀을 알아낸 사람처럼 넋을 놓고 있는 경란의 곁에서 미희가 눈치 없이 확인사살을 했다.

"그래서 그때 우리 체육대회 때도……."

해초처럼 다리가 풀어져 휘청거리는 미희와 경란을 내버려 두고 연우는 먼저 레스토랑으로 돌아왔다.

직원들은 다들 연우의 눈치를 보며 그녀의 주위를 눈에 띄게 피하고 있었다. 마치 자유롭게 뛰놀다 늑대라도 한 마리 만난 양 마냥 순식간에 그녀의 주위에서 걸음을 물렸다. 그리고 슬금슬금 그녀의 주위로 다가오기 시작한 직원들은 만면에 어색한 미소를 머금고 있었다.

"연우 씨, 뭐 힘든 거 없어? 힘든 거 있으면 말해."

연우를 향해 갑작스레 달라진 직원들의 태도에 미희가 경란을 보며 소곤거렸다.

"이게 뭔 그림이에요?"

"뭐긴 뭐겠어. 대표이사 사모 될 거 같으니까 바짝 달라붙는 거지."

직원들은 반신반의하면서도 연우를 향한 친절을 멈추지 않았다.

그리고 저녁 6시가 다가올 무렵, 직원들은 최 회장, 그리고 최 대표와 함께 레스토랑으로 모습을 드러낸 연우를 향해 고개를 숙일 수밖에 없었다.

◈

오너 일가의 자리에 함께 앉은 연우는 익숙하게 와인글라스를 들었다. 그 누구도 쉽게 범접하지 못하는 곳에 자리한 테이블에서 연우는 차분히 애피타이저를 맛보고 있었다.

최 회장은 와인을 입 안에서 굴리며 향을 음미한 후 천천히 글라스를 내려놓았다. 영 불편한지 제대로 식사에 집중하지 못하는 하경과는 달리 연우는 차분히 수프를 떴다.

“그래. 우리 하경이랑은 9년째 연애 중이라고.”

“네, 회장님.”

“한평생 나를 냉대하더니 제 애인한텐 헌신적인가 보구나.”

노골적으로 하경을 원망하는 최 회장의 목소리에도 하경은 최 회장에게 눈길조차 주지 않았다. 혀를 차던 최 회장의 말이 끝나자 최고급 재료로 특별히 주문된 요리를 가져온 지배인이 고개를 숙였다.

연우의 차례가 되어 그녀 앞으로 음식을 가져다 놓은 지배인은 마치 전혀 모르는 사람인 것처럼 그녀를 깍듯이 대했다. 여태껏 침착히 자리를 지키고 있던 연우가 처음으로 좌불안석을 하고 있었다.

잠시 후 지배인이 나가고 본격적인 식사가 시작되었다. 평생

한 번 먹어 볼까 한 값비싼 음식이 눈앞에 있는데 연우는 쉬이 먹지를 못하고 제 가슴을 치고 올라오는 이상한 느낌에 인상을 썼다. 속이 울렁거려 가슴이 답답했다. 제 가슴을 맹렬히 치며 두들기는 울렁거림에 연우는 손으로 입을 틀어막았다.

연우를 지켜보고 있던 최 회장의 안색이 굳어졌다.

하경이 불안한 눈으로 연우를 쳐다보았다.

"왜 그래?"

"괜찮아. 식사하세요, 하경 씨."

속을 다급히 진정시킨 연우가 다시 천천히 포크를 들자 그제야 최 회장은 굳었던 얼굴을 펴며 식사를 하기 시작했다. 영 먹지 못하는 연우를 못마땅한 눈으로 보고 있던 최 회장이 결국엔 혀를 끌끌 찼다. 하경은 힘겹게 씹어 삼키는 연우를 보며 다정한 목소리를 했다.

"못 먹겠으면 힘들게 먹지 마."

생전 처음 듣는 제 아들의 다정한 목소리에 최 회장의 얼굴이 급격히 일그러졌다.

저런 소갈머리 없는 놈. 저런 나사 빠진 놈.

최 회장은 다시 가득 채워진 와인을 벌컥벌컥 들이켰다.

그렇지 않아도 서로 불편한 관곈데 제 아버지가 이렇게 같이 식사를 하고자 한 이유가 무엇인지 하경은 진심으로 궁금해졌다.

이미 연우의 뒷조사까지 완벽하게 끝내 놓고 이렇게 마주하고 있는 이유가 무엇이냐, 이 말이었다.

최 회장의 진짜 속내에 대해 머리를 굴리고 있을 때 그가 여유롭고도 근엄한 목소리로 진짜 하고 싶은 얘기를 꺼내기 시작했다.

"이번 레인트리호텔 합병 건 네가 마무리 지었으면 한다."

진짜 하고자 했던 이야기는 이것이었다.

하경은 그제야 최 회장의 속내를 완전히 파악했다.

"그건 회장님이 맡아 추진하고 있는 계획이잖습니까."

"그래. 내가 추진하고 있던 계획이었지. 내 일이 곧 네 일이지. 안 그런가? 연연우 양."

최 회장은 껄껄 웃으며 마저 와인을 목구멍으로 넘겼다.

연우 또한 지금 최 회장이 하고자 하는 말이 무엇인지 알고 있었다. 최 회장이 준 임무를 다 완수하려면 하경이 미국으로 떠나야 했으며, 그 시일은 일주일이 될지 한 달이 될지 그 이상이 될지 확실히 장담할 수 없었다.

"이번 건만 잘 해내 보이면 너희 둘, 생각해 보마. 물론 좋은 쪽으로 말이지."

하경의 냉랭한 시선이 최 회장에게로 향했다. 최 회장은 아랑곳 않고 하경의 시선을 소리 없이 묵살했다.

"한번 해내 봐. 그래서 네 자리를 더 확고히 잡아 보라, 이 말이야."

네 주제에 다른 집 여식의 힘이 실리지 않은 상태에서 이 일을 해낼 성싶으냐 하는 암묵적인 불신이 담긴 말이기도 했다.

끝까지 연우를 이용하려는 최 회장의 술수에 하경은 어느새 포크와 나이프를 내려놓은 손에 힘을 꽉 주고 있었다.

"하경이 너도 내가 정식으로 이 아이를 받아들이길 원하고 있지 않느냐."

"아버지!"

"연우, 넌 하경이를 지킨다고 했지. 그래, 하경이를 지키고 싶은 네 생각은 어떠하냐."

최 회장의 질문에 연우는 입 안에 고여 있던 와인을 꿀꺽 삼켰다. 이미 정해진 답을 가져와 그 답이 무엇이냐고 묻고 있는 그의 질문에 연우는 쉬이 답을 할 수 없었다.

간신히 들고 있던 포크를 접시 위에 내려놓은 연우는 떨리는 손으로 냅킨을 가져와 입을 닦았다.

"하경 씨라면 반드시 해낼 거라고 생각합니다."

"아버지, 도대체 왜……!"

연우의 답에 최 회장은 더없이 만족스러운 표정으로 턱을 쓰다듬었다.

"말은 통해서 다행이구나."

최 회장이 온기를 잃어 가고 있는 음식을 입 안으로 다시 넣기 시작했을 때, 연우는 다시금 울렁거리는 속을 부여잡았다. 이번엔 아까보다 울렁거림이 심해지고 있었다.

집으로 돌아온 후로도 하경은 말이 없었다. 다시 출근을 시작하고 괜히 그가 레스토랑을 지나갈까 주위를 살폈지만 레스토랑 근처는 코빼기도 비치지 않았다.

이미 동료 직원들은 연우를 더 이상 동료라고 생각하지 않고 있었다. 더 이상 편안한 사이가 되지 못했다. 그건 연우 또한 마찬가지였다.

“저, 연우 씨. 거기 냅킨 좀 주시겠어요?”

자연스럽지 못한 대화가 오고 갔다. 서로가 불편해지고 있는 것이 분명했다. 그저 묵묵히 일을 하고 있는 연우에게로 모습을 드러낸 것은 어제, 자신의 테이블 위로 음식을 세팅했던 지배인이었다. 연우는 지배인을 향해 고개를 숙여 인사했다.

“지배인님.”

“연우 씨, 우리 얘기 좀 할까?”

지배인의 제안에 연우는 고개를 끄덕이며 그를 따라나섰다. 차가운 캔 커피를 들고 밖으로 나온 두 사람은 테니스를 치는 손님을 보며 벤치의자에 나란히 앉았다.

먼저 캔을 딴 지배인이 커피를 마셨을 때 그제야 연우가 캔 뚜껑을 따기 시작했다.

“죄송합니다, 지배인님.”

연우는 한 모금의 커피도 마시지 못한 채 그렇게 말했다.

“속일 생각은 아니었는데…….”

“알아. 상대가 선배, 동료도 아니고 대표님인데 말하기가 쉬웠겠어."

"지배인님이 걱정하시는 거 뭔지 잘 알아요."

이렇게 계속해서 동료들과의 관계가 어색해지고, 연우로 인해 위계질서가 흐트러질까 걱정하는 지배인의 마음을 모르지 않았다. 연우는 더 말을 잇지 못하고 캔 커피를 꽉 쥐었다. 테니스공이 규칙적으로 오가는 소리가 탕탕 하고 들리고 있었다.

"이번 달까지 일 마무리 짓겠습니다."

다음 달부턴 더 이상 나오지 않을 거라는 연우의 말에 지배인은 씁쓸한 눈치를 감출 수 없어하면서도 고개를 끄덕일 수밖에 없었다.

"연우 씨라서 다행이라고 생각해."

"……."

"대표님의 옆자리가 다른 누구도 아닌 연우 씨라서 정말 다행이라고 생각해."

지배인의 진심에 연우가 웃었다. 그제야 그녀는 손에 쥐고 있던 캔 커피를 홀짝였다.

한참을 이사실 앞에서 망설였다. 기분이 좋지 않은 하경을 보러 가기 위해 이사실 앞에 온 지 오래였지만 마음처럼 쉽게 들어설 수가 없었다.

이사실 문을 붙잡은 채 한참 동안 서 있던 연우는 조심스레 문을 열고 안으로 들어섰다.

활짝 열린 창문을 보며 뒤돌아서 있는 남자의 등이 보였다. 넓은 등은 그 넓이만큼이나 외로워 보였다.

누가 들어온지도 모를 만큼 생각에 잠겨 있는 그를 보며 연우가 천천히 하경에게로 다가섰다. 그제야 뒤돌아서려는 남자의 등을 연우가 와락 끌어안았다.

"……연연우."

"뭐가 걱정이야. 자기, 그럴 만한 능력 없어?"

"연우야."

"우리가 헤어지는 것도 아니잖아."

"늦어질지도 몰라."

"무조건 빨리 끝내고 내 곁으로 돌아와. 나 기다릴게."

하경이 자신을 꽉 안은 연우의 팔을 붙잡고 그녀에게로 돌아섰다. 그녀의 새빨갛고도 탐스러운 앙다문 입술이 눈에 들어왔다. 하경은 연우의 뺨을 감싸며 순식간에 그녀의 입술을 빨아들였다. 촉촉하게 젖어 있는 연우의 입술에서 향긋한 꽃향기가 느껴졌다.

천천히 시작된 입맞춤이 격렬한 키스로 바뀔 찰나, 연우가 그에게서 입술을 떼어 냈다.

"밖에 누가 있으면 어쩌려고."

"뭐 어때."

아무리 서 비서의 자리가 공석이라고는 하지만 꼭 누가 있을 것만 같은 느낌에 연우가 눈을 굴렸다.

"생각보다 방음 잘 돼 있어. 시험해 볼까?"

은밀한 어조로 연우를 감싸 안은 하경이 기어코 다시 그녀의 입술을 찾아왔다. 단지 키스만으로 끝이 난다면 걱정이 없겠지만 늘 여기서 끝이 나지 않는다는 것이 문제였다.

하경의 손이 진득하게 연우의 스커트 안을 탐색해 오고 있었다. 능숙하게 스커트 안을 움직이는 하경의 손을 붙잡은 연우가 곤란한 목소리를 했다.

"하지 마."

혹여나 누가 들을까 속삭이듯 중얼거리는 그 모습이 귀여워 하경은 좀 더 집요하게 손을 움직여 그녀를 더듬었다. 연우는 저도 모르게 문득 입 밖으로 새어 나오는 야릇한 소리에 손으로 입을 틀어막았다.

"어차피 이제 직원들 다 알잖아."

하경은 그만둘 생각이 없다는 듯 계속해서 손을 움직였다. 이미 반대 손은 그녀의 상의 안으로 침입해 오고 있었다.

"룸으로 갈까? 난 여기도 괜찮긴 한데."

"장난치지 마."

"장난 아니란 거 너도 알잖아."

하경이 싱긋 웃으며 연우의 이마에 제 이마를 맞대었다. 그의 미소에 연우는 손을 뻗어 하경의 목을 와락 끌어안았다. 하하, 낮게 웃는 하경의 목소리에 파르르 떨리는 눈을 질끈 감았다. 하경은 든든한 손으로 연우를 끌어안아주었다.

꼭 일찍 돌아와야 해, 하고 말하며 그의 가슴에 얼굴을 파묻는 그녀의 가녀린 팔이 떨리고 있었다.

◇◇

다시, 직원 화장실이었다. 우연히 그를 만나 손목이 붙잡힌 연우는 화장실로 끌려 들어갔다. 남자 화장실이 아님에 감사를 해야 하는 것인지, 여자 화장실 가장 마지막 칸으로 들어간 두 사람은 격렬하게 입술이 부딪혔다.

저번에야 직원들이 잘 사용하지 않는 지하 화장실이었지만 이번엔 달랐다. 직원들이 곧 잘 이용하는 화장실이었다. 하경은 급하게 손을 뻗어 연우의 엉덩이를 쓸어내리며 그녀의 속옷을 끌어내렸다. 그를 말릴 틈조차 없었다. 이번엔 위험했다. 언제 직원들이 화장실 안으로 들어올 줄 모르는 상황이었다.

"하경 씨, 잠깐……!"

"쉿."

하경은 연우의 귓가에 입을 가져가 더 이상 아무 말도 하지 말라는 뜻을 전했다. 하지만 연우는 그를 제지할 수밖에 없었다. 시끄러운 수다를 떨며 여직원들이 화장실 안으로 들어왔기 때문이었다.

하경은 다시금 연우의 입술에 입을 맞대어 왔다. 저도 모르게 신음 소리가 흘러나와 연우는 하경의 셔츠 자락을 꽉 움켜쥐었다.

물론, 회사에서 그의 구애를 많이 받긴 했었다. 그렇지만 단 한 번도 근무 중에 이렇게 끝까지 간 적은 없었다. 하경은 정말 이대로 그녀를 안을 작정인지 연우의 몸을 풀어 주는 것에 집중했다.

"세상에, 진짜 그 레스토랑 파트에 연연우 씨가 대표님 애인일 줄이야."

"우리도 확 자빠지는 건데, 그죠? 같은 직원인데 누구는 대표이사님 애인인데 누구는 말단 남자 직원이랑 사귀고 있고."

"그래도 성수 씨 정도면 괜찮지 뭘 그래."

"어우, 저 놀리지 말아요. 안 그래도 비교돼 죽겠는데."

여직원들의 수다에 연우의 귀가 쫑긋거렸다. 그렇지만 이내 다시 키스를 하는 하경의 행동에 연우는 손을 들어 그의 목을 끌어안을 수밖에 없었다.

그렇게 제법 오랫동안 떠들던 직원들이 화장실을 나가는 소리가 들려왔다. 연우는 저도 모르게 안도의 한숨을 내쉬었다.

"아직 방심하면 안 될 텐데."

하경은 그렇게 연우를 보며 웃음을 지었다. 그 다급하고도 참을 수 없다는 듯 짓는 웃음에 연우가 남자를 끌어안았다.

그가 미국으로 가기 전 마지막으로 하는 키스가 될 것만 같아 더 그랬다. 연우는 그래서 그가 이렇게 조급해하고 있는 것이라는 것을 알아차렸다. 그녀는 그에게 안긴 채 하경의 커다란 손을 잡았다. 그리고 더욱 힘껏 끌어안으며 속삭였다.

빨리 돌아와야 해.

13.

약속

그가 미국으로 떠난 후, 커다란 침대는 완전히 연우의 차지였다. 넓은 욕조도 그보다 더 넓은 거실 소파도 연우 혼자만의 공간이 되었다.

그가 없는 2년 동안 하경의 부재에 대해선 충분히 익숙해졌다고 생각는데 다시 썰물처럼 빠져나간 그의 빈자리는 연우를 사무치도록 외롭게 만들었다.

아침 일찍 눈을 뜬 연우는 빈 옆자리를 손으로 더듬었다.

아침은 무엇을 먹었으며, 어떤 넥타이를 맸는지, 어떤 시계를 골랐는지까지 상세히 메시지를 보내왔다. 네가 보고 싶어 미치겠다는 그의 메시지를 다시 한 번 꺼내 읽은 연우는 하경의 베개에 뺨을 묻었다. 폐부 깊숙이 스며드는 그의 향기에 온몸이 행복한 기분이었다. 그리고 동시에 외로움이 파도처럼 밀려왔다.

시간은 그렇게 하루가 일 년처럼 더디고, 느리게 그렇지만 쉬지 않고 흘러가고 있었다.

여느 때와 다름없이 바쁜 일상이었지만 일에 집중이 잘 되지 않았다. 그가 생각나서, 걱정이 되어서 그런 것은 아니었다. 그런 것은 아니었지만 이상하게 호텔이 텅 비어 버린 느낌에 기분이 묘했다.

미희가 깨어 버린 접시를 같이 주워 담던 연우는 순간 제 손가락을 날카롭게 스치는 유리조각에 짧게 신음했다. 비릿한 피 냄새가 코끝을 찔러 왔다.

"연우 씨. 괜찮아? 피 많이 나."

"괜찮아요. 밴드 붙이면 돼요."

별일 아니라는 듯 피가 흐르는 손가락을 쥐고 화장실로 향하던 연우는 불쑥 저를 막아선 예준을 올려다보았다. 그의 손에는 연고와 밴드가 들려 있었다.

레스토랑을 빠져나온 후, 예준이 건넨 밴드를 붙인 연우는 저를 걱정스레 바라보고 있는 그를 보았다. 그런 그를 위해 연우는 밴드가 잘 부착된 제 손가락을 그에게 들어 보였다.

"고마워요."

"많이 베여서 병원 안 가 봐도 될는지 모르겠다."

"이 정도는 괜찮아요."

"그래."

그가 웃었다. 별일 아니라는 듯한 연우의 말에 남자는 고개를 끄덕이며 부드럽게 웃었다. 그리고 다소 조심스레 그녀를 향해 물었다. 여전히 그의 입가엔 미소가 걸려 있었다.

"저 선배……."

힘겹게 말을 꺼내는 그녀의 조심스러움에 웃고 있던 예준의 미소도 점점 옅어졌다. 진지한 표정의 남자가 그녀를 바라보고 있었다.

"미리 말씀 못 드려서 죄송해요."

"아냐. 네가 나에게 다 숨기지 않고 말할 이유는 없지."

그는 초연하게 웃으며 덧붙였다.

"난 네가 행복하면 그걸로 됐어."

그의 미소에 연우는 천천히 입술을 올려 보다 따스한 미소로 답해 주었다.

예준은 진심이었다. 제 곁이 아니라도 이렇게 그녀가 웃는다면 그것으로 좋았다.

한참을 그렇게 자리를 지키던 예준은 먼저 자리에서 일어나 지배인의 호출에 응답했다. 그리고 그녀를 등지고 뒤돌아섰다. 이제 그는 연우를 향해 뒤돌아보지 않았다. 어깨가 처져 있지도 않았다. 그는 사람들이 북적거리고 있는 레스토랑 안으로 걸어 들어가고 있었다.

예준의 뒷모습이 보이지 않기 시작했을 때 연우는 말없이 제 손가락을 내려다보았다. 그가 있었으면 어쩌다가 다쳤냐며 잔뜩 걱정 섞인 눈으로 자신을 바라봤겠지.

다시 그가 그리워지기 시작했다.

연우는 먹음직스러운 향이 스멀스멀 피어오르는 스테이크를 나르다 말고 울렁거리는 가슴을 붙잡았다. 간신히 손님 테이블에 스테이크를 내려놓은 연우는 재빨리 테이블에서 벗어나 입을 틀어막았다.

며칠 전부터 계속되는 이 알 수 없는 울렁거림에 현기증까지 핑 돌았다. 비틀대며 벽을 잡았을 때 경란이 그런 연우를 발견하곤 재빨리 다가왔다.

"연우 씨, 왜 그래? 괜찮아?"

"속이 좀 안 좋아요."

"체했어?"

"아뇨. 사실은 어제부터 먹은 게 없어서……."

"미열도 좀 있고."

연우의 이마를 만져 보며 동시에 제 이마를 짚은 경란이 고개를 갸웃했다.

"속이 안 좋다고?"

"네. 울렁거리고 메스껍기도 하고……."

"연우 씨, 이번 달 생리했어?"

"네?"

갑작스러운 경란의 질문에 연우가 저도 모르게 되물었다. 그럼에도 경란은 차분하게 말을 이었다.

"연우 씨, 혹시 내 짐작이 맞는다면……."

저도 모르게 놀라 입이 벌어졌다. 경란의 추측이 확신으로 변해 가고 있었다. 의도하지는 않았지만 그렇다고 저도 하경도 굳이 피하고 싶지는 않아 최근 들어 딱히 피임을 하지는 않았었다.

연우는 저도 모르게 두 손으로 입을 막았다. 심장이 두근두근 뛰고 있었다.

"연우 씨, 그런 거야?"

"……그런 것…… 같아요."

"세상에! 경사잖아. 그럼 대표님의……."

연우는 두근거리는 심장을 손으로 꾹 누르며 어느새 눈물이 고인 눈으로 말했다.

"네. 그 사람이에요."

"경사네, 경사야!"

그 와중에도 헛구역질이 나올 것 같아 연우는 입을 틀어막았다. 생전에 느껴보지 못한 벅참이었다. 손가락 마디마디가 떨려 오고 있었다.

"세상에. 진짜 세상에다."

경란은 제가 다 떨리는지 두 손을 모으고 발을 동동 굴렀다.

연우는 눈물이 잔뜩 고인 눈으로 웃었다. 울면서 우는 게 이상했지만 그래도 나오는 웃음을 멈출 수가 없었다.

산부인과를 나온 연우가 선명히 찍힌 초음파 사진을 들고 그 자리에 주저앉았다. 임신을 확인했다. 하경의 아이가 배 속에 있다는 것을 확인했다.

선명히 찍힌 초음파 사진을 들고 연우는 어쩔 줄 몰라 제 가슴을 부여잡았다. 이 사실을 어서 그에게 알려 주고 싶어 손끝이 떨려 왔지만 아직 그에게선 돌아오겠단 소식을 전해 듣지 못했다. 어서, 어서 그가 보고 싶다.

시계가 새벽 1시를 가리키고 있었다. 하경은 목을 두르고 있는 머플러를 벗어 곁에 내려놓고 조용히 침실 안으로 들어갔다. 그녀가 보고 싶어 심장이 터질 것 같았다.

무리다 싶을 정도로 최대한 일을 빠르게 마무리 짓고 입국한 하경은 미친 듯이 속도를 내어 집으로 왔다. 침실 문을 열자마자 쌔근쌔근 자고 있는 그녀가 눈 안에 들어왔다. 못 본 사이에 더 예뻐져 있는 그녀의 모습에 새삼스레 가슴이 뛰었다.

옷을 갈아입을 새도 없이 그녀에게 손을 뻗어 이마에 붙은 머리칼을 쓸어 넘겨 주었다.

당장에 그녀를 깨워 품 안에 안고 싶었지만 곤히 자고 있는 연우를 깨우고 싶지 않아 하경은 조심스러운 손길을 했다.

"……하경 씨?"

잠에 취해 잠긴 목소리를 한 연우가 감긴 눈을 반쯤 들어 올렸다.

"연우야."

"하경 씨."

연우는 본능적으로 팔을 벌려 하경을 왈칵 끌어안았다. 있는 대로 힘을 주어 그녀의 등을 꽉 끌어안는 하경이 느껴졌다. 그의 향기가 심장 깊숙이 들어왔다.

"잘 있었어?"

"응."

하경은 셔츠를 벗을 새도 없이 연우의 입술을 찾았다. 달콤한 그녀의 입술을 찾는 남자의 손길이 너무나 부드러웠다.

키스를 하며 연우의 뺨을 어루만져 주던 그는 입술을 옮겨 가 접시에 베인 연우의 손가락에 정성스레 입을 맞추었다.

"연연우."

연우를 부르는 하경의 목소리가 더없이 따뜻했다. 연우는 천천히 감았던 눈을 떠 자신을 부르는 하경을 올려다보았다. 그 따스한 눈 속엔 오롯이 제가 담겨 있었다.

그는 연우의 입술을 다시 찾으며 작은 그녀의 손을 움켜잡았다.

연우는 제 손가락 안으로 불쑥 침입하는 차가운 금속 느낌에 감았던 눈을 떴다. 하경에 의해 잡혀 있던 손가락을 들어 올려다보았다.

심플하고도 반짝이는 반지가 왼손 약지에서 빛을 내고 있었다.

하경은 두 손으로 연우의 뺨을 감싸고 저를 향해 보도록 만들었다. 뺨을 감싸 쥐는 남자의 손이 너무나도 따뜻했다.

"널 평생 놓지 않을 거야."

"……하경 씨."

"넌 나만 사랑해야 해."

하경은 단호하게, 그리고 강인하게 말했다.

"이 눈은 나만 바라봐야 해."

연우를 향한 눈빛은 뜨거웠지만 이상하게도 그 목소리가 다정해 눈물이 왈칵 날 것만 같았다. 연우는 입술을 다물고 차오르는 눈물을 손등으로 닦았다.

"손가락 하나, 털끝 하나까지도 넌 내 거야."

하경은 짐짓 야수 같은 눈동자로 눈물을 머금고 있는 연우를 쓸어내렸다.

"약속해. 평생 내 곁에서 나만 보겠다고 약속해."

정말로 그답게 청혼하는 하경을 보며 연우는 눈물을 흘리면서도 그를 향해 참을 수 없는 웃음을 지었다.

당장에 자신을 사랑으로 덮칠 것만 같은 남자의 눈동자에 연우가 그의 눈을 맞춘 채 고개를 끄덕였다.

"응, 약속해. 평생 당신 곁에 있을 거야."

하경은 사랑과 욕망에 젖어 잔뜩 억눌린 목소리로 그녀의 귓가에서 속삭였다.

“다시 말해 줘.”

연우가 그의 말에 슬며시 웃었다.

“나 당신 거야. 나 최하경 여자야.”

그녀의 대답에 하경은 아까보다 더 불덩이 같은 눈으로 연우를 응시했다.

“사랑한다고 말해 줘.”

그런 그를 보며 연우가 하경의 입술을 매만졌다. 그리고 속삭였다.

“사랑해. 하경 씨.”

하경의 뜨거운 키스가 쏟아져 내렸다. 살며시 벌어진 입술 사이로 한 치의 망설임도 없이 제 뜨거움을 연우에게로 쏟아부었다.

잔뜩 열에 달아오른 하경을 막아 세운 연우가 환하게 웃으며 그를 보았다.

“당신도 한 가지 약속할 게 생겼어.”

“그게 뭔데?”

하경의 손을 잡아 제 배로 올려놓은 연우는 감격에 벅찬 목소리를 했다. 온기로 따뜻하게 스며든 남자의 손바닥이 배를 감싸고 있었다.

“우리 아이의 든든한 아빠가 되어 줘.”

그녀는 행복에 젖은 눈으로 말했다.

우리 사랑의 결실을 고백하고 있었다.

에필로그

그답지 않게 빠릿빠릿하지 못한 움직임이었다. 그의 눈동자가 느리게 감겼다 떠졌다.

"우리…… 아이?"

"응. 우리 아이."

하경이 생각에 잠긴 듯 말없이 연우의 눈을 바라보고 있었다. 그리고 서서히 그 빨갛고 부드러운 입술이 벌어졌다.

"연우, 너 설마……."

"축하해. 하경 씨."

그녀에게로 바짝 달라붙어 있던 그의 상체가 들어 올려졌다. 연우는 천천히 머리를 들어 올리고 침대 헤드에 등을 기대어 앉았다. 자신을 바라보는 남자의 진한 눈빛을 보며 연우가 싱긋 웃었다.

"……연우야."

하경이 연우를 와락 끌어안았다. 아직 벗지 못한 그의 슈트에는 찬 기운이 남아 있었지만 금세 온기가 배었다. 힘껏 끌어안는 남자의 힘에 연우가 작게 웃었다.

"숨 막혀. 하경 씨."

"아, 그래. 그래."

연우의 말에 화들짝 놀라 그녀를 품 안에서 떼어 낸 하경은 조바심이 나 긴장한 얼굴이 역력했다. 그런 그의 얼굴을 보고 있자니 다시 웃음이 나올 것 같았다.

"어디 아픈 곳은 없지? 나 없는 동안 밥은 잘 챙겨 먹었어? 몸은 괜찮아?"

"천천히, 하나씩 물어. 난 괜찮아."

하경의 두 눈이 천천히 아래로, 그녀의 가녀린 배로 향했다. 흔들리는 남자의 두 눈은 쉽게 진정하지 못하고 있었다.

"언제 알게 된 거야?"

"며칠 안 됐어. 하경 씨한테 말해 주고 싶어서 혼났어."

하경은 조심스레 손을 뻗어 연우의 배를 감싸 안았다. 그에게 끌어당겨진 연우가 쌔근쌔근 숨을 쉬며 남자의 향기에 몸을 파묻었다.

"연우야. 우리 할머님, 고모님 뵈러 갈까?"

"응?"

갑자기 화제를 바꾼 하경의 말에 그에게 안긴 몸을 떼어 내려

했지만 하경은 그를 허락지 않고 더욱 그녀를 끌어당겨 안았다. 하경은 연우의 목덜미에 입술을 파묻고 다정하게 속삭였다. 그의 달콤한 말에 괜히 귀가 간지러웠다.

"찾아봬서 어서 정식으로 허락받고 싶어. 우리 아이 아빠니까."

그는 연우의 배를 끌어안으며 저도 모르게 뜨거운 숨을 불어넣었다. 연우는 저도 모르게 하경의 손을 움켜잡았다. 천천히 두 사람의 입술이 맞붙었다.

연우는 차 시트에 깊숙이 눌려 있었던 옷을 털어 냈다. 저번 할머니 생신 때 오고 안 왔으니 거의 1년 만이었다.

할머니가 좋아하시는 붕어빵도 잊지 않았다. 걸음을 걸을 때마다 달콤한 팥 냄새가 코를 찔렀다.

"고모."

야외 테이블에 앉아 책을 읽고 있는 고모를 불렀다. 두꺼운 돋보기안경을 내려놓은 고모가 읽고 있던 책을 덮고 연우를 향해 손을 뻗었다. 그리고 주름진 손이 연우의 작은 손을 겹쳐 잡았다.

"연우야."

"고모, 별일 없으셨죠?"

"그래. 넌 그새 왜 이렇게 야위었어."

안타까운 고모의 목소리에 연우는 그저 옅은 웃음만 띨 뿐이었다. 고모는 연우의 뒤에서 천천히 걸어오는 하경을 발견하고 눈을 크게 떴다. 그리고 자신을 향해 반듯하게 인사하는 그를 보며 빠른 걸음으로 다가가 손을 잡았다.

"하경아, 얘."

"그동안 안녕하셨죠, 고모."

하경의 손을 잡으며 미소를 띠고 있는 고모를 보고 있던 연우가 주위를 둘러보았다.

"할머니는 어디 계세요?"

"친구분이랑 목욕탕 가셨어. 곧 오실 거야."

연우와 하경을 보고 있던 고모가 다시 미소를 띤 채 물었다. 잡은 손만큼이나 그 음성이 따뜻했다.

"둘 다 저녁 안 먹었지? 들어가자. 고모가 밥 차려 줄게."

부랴부랴 안으로 들어가는 고모를 뒤따라 집 안으로 들어온 두 사람은 입고 있던 점퍼를 벗어 걸어 두고 고모를 뒤따라 주방 안으로 들어갔다. 연우가 좋아하는 고사리나물이 참기름을 품곤 향긋한 냄새를 내뿜고 있었다.

반찬들이 식탁 위로 하나씩 오를 때쯤 하경이 수저를 놓다 말고 문이 열리는 소리에 고개를 들었다.

"할머니 오셨나 봐요, 고모."

고모를 도와 밥을 퍼다 말고 거실로 향한 연우가 발을 우뚝 멈춰 섰다.

"할머니……."

찾아뵙지 못한 그 시간 동안 또 주름이 진 제 할머니를 보며 연우는 저도 모르게 눈물을 글썽였다. 할머니 앞에선 영락없이 어린아이가 되어 감정이 솔직하게 표정으로 드러났다. 눈물을 참느라 입술이 삐죽거렸다. 그런 연우의 여리고도 부드러운 뺨을 쓰다듬는 할머니 눈에도 이슬이 맺혀 있었다.

"할머니, 할머니 좋아하시는 하경 씨 왔어요."

연우의 말이 끝나기가 무섭게 주방에서 나온 하경이 할머니를 향해 다가왔다.

"할머니."

할머니는 꼭 잡고 있던 연우의 손을 그대로 잡은 채 반대쪽 손으로 하경의 손을 잡았다. 그리고 고모가 계신 주방으로 들어갔다.

할머니는 오랜만에 본 하경이 반가운지 자리에 앉기가 무섭게 다시 그의 손을 움켜잡으셨다.

"너 온다는 소리 듣고 내가 직접 고은 거야."

"너무 맛있겠는데요, 할머니?"

하경은 그런 할머니의 손을 더욱 꽉 쥔 채 수저를 들었다. 할머니의 마음을 헤아려 어서 국을 떠먹은 그가 웃으며 고개를 끄덕였다. 입맛 까다롭기로 유명한 하경이 이렇게 맛있다고 고개를 끄덕이는 것은 정말로 맛있다는 뜻이기도 했지만, 그저 맛이 없어도 할머니가 해 주는 음식이라면 다 맛있다고 먹는 하경을 알기에 할머니도 고모도 그의 모습에 흐뭇하게 웃기만 했다.

화기애애한 분위기에 식사가 시작되었다. 웃지 않은 건 연우뿐이었다. 사실 아까부터 배가 고팠지만 속이 좋지 않아 쉽게 밥을 입 안으로 넣지 못하고 있었다.

시종일관 하경을 향해 웃음을 띠고 있던 고모가 그제야 영 밥을 입에 넣지 못하는 연우를 보았다.

"입맛이 없어? 안 그래도 몸이 약해서 내가 얼마나 신경이 쓰이는데…… 밥이라도 잘 먹어야지."

"속이 좀 안 좋아서요."

할머니는 연우가 좋아하는 고사리나물을 크게 한 젓가락 떠 연우의 밥 그릇 위로 올렸다. 그리고 곧 하경을 보며 하고 싶던, 아껴 두었던 말을 꺼내었다.

젓가락으로 밥을 깨작깨작거리던 연우도, 할머니가 정성껏 고은 곰탕을 먹던 하경도 할머니의 말에 고개를 돌렸다.

"두 사람 언제까지 이렇게 연애만 할 거야. 나이도 찼고, 연애할 만큼 했으면 이제 진도 뺄 때도 됐지."

"엄마, 증손주 보고 싶어 그러죠?"

반찬을 삼키다 말고 고모가 덧붙였다. 웃음을 거두지 못한 표정이었다.

"그렇지 않아도 그 문제로 말씀드리고 싶은 게 있어요."

하경은 곁에 놓인 물컵을 들어 물을 들이켰다. 그리고 저를 바라보고 있는 연우를 보았다. 영 먹지 못하는 연우가 안쓰러우면서도, 아이를 위해 견디고 있는 그녀가 예뻐 보이는 제 모습에 하경은 스스로 생각해도 어이가 없었다.

차를 사이에 두고 따뜻한 거실에 다시 둘러앉은 네 사람은 차가 식어 가는 줄도 모르고 웃고 있었다. 하경은 느긋이 커피를 마시고 있는 연우의 할머니를 보며 천천히 무릎을 꿇었다. 갑작스런 그의 행동에 고모마저 놀란 눈으로 그를 바라보았다.

하경은 놀란 눈을 하는 두 사람의 표정에도 아랑곳 않고 담담하게, 그리고 조금은 격정적이게 말을 이어 갔다.

"할머님, 고모님. 연우, 저에게 주십시오. 연우는 저 없이 하루도 못 삽니다."

하경의 고백에 놀란 것은 할머니도 고모도 아니었다. 하경의 곁에 앉아 조용히 차를 마시던 연우가 눈을 크게 뜨고 그를 돌아보았다. 저도 모르게 온기가 가득한 차가 목 안에서 맴돌다 식도를 타고 꿀꺽 넘어갔다.

"하루도 못 사는 건 연우가 아니라 하경이 너 같은데."

비웃음이 아니었다. 흐뭇한 표정으로 그저 듣고만 있던 고모가 미소를 지었다.

"예. 맞습니다. 연우가 없으면 전……."

하경은 말을 하다 말고 입을 굳게 닫았다. 미소를 짓고 있던 고모의 입술에서 천천히 웃음이 사라졌다. 보다 진지해진 분위기에 하경은 숙이고 있던 고개를 들었다. 할머니는 그런 하경을 그저 가만히 바라만 볼 뿐이었다.

순간 하경은 주먹을 꽉 쥐었다. 저도 모르게 등줄기에 식은땀이 맺히는 기분이었다. 혹여 그녀와의 결혼을 반대하시는 것일까, 자신의 부족함을 알고 그녀와의 사랑을 반대하시는 것일까. 일순간 꽉 쥔 주먹에서 땀이 배어 나왔다.

"아껴 줘. 이제 내가 죽고 나면 연우는 네가 전부인 아이야."

"할머니."

"그거면 됐다. 난 그걸로 됐어."

하경이 손을 뻗어 곁에 있는 연우의 손을 잡았다. 평소보다 확실히 따뜻한 그녀의 온도를 단박에 알아챘다. 이번엔 고개를 숙이지 않았다. 잡은 손을 놓지도 않았다.

손에 힘을 주고 연우를 붙잡은 채 하경은 할머니의 눈을 마주보았다. 따뜻한 연우의 온기가 하경에게까지 전해져 왔다.

"연우가 우리 아이를 가졌습니다."

고모는 순간 할머니의 어깨를 붙잡았다. 힘없이 휘청거리는 할머니의 어깨가 고모에 의해 다시 제자리로 돌아왔다.

"할머니!"

"하, 할머니!"

연우의 할머니는 자신을 붙잡는 고모의 손을 떼어 내고 괜찮다는 듯 손을 내저었다.

"괜찮다. 이건 좀 생각을 못 했던 거라."

"……할머니."

"연우야, 그게 정말이냐?"

"예, 할머니."

연우의 대답에 할머니는 이제 모든 것이 다 끝이 났다는 듯 고개를 끄덕일 뿐이었다. 죽기 전에 연우가 제 가족을 만들고, 그 가족 안에서 행복한 모습을 보게 되는 것만으로 이미 살아생전 해야 할 일은 다 끝을 낸 것만 같았다.

고모는 작은 방에 이불을 깔며 연우와 하경의 잠자리를 정돈했다. 그리고 두 사람을 놓고 고모가 방을 나서자마자 하경이 연우의 어깨를 돌려세워 저를 바라보게 만들었다.

"뭐 먹고 싶은 거 없어? 억지로라도 생각해 봐. 아까 저녁 많이 못 먹었잖아."

할머니와 대화를 나누는 내내 하경이 이 생각을 하고 있었던 것이 틀림없었다. 그는 걱정스런 눈으로 연우를 보았다. 갈수록 야위어 가는 것만 같은 느낌에 하경은 마른 그녀의 어깻죽지를 놓지 못했다. 그럼에도 연우는 먹고 싶은 게 없다고 고개를 저을 뿐이었다.

"좋아하는 딸기라도 사 올까?"

"괜찮아."

"뭐라도 먹어야지."

하경이 힘을 주자 단번에 끌려오는 그녀의 몸은 이상하리만치 힘이 없어 보였다. 노심초사하는 그의 모습을 보던 연우가 잠깐 고민하는가 싶더니 결국 우유 한 잔을 택했다. 그녀의 입에서 우유라는 단어가 나오자마자 하경은 문을 열고 주방으로 향했다.

그가 준 따뜻한 우유 한 잔에 연우는 금방 몸이 따스하게 녹았다. 그가 주방에서 돌아오며 집어 온 작은 초콜릿 맛 사탕을 입에 넣은 연우는 작은 입을 오물거리며 이불 속으로 들어갔다. 베개에 누이는 뒷머리가 금세 따끈해졌다.

하경은 그녀의 곁에 누워 연우의 허리를 끌어당겨 그녀를 품 안에 안았다. 작고도 연약한 몸은 너무나 쉽게 그의 손 안에 붙잡혔다.

"내일 부모님 뵈러 갈까?"

하경은 그렇게 말하며 연우의 목덜미를 입술로 쓰다듬어 주었다. 보드라운 그녀의 살결이 입술 위로 맞닿았다. 그 감촉이 형용할 수 없을 만큼 따스했다. 그리고 동시에 짜릿했다.

"같이 뵈러 가자."

기일날은 부모님을 뵈지 않는 연우를 10년간 헤아려 온 하경이 그런 그녀에게 제안했다. 부모님을 잃었다는 아픔에, 그리고 고독에 기일날은 피하기만 하는 그녀에게 종지부를 찍어 준다는 뜻과도 같았다. 네 곁에 이제 내가 있으니 너는 혼자가 아니라는 그런.

"대답해 줘."

하경의 채근에 연우는 고개를 조심히 끄덕였다. 그리고 제 목덜미에 입술을 묻은 하경을 돌아보았다.

“이 닦고 올게. 잠깐 이 손 좀.”

그녀의 입 안에서 제가 건넸던 달콤한 초콜릿 냄새가 피어올랐다. 하경은 어림도 없다는 듯 그녀의 턱을 들어 올려 입술이 벌어지도록 공간을 만들었다. 그리고 그는 천천히 연우의 입술로 제 입술을 가져왔다. 맞닿기 직전, 그는 초콜릿 향이 나는 사탕만큼이나 달콤한 목소리로 속삭였다.

“나도 사탕 맛 좀 보고.”

“치. 가져다 먹어.”

“사탕보다 더 맛있는 게 있는데 그럴 순 없지.”

그리고 그는 사탕보다 끈적한 혀로 연우를 붙잡았다.

연우는 입을 떼기를 망설였다. 마주하고 있는 제 어머니, 아버지의 작은 사진을 보며 그녀는 잠깐 입술을 더듬었다. 그리고 그런 그녀를 하경은 인내심 있게 기다려 주었다.

“죄송해요. 용기가 부족했어요. 그래서 기일도 이제야 챙겨 드려요.”

연우는 눈을 천천히 감았다 뜨며 사진을 보았다. 그리고 곁에 있는 하경의 손을 꽉 잡았다.

“저보다 늘 찾아왔던 하경 씨랑 더 다정한 건 아니죠?”

연우는 그렇게 미소를 띠었다. 하경은 자신의 손을 붙잡고 있는 연우의 손에 더욱 힘을 주었다. 그는 그녀를 따라 미소를 지었다. 그리고 고백했다.

"장모님, 장인어른. 연우가 아이를 가졌어요. 손주 얼른 안겨 드리겠다고 약속드린 거 지킬 수 있어서 다행이에요."

"그런 약속은 언제 한 거야?"

"3년 전에."

하경은 그렇게 말하며 작은 목소리로 속삭이듯 말했다.

"뵙고 싶어요."

안타까운 남자의 목소리가 연우가 그를 돌아보았다. 정말로 제 부모님께 허락을 받고 싶은 남자의 심정이 읽혀졌다. 하지만 연우는 확신했다. 저보다 먼저 제 부모님은 하경을 인정하고 허락했다. 우리 연우를 이렇게 사랑하는 것만으로 사위 자격은 충분하다고, 말하는 부모님의 목소리가 귓가에 들리는 듯했다.

"하경 씨."

"응?"

연우는 부모님을 뵙고 돌아오며 그를 다정히 불렀다. 남자는 부르기가 무섭게 즉각적으로 답했다.

"잠깐 이리 와 봐."

그녀는 귀를 빌려 달라는 듯 하경에게 손짓을 했다. 남자의 고개가 숙여져 그녀의 눈높이에 맞추어졌다. 그리고 연우는 하경의 뺨에 입을 맞추었다. 쪽, 하고 들리는 소리가 귀를 간질였다.

"우리 부모님이라면 무조건 허락했을 거야. 날 믿어도 돼."

그녀의 목소리에 하경이 연우의 뒷목을 끌어안고 입을 맞추려다 제지당했다. 연우가 하경의 입술을 틀어막았다.

"주위 사람들이 봐."

"보라 그래."

그리고 하경은 제 입술을 막고 있는 그녀의 손바닥에 쪽, 하고 입을 맞추었다.

너에게, 고백

연우는 사고 싶은 것들을 잔뜩 카트에 실었다. 그리고 말없이 그 카트를 미는 하경은 수북이 쌓여 있는 음식들을 보며 만족스러운 웃음을 띠었다.

통 먹지 못해 한동안 걱정을 시키더니, 요새 연우는 믿을 수 없게도 놀라운 입맛을 보여 주고 있었다.

"연우야!"

주방용품코너를 돌아 계산대로 향하던 연우는 저를 부르는 낯익은 목소리에 고개를 돌려 목소리의 주인을 찾았다. 장을 보러 온 것인지 남편과 팔짱을 낀 채 반대쪽 손으로 연우를 향해 마구 손을 흔들고 있는 신애가 보였다.

신애는 연우의 곁에 서 있는 하경을 발견하곤 고개를 숙였고, 그에 답하듯 하경이 가볍게 인사했다.

"장 보러 온 거야?"

"응."

그리고 연우는 신애의 물음에 답하며 그녀의 남편을 향해 오랜만이라며 눈인사를 했다.

어정쩡하게 서 있던 신애의 남편이 하경을 향해 먼저 알은척을 해 왔다.

"오랜만입니다. 그때 저희 결혼식 때 오셨었죠?"

"예. 오랜만에 뵙습니다."

정중한 하경의 목소리에 신애의 남편이 풀어져 있던 어깨를 바로 세우며 저 또한 예의를 갖추어 인사했다. 신애는 팔짱을 끼고 있던 남편의 팔을 놓고 좀 더 연우에게로 다가왔다.

"맞아. 연우, 너 우리 모임 잊지 않았지? 참, 남편들도 오기로 했으니까 하경 씨도 꼭 오세요."

저번 동창회 모임 때 그렇게 헤어진 것이 아쉬워 이번엔 좀 더 근사한 자리에서 함께 저녁 식사를 하자고 단체 메시지 방에서 운을 뗐던 신애의 문자가 떠올랐다. 천천히 떠오르는 문자 내용을 생각하고 있는 연우를 향해 신애가 볼을 통통 부풀렸다.

"너, 잊고 있었지?"

"아냐."

"잊고 있었구만, 뭘. 잊지 말고 꼭 와. 하경 씨도 시간 나시면 꼭 오세요. 꼭이요."

호호, 웃으며 계산대를 향해 떠난 신애는 다시 제 남편의 팔짱을 다정하게 꼈다. 그 모습을 보고 있던 연우가 바람 빠지는 소리를 내며 웃었다. 그리고 저도 하경의 팔짱을 끼며 그를 끌어당겼다.

“하경 씨, 바쁘지? 바쁘면 굳이 같이 안 가도 돼.”

“그럼 너도 가지 마. 너만 혼자 가느니 안 가는 게 나아.”

그럼 그럴까? 하고 말을 덧붙이던 연우가 생각난 것이 있다는 듯 그녀답지 않게 한쪽 입꼬리를 올려 웃었다.

“아냐. 가고 싶어졌어. 하경 씨도 꼭 와.”

그리고 그녀는 하경의 팔을 꼭 붙잡고 안겼다. 안주 하나를 먹으며 자신을 안주 삼아 실컷 비소 짓고 있던 혜영이 떠올랐기 때문이었다. 뭘 어떻게 해 보겠다는 것은 아니었지만 그래도 우리가 행복하지 않을 거라고 확신하고 있던 그 눈빛을 바라보며 하경과 나란히 모습을 드러내 주고 싶었다.

갑자기 마음을 바꾼 연우에게 마음을 바꾼 이유를 물어볼 법도 한데 하경은 고개만 끄덕일 뿐 별다른 말을 덧붙이지 않았다.

“더 안 물어봐?”

“네가 그러겠다고 하면 이유가 있겠지.”

“응. 자기한테 소개시켜 줄 친구가 있어.”

“친구 맞아?”

“응?”

“너 보니까 친구가 아니라 적 같은데?”

“적 같은…… 친구야.”

"발음 조심해야겠는데? 적 같은 친구?"

"지금 놀리는 거 맞지?"

"아니. 보러 가야지."

"누구?"

"적 같은 친구."

연우는 하경의 팔을 탁 하고 때리며 눈을 무섭게 떴다. 그리고 곧 푸흐흐, 하고 웃었다. 그답지 않은 농담에 연우는 결국 두 손으로 얼굴을 감싸고 웃어 버렸다. 곧 하경이 그게 그렇게 재미있냐는 듯 웃는 목소리가 들려왔다.

제법 힘을 썼다 하더니, 신애 말대로 이번 저녁 식사는 꽤 근사한 곳에서 이루어졌다. 몇 주 만에 만나는 동창인데도 다들 반가운지 그간 있었던 일들을 털어놓느라 여념이 없었다.

각자 제 남편이나 애인을 데려와 소개를 시키며 하하, 호호 즐거운 애피타이저 시간을 보내고 있었다. 한 사람만 제외하고.

"연우, 네 애인은 왜 안 와? 바쁜 거야?"

"곧 올 거야."

일이 끝나는 대로 오기로 한 하경이 모습을 드러내지 않고 있는 것이었다.

꽤 반듯하고 말끔하게 생긴 남자가 곧이어 모습을 드러냈고 남자는 혜영의 곁으로 가 착석했다.

"인사해. 우리 그이."

혜영은 제 애인의 팔짱을 끼며 웃었다. 쏟아지는 제 애인에 대한 호평에 미소를 띤 채 우아하게 허리를 펴고 앉은 혜영은 제 앞에 홀로 앉아 있는 연우를 보았다. 그리고 그녀는 입술을 말아 올리며 말했다.

"네 애인은 안 올 건가 봐?"

"일 때문에 조금 늦네."

"그래?"

빵 조각을 먹어 목이 막혔지만, 와인은 손도 대지 않고 하경을 기다리던 연우는 시계를 내려다보았다.

다들 제 짝과 함께 와인을 마시고 있는데 홀로 이렇게 앉아 있자니 애피타이저고 뭐고 영 기분이 좋지 않았다. 하경의 말이 맞았다. 홀로 가느니 차라리 가지 않는 편이 나았다. 곧 가겠다고 그가 보낸 문자를 읽으며 연우는 따분함을 달래고 있었다.

"혜영이 남자친구분 너무 멋있으시다."

"하하. 감사합니다."

혜영은 더없이 행복한 표정으로 제 곁에 있는 남자친구를 돌아보았다.

시시콜콜한 대화가 오고 갔지만 별달리 흥미가 돋는 주제는 없었다. 그저 제 애인 이야기, 신혼 때 이야기, 그런 것들.

"연우, 넌 결혼 안 해?"

친구 중 누군가가 그렇게 물었을 때, 연우는 대답하려다 말고 놓고 온 반지를 떠올렸다. 하경이 왔을 때 말을 하는 편이 더 좋을 것 같아 지금은 웃음으로 넘어가기로 했다.

그렇게 연우가 웃음으로 상황을 넘기려 했지만 혜영은 꽤 집요하게 그 문제를 파고들었다.

"왜? 곧 결혼할 것처럼 하더니? 두 사람 무슨 문제라도 있니?"

잔뜩 가시가 박힌 혜영의 말에 분위기가 무섭도록 싸해지고 있었다. 다시 그 분위기를 수습하고자 다급히 말을 꺼낸 것은 신애였다.

"너 왜 그래. 결혼 안 하면 두 사람이 문제라도 있는 거야?"

어느새 식어 버린 수프를 보고 있던 연우가 고개를 들고 혜영을 마주 봤다. 뭐가 그렇게 이 상황이 재미있는 것인지 새빨갛게 립스틱이 칠해진 입술이 곡선을 그리고 있었다.

넌 하경 씨 오면 내가 제대로 엿 먹여 줄게.

연우는 그렇게 생각했지만 일단은 그녀의 말에 반박을 하기로 했다. 좀 더 큰 엿을 먹이기 위해 밑밥을 깔아 두기로 했다.

"글쎄. 사랑의 마지막이 꼭 결혼일 필욘 없지 않아? 우린 지금 현재에 행복하고 있어."

연우답지 않은 날카로운 대답에 혜영은 금세 입술이 뒤틀렸다. 그리고 이내 우아하게 허리를 세우며 빨간 매니큐어가 칠해진 손으로 와인글라스를 잡았다. 신경을 잔뜩 긁어놓고선 그러지 않은 양 태연하게 행동했다.

시원한 와인을 마시고 싶어 몇 번이나 저도 모르게 손을 뻗었지만 연우는 그때마다 곁에 있는 물을 집었다. 물을 꿀꺽꿀꺽 마실 때마다 앞에 놓여 있는 맛있는 음식들이 먹어 달라 유혹을 하고 있었다.

요새 들어 입맛이 좋아져 이렇게 먹어 싶은 게 많아지니 괜히 살이 찌지는 않을까, 이런 모습을 하경이 싫어하진 않을까 괜한 걱정이 쌓여 갔다. 그렇지만 그 유혹을 이길 수 없어 앞에 놓인 스테이크를 한 점 입 안으로 넣었다.

고기가 씹히는 순간, 신애가 반가운 목소리로 이름을 불렀다. 제 애인의 이름을.

"하경 씨!"

일을 막 마치고 온 것인지 깔끔한 슈트를 입은 하경이 테이블 가까이로 다가왔다. 그리고 늦어서 죄송하다는 반듯한 인사 한마디와 함께 자연스레 비어 있는 연우의 옆자리로 가 앉았다. 흩어져 있던 이목들이 단번에 그에게로 집중되었다.

"하경 씨……."

"늦어서 미안해, 연우야. 오래 기다렸어?"

더없이 다정한 남자의 목소리에 연우가 웃으며 고개를 저었다. 그녀의 미소에 다시 부드러운 웃음을 한 하경은 자연스레 웨이터를 불렀다. 곧 하경의 부름에 다가온 웨이터가 오더를 받기 위해 공손히 고개를 숙였을 때, 하경은 연우의 친구들을 보며 어렵지 않다는 듯 망설임 없이 말했다.

"약속 시간에 늦었으니 오늘은 제가 사겠습니다."

급격히 표정이 일그러지는 혜영을 보며 하경은 곧 연우가 말하는 '적 같은 친구.' 가 누구인지 알아차렸다.

시시콜콜한 대화들이 오고 갔고, 주식에 관한 남자들의 재미없고 형식적인 대화도 막 끝이 보이고 있었다.

하경은 제 얼굴에서 눈을 떼지 않는 혜영의 시선을 묵인하다, 그녀의 시선이 연우에게로 향했을 때 하경은 정중하지만 따뜻하지 않은 목소리로 혜영을 향해 말했다.

"이혜영 씨 맞습니까? 말씀 많이 전해 들었습니다."

"네? 저에 대해서요?"

"친절하고 다정하게 대해 준다고 연우가 어찌나 칭찬을 하던지."

부러 반대말을 골라 던졌다. 아니나 다를까 '그럴 리가 없을 텐데.' 라는 표정을 노골적으로 드러내는 혜영의 표정에 하경이 피식 웃었다.

역시 너였구나. 적 같은 친구가.

대체 왜 연우가 그녀를 자신에게 보여 주고 싶어 했을까 궁금했지만 그것을 알게 되는 데는 오랜 시간이 걸리지 않았다.

"저도 하경 씨에 대해 많이 전해 들었어요."

그리고 더 이상의 칭찬은 덧붙이지 않았다. 그에게 하는 칭찬이 곧 연우에게 하는 호의적인 말임을 잘 알고 있었기 때문이다.

하경의 입술이 올라갔다. 그녀는 생각보다 훨씬 고단수였다.

무엇 때문에 연우를 시기하는 것인지는 잘 모르겠으나 호시탐탐 기회만을 엿보고 있음은 틀림이 없어 보였다.

“그런데 두 사람 9년째 연애 중이면 서로 질릴 때도 있지 않았나요? 9년 동안 뜨겁게 사랑한다는 게…… 글쎄요. 전 잘 이해가 되지 않아서.”

그는 찾았다. 그녀가 연우의 ‘무엇’을 시기하고 있는지.

“9년 동안 늘 뜨겁진 않지 않나요?”

같은 여자로서 한 남자의, 그것도 남들이 흔히들 부러워하는 한 남자의 사랑을 오랫동안 독차지하고 있다는 그 사실을 부러워하고 있는 것이었다. 이 알량한 시기는.

“그렇죠. 뜨거운 순간만 있는 건 아니죠.”

만족할 만한 대답인 듯 혜영이 웃었다.

“혹여 내가 아닌 다른 남자에게 마음을 품을까 마음 졸이고, 내 시선에서 벗어날까 전전긍긍하고, 조금이라도 내가 아닌 다른 누군가에게 시선을 돌리면 연우를 속박하고……. 그게 연우 본인에게 있어서 뜨거운 순간은 결코 아니었겠죠.”

하경은 자연스럽고도 우아한 손놀림으로 와인글라스를 집었다.

급속도로 굳어진 혜영의 얼굴은 붉으락푸르락 형형색색의 빛깔이 돌고 있었다.

하경은 여유로움을 잃지 않으며 곁에 앉아 있는 연우를 향해 물었다.

"그렇지?"

그의 물음에 연우가 싱긋 웃으며 대답했다.

"응."

그리고 연우는 손을 뻗어 하경의 손을 꽉 잡았다.

"그렇지만 용기를 내 프러포즈를 했고, 연우가 제 마음을 받아 줬습니다. 거절할까 봐 어찌나 마음을 졸였던지. 우리 연우 같은 여자를 놓칠까 봐 제가 9년 동안 얼마나 마음을 태웠는지 모릅니다."

"어머, 그럼 두 사람 결혼하는 거예요?"

곧이어 신애의 밝은 목소리가 들려왔다. 축하해요, 하고 던지는 그녀의 목소리에 하경은 싱긋 웃었다. 그리고 아차, 하며 해야 할 말을 잊었다는 듯 혜영을 향해 다시 말을 이었다.

"그런 의미에서 오늘은 제가 연우 친구분들께 꼭 대접하고 싶으니 더 드시고 싶은 게 있으시면 마음껏 드세요."

연우는 혜영을 보며 입꼬리를 올리고 환하게 웃었다.

잊고 있었다. 그래. 엿 먹이는 건 최하경의 전문이었다. 제가 발 벗고 나서지 않아도 그는 알아서 가려운 곳을 긁었다.

착한 너는 나서지 마. 나쁜 건 다 내가 할게, 하고 귓가에 속삭이는 남자의 목소리에 연우가 그의 손을 꽉 잡았다.

귓속말을 하며 다정한 눈빛을 주고받는 두 사람의 모습에 혜영이 제 입술을 콱 깨물었다. 잔뜩 엿을 얻어먹어 입이 댓발 튀어나온 혜영이 씩씩대며 자리에서 일어섰다.

"화장실 좀 다녀올게요."

그리고 그녀가 자리에서 멀어졌을 때, 소리 없이 통쾌해하던 동창들이 올라가는 광대를 숨기지 못하고, 웃음이 나오려는 입을 씰룩거리고 있었다.

연우는 떨리는 다리를 주체하지 못해, 자꾸만 다리를 오므렸다. 그때마다 하경은 그것을 허락지 않고 강한 힘으로 그녀의 다리를 잡아 벌렸다. 연우가 입은 스타킹을 찢어 버리고 그녀의 은밀한 곳에 얼굴을 파묻은 하경은 끈적끈적한 혀로 그녀를 탐하면서도 손으로는 연우의 허리, 그리고 젖가슴을 건드렸다.

하경의 머리칼을 잡고 힘겹게 숨을 몰아쉬던 연우가 결국 그 자극을 이기지 못하고 뒤로 넘어갔다. 푹신한 침대에 머리를 파묻은 연우가 힘겹게 고개를 저었다.

"자, 잠깐……."

하경은 맛보고 싶은 만큼 그녀를 맛보고 난 후에야 고개를 들어 올렸다. 당분간에 금지된 격한 운동의 항목에 사랑을 나누는 것도 포함이 된다는 것을 알고 난 후 하경은 극도로 자제를 해 왔지만 견딜 수가 없었다. 아이를 위해서기도 하지만 연우를 위해서 참고 또 참았지만 더 이상 참을 수 없는 지경에 이르자 하경은 동창 모임에서 돌아오자마자 그녀를 침대에 앉히고 신고 있는 얇은 스타킹을 찢어 버렸다.

끝까지 갈 생각은 아니었지만 이렇게 되어 버리니 완전히 욕구에 차오른 아래가 아프도록 그녀를 원하고 있었다. 하지만 연우는 알고 있었다. 그가 자신을 위해 더는 손을 뻗쳐 오지 않을 것이라는 것을.

연우는 허리를 일으켜 몸을 세워 앉았다. 힘겨워하고 있는 남자의 손을 잡아당겼다. 의아해하는 그의 바지 버클을 풀어 낸 연우는 이미 오래전부터 그녀를 갈구하며 거대한 형체를 하게 된 그의 것을 꺼냈다. 그 움직임이 조심스러웠지만 평소의 연우답지 않게 적극적이었다.

"연우야."

"……나만 좋을 순 없잖아."

부끄러워 눈을 내리깔면서도 연우는 움직임을 멈추지 않았다. 이미 별다른 페팅 없이도 완전히 부푼 남자의 것을 잡고 조금만 상하운동을 하자 완전히 준비가 되었다. 연우는 조물거리고 있는 남성에 입을 쪽 하고 맞추었다. 그 순간 핏줄이 불거진 그것이 아프도록 꿈틀거렸다. 하경의 입에서 나지막한 신음이 흘러나왔다.

연우는 아까의 키스로 뜨거워진 제 혀로 조심스레 저를 향하고 있는 그를 핥았다. 하경이 짙은 한숨을 내쉬었다. 한계까지 차오른 욕망에 그녀의 어깨를 붙잡았을 때, 연우는 제 뜨거운 입 안에 그의 것을 담았다.

결합하고 있는 그곳이 평소보다 몇 배는 뜨거웠다. 작은 입에 담기엔 턱없이 부족했지만 연우는 힘껏 남자를 빨아 당겼다. 움직임이 서툴렀지만 그의 욕구를 충족시키기 위해 바스락대며 최대한으로 움직이고 있는 연우를 보자 하경은 더욱 욕망에 불타올랐다. 저도 모르게 턱이 들리고 입술이 벌어졌다.

"……연연우."

이대로 더 자극시킨다면 얼마 가지 못하고 파정이었다. 그것을 알고 있음에도 연우는 더욱더 입을 벌려 그를 집어넣고 더 뜨겁게 자극시켰다. 야하기 짝이 없는 이 소리가 들리면서도 연우는 입 안에 잔뜩 고인 침을 삼키지 못하고 더욱 빨아 당겼다.

잔뜩 묻은 타액이 그녀의 입가를 타고 아래로 떨어졌다. 하경은 그녀의 어깨를 붙잡았다.

"비켜. 이제 됐어, 연우야."

하경의 만류에도 연우는 멈추지 않았다. 오히려 손으로 뿌리 끝을 붙잡아 더욱 그를 놓치지 않겠단 의사를 전해 왔다. 결국 파정을 맛본 것은 함께였다.

연우의 입가에 묻어난 제 흔적들이 보였다. 하경은 손을 뻗어 그녀의 입가에 묻은 흔적들을 쓸어 주었다. 연우가 그의 손길에 남자의 품 안으로 파고들었다.

"우리 연우, 착하네?"

하경은 낮은 웃음이 섞인 목소리를 하며 연우의 뒤통수를 끌어안았다.

"오빠 생각해서 그런 거야?"

뭐라 반박을 할 줄 알았더니 이제 알았냐며 애교 섞인 목소리로 투덜거린다. 하경은 다시금 차오르는 욕망에 깊은 숨을 내쉬었다. 그런 그를 느끼며 연우가 몸을 부르르 떨었다. 서로를 원하고 있다는 것을 두 사람은 동시에 느꼈다.

그리고 동시에 입을 맞추었다.

연우가 안정기에 접어들었을 때, 그녀는 다시 호텔로 돌아왔다. 그녀가 호텔관련 학과를 졸업했기도 했고, 기획 쪽에 늘 관심이 많았던 연우를 기억하고 있었다. 그리고 며칠 전 집으로 돌아와 새로운 고객층 유입을 위한 기획 때문에 직원들이 올린 보고서를 살펴보고 있던 중 무심코 던진 연우의 팁이 좋은 아이디어가 되었다. 연우는 실무에 익숙했던 이여서 더 현실적인 면이 있었고, 그것이 도움이 된 것이다.

하경은 이것을 계기 삼아 비어 있는 자신의 비서 직책을 그녀에게 당분간 맡기기로 했다. 물론, 아직은 그의 도움이 많이 필요한 것은 사실이었지만 일을 하고 싶어 하는 그녀를 위해, 그리고 최대한 자신의 곁에 붙여 놓기 위해 하경이 택한 방법이었다. 그리고 연우는 곧잘 일을 해내었다.

"대표님, 커피 한잔하시겠습니까?"

"괜찮아. 그보다 연 비서."

"네?"

"난 연 비서 입술을 맛보고 싶은데."

농담인지 진담인지 알아들을 수도 없는 남자의 말에도 연우는 틈 하나 주지 않고 고개를 숙이고 이사실을 나왔다.

그와 중요한 사안을 주고받으며 진지한 얼굴로 로비를 걷고 있었다. 두 사람이 로비를 지나칠 때마다 직원들이 고개를 숙이며 두 사람을 향해 인사를 했다. 이제 명실상부 대표이사의 사모가 되었으니 그녀를 향한 직원들의 인사도 무리가 아니었다.

"몸은 좀 괜찮아?"

아무렇지 않은 안부 인사의 말에도 연우는 괜히 누가 들을까 주위를 둘러보았다.

"괜찮아."

"어깨 좀 주물러 줄까?"

"돼, 됐네요."

부드러운 미소로 '그래?' 하고 되받아친 하경은 저에게 인사를 하는 직원에게 고개를 까딱이며 천천히 걸었다. 천천히.

연우와 이렇게 데이트하는 것이 좋아 느린 걸음으로 걷던 하경이 옆을 돌아보며 연우에게 말했다.

"오늘 미팅 좀 늦어질지도 몰라. 먼저 자. 너무 늦지 않게 들어갈게."

"응. 술 너무 많이 마시지 말고."

그가 술을 많이 마시지 않는 걸 알지만 괜히 신경 쓰고 싶어 한마디 덧붙였다.

다시 걷기 시작한 두 사람의 앞에서 직원 하나가 급하게 우뚝 멈추어 섰다. 하경은 그런 여직원을 보며 가볍게 인사했다.

자신과 마주치며 튕겨 날아간 여직원의 작은 머리핀을 바라보던 하경이 이내 허리를 숙여 그것을 주웠다. 사무용이지만 확실히 이제는 몸에 밴 듯한 기품 있는 미소가 그에게서 뿜어져 나왔다. 하경은 여직원에게 머리핀을 돌려주며 의미 없이 가볍게 웃었다. 그리고 이내 다시 가던 길을 재촉하기 시작했다.

하경이 사라지고, 머리핀을 건네받은 여직원은 금방이라도 사르르 녹아 버릴 것만 같은 표정으로 머리핀을 내려다보고 있었다. 그리고 고개를 들어 연우와 눈이 마주친 순간 여직원은 화들짝 놀라 고개를 숙이고 자리를 떠났다.

그런 그녀를 바라보고 있던 연우가 저도 모르게 두 눈을 찡그렸다.

무언가가 이상했다. 이전에 그에게는 이런 모습 같은 것은 없었다. 연연우가 아닌 다른 여자에게는 눈길조차 주지 않았고 자신이 아닌 여자에겐 가벼운 웃음조차도 쉽게 건네는 법이 없었다.

직업이 직업인 만큼 서비스 마인드가 충실해야 한다는 것은 알고 있었다. 그것도 대표이사라는 직함으로 그저 직원들에게 베푸는 친절인 것은 알지만 그래도 연우는 왠지 기분이 이상했다.

늘 하경이 외치던 것처럼 당장에 달려가 저 남자는 내 남자다, 외치고 싶었지만 그럴 수가 없어 속이 상했다. 그를 찾아가 다른 여자에겐 눈길도 주지 말라며 큰소리치고 싶었다. 연우는 목구멍까지 튀어나온 말을 삼키며 저를 지나쳐 가는 여직원을 흘겨보았다.

질투로 목구멍이 타오를 것만 같았다.

임신을 하고 나서부터 커피는 입에도 대지 않던 연우는 벌써 커피 한 잔을 모두 비우고 그를 기다리고 있었다.

미팅으로 늦어진다며 기다리지 말고 먼저 자라던 그의 말이 떠올랐지만 잠이 오지 않았다. 유치한 질투나 하고 있는 자신이 한심했지만 그래도 여전히 속이 상했다.

대표이사에게 직원들을 향해 웃지 말라는 한심한 말을 할 순 없으니 더 속이 탈 노릇이었다.

그래도 그렇지 어떻게 그렇게 다른 여자를 향해 웃어 줄 수가 있지?

연우는 다시 마음이 뾰족해지기 시작했다.

시계는 벌써 10시가 넘어가고 있었다. 무릎 사이에 얼굴을 넣고 서서히 오기 시작하는 잠을 달래며 눈을 감은 연우가 이내 고개를 번쩍 들었다. 비밀번호가 해지되는 소리가 들려왔다.

거실로 들어서던 하경이 아직 자지 않고 있는 연우를 보며 조금은 놀란 눈으로 다가왔다.

"아직 안 잤어?"

"응. 하경 씨 기다렸어."

"왜 안 자고 기다렸어. 저녁 잠 많으면서."

"그게……."

연우는 하경을 뒤따라 침실로 들어서며 침을 꿀꺽 삼켰다.

9년이란 시간 동안 다른 여자 때문에 질투 같은 것은 해 본 적이 없었다. 아니, 하경에게 달라붙는 여자를 보며 속이 부글부글 끓어오른 적은 많았지만 늘 칼같이 여자를 대하는 그의 태도 때문에 별달리 신경 쓸 만한 것이 없었다.

그런데 그의 직위가 달라지며 무언가가 바뀌었다. 여전히 그의 인상은 차가웠지만 확실히 예전보다 부드러워졌으며 온화해져 있었다.

"왜, 할 말 있어?"

"있지……."

정말로 할 말이 있다는 듯한 그녀의 말에 하경이 넥타이를 풀다 말고 연우를 돌아보았다.

"뭔데 그래?"

웃고 있는 그의 얼굴에 가슴 한편이 울컥하는 기분이었다.

"그래야 한다는 건 알지만 그래도 다른 여직원들한테 그렇게 안 웃어 주면…… 안 돼?"

"뭐?"

연우는 당혹한 표정이 역력한 하경을 보며 황급히 다시 말을 이었다.

"아니, 그러니까 그렇게 웃으면 직원들이 오해할 거 같기도 하고 또……."

다음 말이 떠오르지 않아 눈을 데굴데굴 굴리던 연우는 저에게로 성큼 가까이 다가선 하경의 모습에 뒤로 주춤 물러섰다. 그의 두 눈이 이상하게 뜨거워져 있었다.

"다른 여자한테 웃어 주지 말라고?"

"……응."

"무슨 질투도 이렇게 사람 미칠 것같이 해."

"어, 어?"

"후…… 연연우."

연우는 제 이름을 뜨겁게 부르는 그를 올려다보았다. 그의 눈 속에 질투로 사로잡혀 있는 제가 담겨 있었다.

"나는 어떻겠어. 이 손님, 저 손님 나한테보다 더 예쁘게 웃는 너를 내가 어떡하고 싶겠어."

"그건……."

"글쎄. 어떻게 할까, 내가."

좀 더 연우의 애를 태우고 싶은 마음에 하경이 빙글빙글 말을 돌렸다. 아니나 다를까 금세 다급해진 연우가 제 팔을 잡아왔다.

"날 붙잡아 봐. 좀 더 매달려 봐, 연연우."

자신을 유혹하는 하경을 보며 긴장으로 목이 뻣뻣해졌다.

"어떡할래?"

식도를 넘어서 폐부 깊숙한 곳까지 달아오른 기분이었다.

정말 손 하나 까딱하지 않고 저를 지켜만 보고 있는 하경을 보며 연우가 긴장으로 마른침을 힘겹게 삼켰다. 이쯤 되면 긴장을 풀어 주느라 벌써 손을 뻗쳐 왔을 하경인데 그는 아무런 미동도 없이 그저 제 옷을 벗기는 연우의 행동을 가만히 바라보고 있었다.

어찌해야 할 바를 모르고 그저 아직 열기가 채 오르지 않은 그의 것을 붙잡고 있었다. 이럴 때가 없었던 것은 아니었다. 그렇지만 이런 낯선 상황이 올 때마다 연우는 정신을 차리지 못했다. 늘 하경이 이끄는 대로, 그가 리드하는 대로 움직이던 그녀에게 하경의 손길 없이 처음부터 한다는 것 자체가 혼란스러운 일이었다.

당황스러움이 역력한 그녀의 표정에 결국 하경이 침대 헤드에 기대고 있던 등을 일으켜 세웠다. 그리고 꼼꼼히 입고 있는 연우의 옷가지를 벗겨 주었다.

어찌해야 할까 쉽사리 행동하지 못하고 그를 바라보고 있던 연우는 떨리는 손을 뻗어 두꺼운 그의 것을 잡았다. 뜨거웠다. 맹렬히 불끈거리는 그 뜨거움에 순간 얼굴이 확 붉어졌다.

그가 저에게 어찌했더라 상기하던 연우는 서툰 손놀림으로 그를 매만지며 하경의 위로 올라탔다. 아직 제대로 부풀지 못한 그의 것 위에 올라탄 연우는 삽입하지 않은 상태로 서툴게 허리를 움직여 아래를 마찰시켰다. 삽입이 되지 않은 상태이므로 큰 움직임은 필요치 않았다.

서서히 부풀어 자리를 잡기 시작하는 그의 분신이 느껴져 허리를 들어 올렸을 때, 그의 촉감만으로 움찔거리기 시작한 아래에서 묽은 액이 후두둑 떨어져 내려 하경의 아랫배를 적셨다. 저도 모르게 쏟아 낸 흥분에 그녀의 얼굴에 당혹감이 스쳤다. 연우는 어찌할 바를 모르고 그의 목을 꽉 끌어안았다. 부끄러워 고개를 들 수가 없었다.

하경은 제게 안겨 오는 연우의 허리를 매만져 주며 천천히 첫머리를 밀어 넣었다. 애태우며 들어오는 남자의 뜨거움에 연우가 허리를 들썩였다.

들썩이는 그녀의 허리를 잡아 고정시킨 하경은 그녀의 은밀한 곳을 가르며 단번에 깊은 곳까지 밀어 넣었다. 이미 젖어 있는 그녀의 내부에 하경은 거친 숨을 내쉬었다.

"힘 풀어."

잔뜩 굳은 허리를 살살 매만져 주는 그의 손길에 연우가 흐느끼듯 하경의 쇄골에 얼굴을 파묻었다.

"이렇게 굳어 있으면 못 움직여."

"……러워."

"뭐?"

여전히 그의 쇄골에 얼굴을 파묻은 채로 연우가 중얼거렸다.

"……부끄러워."

"뭐가 부끄러워. 우리가 어떤 사인데 부끄러워."

며칠 전엔 제 것을 입에 물고 이러저런 짓을 했다는 것은 까먹은 것인지 다시 연우는 얼굴을 붉혔다.

하하, 웃는 하경의 낮은 웃음소리에 연우가 저도 모르게 힘을 흡 하고 주었다. 갑자기 힘이 들어간 몸에 순간 하경이 미간을 찌푸렸다. 다시 연우의 긴장이 풀리길 기다린 하경은 연우가 방심한 틈에 그녀의 엉덩이를 확 끌어안았다.

"아, 윽!"

다시 그의 목을 감싸 안은 그녀가 대롱대롱 그에게 매달렸다.

"날 유혹하던 중 아니었어?"

연우가 숨을 급하게 들이마셨다. 목구멍 안으로 뜨거운 숨이 확 끼쳤다.

"질투하던 중 아니었어. 너?"

다시 방관적인 자세로 그녀에게서 손을 떼어 낸 하경이 은밀한 목소리를 해 왔다.

"……놓지 마아."

"제대로 유혹해. 연연우."

그의 목소리에 연우가 흐느끼듯 숨을 들이마시며 허리를 움직이기 시작했다. 절로 울음과 같은 신음이 터져 나오기 시작했지만 하경은 그녀에게 손대지 않았다.

자신을 짓눌러 오는 쾌감에 입술을 힘껏 깨문 탓에 연우의 입술이 벌겋게 달아올라 있었다.

"……안아 줘."

연우에게 모든 것을 맡긴 채 손길을 거두고 있던 하경은 그녀의 그 한마디로 모든 나사가 풀려 버렸다. 요즘 들어 적극적인 그녀의 행동에 좀 더 지켜보고 싶었지만, 한동안 본의 아니게 금욕 중이던 그는 오래 버티지 못하고 연우에게 손을 뻗었다.

그녀를 침대 위로 눕힌 남자는 아프도록 고개를 들고 있는 제 것을 천천히, 그리고 아주 뜨겁고도 깊게 그녀에게로 밀어 넣었다.

"안아 줄게."

알고 있었다. 그녀가 말한 안아 달라는 의미는 좀 더 담백한 의미였다는 것을, 그렇지만 연우는 더 토 달지 않고 자신을 탐하기 시작하는 남자의 목을 끌어안았다.

하경은 연우에게 입을 맞추며 더욱 그녀의 다리를 넓게 벌려 냈다. 그리고 그것을 제지하며 제 다리를 잡아 오므리는 연우의 눈이 흔들리고 있는 것을 발견했다.

"괜찮아."

그녀를 달래는 것을 잊지 않았다. 다리를 잡아 벌릴 때마다 더욱 깊숙이 느껴지는 남자의 뜨거움에 연우가 고개를 저었다. 그렇지만 하경은 한껏 그녀의 다리를 벌려 욕심껏 자신을 밀어 넣었다. 그리고 연우의 다리를 붙잡아 제 허리를 감도록 했다. 한계까지 벌어졌던 다리가 갑자기 확 오므려지자 그의 것을 물고 있던 아래가 갑자기 꽉 다물렸다.

"아, 아! 안 돼!"

확 조이는 아래에 하경은 살짝 미간을 찌푸렸지만 틈을 주지 않고 허리를 움직였다. 작은 틈 하나 없이 완벽하게 결합된 아래는 움직일 때마다 극한으로 자극이 몰려왔다. 연우가 허리를 비틀며 제 입술을 틀어막았다. 평소보다 몇 배는 더 느껴지는 그 생경하고도 자극적인 감각에 절로 숨을 헐떡였다.

눈가에 눈물이 잔뜩 고였다. 또 봐주지 않고 그녀를 밀어붙여 감당할 수 없는 쾌감을 안겨 준 것이다. 그렇지만 하경은 혀로 고인 눈물을 닦아 낼 뿐 움직임을 멈추지 않았다. 이미 완전히 그에 의해 발가벗겨진 연우는 아직 옷을 그대로 입고 있는 남자의 셔츠를 움켜잡았다. 있는 대로 셔츠가 구겨졌지만 하경은 신경 쓰지 않았다.

파정의 순간에도 하경은 꽉 끌어안은 연우를 놓지 않았다. 그녀의 귓가에서 거친 숨을 그대로 토해 내며 다시금 흥분이 차오르는 가슴을 진정시켰다. 그녀의 애원에도 놓지 못한 하경은 열에 젖은 진득한 목소리로 속삭였다.

"다 네 탓이야."

네가 너무 예뻐서 그런 거야.

그렇게 말하며 하경은 천천히 얼굴을 들어 올려 저처럼 벌겋게 열이 차오른 연우를 보았다. 아, 이러면 곤란한데. 눈앞에 보이는 그녀의 젖은 얼굴에 다시 아래가 뜨거워지기 시작했다.

연우가 미희와 경란을 만난 것은 호텔, 테니스장 근처였다. 그녀를 향해 고개 숙여 인사했다. 그리고 곧 편하게 대하라는 연우의 말에 미희와 경란은 잠깐 머뭇거리는 듯하더니 이렇게 마주 보며 이야기를 하는 게 얼마만이냐고 호들갑을 떨어 댔다.

"이제 연우 씨랑 이렇게 셋이서 같이 만나지도 못하고."

"왜 못 만나요. 자주 보면 되죠."

"정말? 정말 그래도 돼?"

"그럼요."

정말 그래도 되냐고 좋아하면서도 경란은 난색을 표하며 제 뒷머리를 긁었다.

"우리가 대표님을 두고 주고받았던 말들은 다 잊어버려."

"그래요. 연우 씨. 우리는 모르고 했던 말이니까 너무 기분 나빠하지 마요."

연우는 고개를 끄덕이며 싱긋 웃었다. 그녀다운 웃음에 미희와 경란은 그제야 편한 얼굴을 했다. 그리고 그간 레스토랑 안에 있었던 일들을 들려주었다.

연우를 어려워하기도 잠시, 평상시로 돌아온 두 사람은 조잘조잘 이야기를 하는 데 열을 올렸다.

"우린 이만 들어가 봐야겠다. 연우 씨. 조만간 연락할게. 꼭 나와야 해."

두 사람은 급히 몸을 일으켜 호텔 안으로 들어가다 말고 전화기를 귀에 대는 시늉을 했다. 연우는 그런 두 사람의 모습을 보며 결국 소리 내어 웃었다. 그리고 저도 몸을 일으켰다. 다시 하경에게로 돌아가야 할 시간이었다.

연우는 조용히 노크를 하고 이사실 문을 열었다. 창문을 보고 선 남자의 넓은 등이 눈 안으로 들어왔다. 그는 들어오는 연우를 느끼며 천천히 몸을 돌렸다. 떨어지는 석양을 맞아 환하게 눈이 부신 남자의 얼굴을 마주 보았다.

"대표님."

"연 비서."

눈이 부셨다. 남자의 눈동자가, 저를 부르는 그 목소리가.

"이리 와."

그의 목소리를 따라 천천히 다가갔다. 미소를 짓고 있는 그의 눈동자 안엔 제가 들어가 있었다.

"기다렸어."

하경은 다가온 연우에게로 손을 뻗어 내밀었다. 그녀가 이 손을 잡아 주길 바라며.

연우는 내민 하경의 손을 보며 남자를 올려다보았다.

그리고 천천히 그가 내민 손을 잡았다.

사랑, 고백

하경은 재미없는 저녁 미팅에 하품이 나올 지경이었지만 업무용 미소를 지으며 싱긋 입꼬리를 올렸다 내렸다. 누가 보아도 그는 따분해 보였다. 이미 차게 식어 본래의 향과 맛을 잃은 연어 스테이크를 무의미하게 포크로 찌르며 하경은 다리를 반대쪽으로 바꿔 꼬았다.

그리고 하경은 그에게서 제법 멀리 떨어진 테이블에서 조용히 차를 마시며 저를 기다리고 있는 연우를 보았다. 가만히 차를 마시며 책장을 넘기고 있는 그녀는 살짝 흘러내리는 머리칼을 귀 뒤로 넘겼을 뿐인데도 우아하고 기품 있는 분위기가 확 끼쳤다. 하경은 그 모습에 슬쩍 미소 지으며 부드러운 와인으로 목을 축였다. 다시 입 안에선 향긋한 향기가 돌기 시작했다.

"이거 제가 대표님 시간을 너무 오래 뺏는 건 아닌가 모르겠습니다."

그걸, 이제야 알았다니.

하경은 그렇게 생각하며 싱긋 웃어 보였다.

"아닙니다. 오랜만에 이렇게 함께 식사하니 좋은데요, 뭘."

"그렇다면 저야 영광입니다."

센스가 없다면 눈치라도 있어야지, 원.

하경은 제 말에 안심하고 다시 와인을 한가득 따라 마시기 시작하는 남자를 보며 웃음기를 거두었다.

"그런데 오늘은 제가 그만 돌아가 봐야 할 것 같은데."

"아, 내일 결혼식."

하경의 직접적인 말에 그제야 제가 눈치 없이 그를 잡아두었다는 것을 알아챈 남자는 당혹한 얼굴을 하며 와인을 마시다 말고 글라스를 내려놓았다. 안절부절못하는 기색이 역력했다.

하경은 이제라도 알았으니 됐다는 듯 다시 업무용 미소를 지은 채 냅킨으로 입을 닦고 그만 오늘의 미팅은 끝내자는 뜻을 전해 왔다. 이번에는 착실히 하경의 뜻을 알아들은 모양인지 남자는 서둘러 남아 있는 와인을 한입에 털어 넣었다.

연우는 책장을 넘기다 말고 저에게로 쏟아진 그림자에 고개를 들고 위를 올려다보았다.

"아, 대표님."

"대표님이 뭐야, 대표님이 자기야, 라고 불러 봐."

하경은 장난스럽게 웃으며 연우의 허리를 감고 레스토랑을 나왔다.

"내일이 결혼식인데 이렇게 일시켜도 되나 모르겠네."

"내가 하고 싶어서 한 거잖아."

"그러니까 더 문제지. 네가 일하는 걸 너무 좋아하니까."

"나 아이 낳고도 일하고 싶어."

"너무 조급해 마. 일 어디 도망 안 가."

하경은 연우의 허리를 꽉 끌어안았다 놓으며 차에 올라탔다. 차 유리창 안으로 쏟아지는 네온사인 불빛을 보며 연우가 하경의 손을 잡았다. 하경은 저에게로 닿아 오는 그녀의 손을 따뜻하게 붙잡았다.

"네가 하고 싶어 하는 일을 다 하게 해 줄게."

하경은 부드러운 미소를 지으며 힐끗 연우를 돌아보았다.

"일하고 싶으면 해. 널 위한 자리는 얼마든지 줄 수 있어."

"하경 씨."

"뭐 갖고 싶은 거 있어? 말만 해. 내가 다 사다 줄 테니까. 알잖아. 나 돈 많은 거."

그렇게 소리 없이 웃은 남자는 좀 더 힘을 주어 연우의 손을 잡았다.

"가진 게 너랑 우리 아이랑 돈밖에 없어, 나."

"정말 내가 원하는 건 다 들어줄 수 있어?"

"그래. 말만 해."

연우는 뭐든 들어주겠다고 선언한 남자를 보며 진지한 얼굴을 했다. 차 안 분위기가 어느새 차분해져 있었다.

"곁에 있어 줘."

"……."

"하경 씨한테 내가 바라는 건 그거 하나야."

"……."

"나랑 우리 아이 곁에 있어 줘."

연우는 하경이 갓길에 차를 세우는 것을 보며 침을 삼켰다. 곧이어 하경의 시선이 완벽히 연우에게로 쏟아졌다.

"연연우."

"응."

"약속할게."

"……응."

하경은 연우의 뺨을 매만지며 옅게 웃었다. 남자의 미소에 연우가 손을 들어 제 뺨을 붙잡은 그의 손을 겹쳐 잡았다.

"우리 가족 곁에 있을게."

그리고 연우는 대답 대신 하경의 입술에 쪽 하고 입을 맞추었다.

세상에서 가장 화려한 결혼식이 아닐까 싶었다. 원래 부자들의 결혼식이란 이런 것인가? 하경과 연우의 일가친척, 그리고 아주 가까운 지인들부터 시작해 일과 관련된 높은 자리에 계신 분들이 물밀 듯이 밀고 들어와 두 사람을 축하하기 위해 착석했다. 결혼식은 이디에이 그 명성만큼이나 화려했고 아름다웠다.

신애는 아름다운 제 친구의 모습에 진심으로 눈물을 글썽였다. 그리고 감격에 젖은 눈으로 전혀 어울리지 않는 말을 했다.

"혜영이 꼭 데려오려고 했는데 기어이 안 온다더라. 나쁜년."

"신애야."

"예뻐. 너무 예뻐. 연우야."

신애는 제 친구의 손을 잡으며 흐뭇하게 웃었다. 이 모습을 하경이 보게 된다면……. 생각만으로도 재미있는지 신애는 만면에 미소를 머금었다.

"연우 씨, 진짜 축하해."

그리고 신애의 곁에 있던 경란과 미희가 따라 미소를 지었다.

"신부 입장!"

연우는 저를 보고 있는 하경과 눈을 마주하며 싱긋 웃었다. 곧 하경이 웃는 모습이 돌아왔다. 연우의 배 속에 최씨 가문의 아이가 있는 것을 알고 최 회장은 점점 태도를 달리하기 시작해 왔었다. 어쨌거나 그녀가 집안의 대를 이을 중요한 사람이 되었다는 뜻이었다.

그녀의 마스크를 보아하니 인물 걱정은 크게 하지 않아도 될 듯하고. 최 회장은 지배인의 손을 잡고 입장하는 연우를 보며 턱을 쓰다듬었다.

연우는 제 손을 잡고 있는 지배인을 보며 며칠 전 그날을 떠올렸다. 하루만 아버지가 되어 달라는 그녀의 부탁에 지배인은 흔쾌히 그러하겠다 답했고, 연우의 손을 꼭 잡아 주었다.

지배인에게서 연우의 손을 넘겨받은 하경은 제 손을 잡은 연우의 허리를 와락 끌어당겨 안았다.

사회를 보던 하경의 오랜 부하 직원이 제 이마를 탁, 하고 쳤다. 이 사달이 날 줄 알았다. 하경이 결혼식의 절차와 예절 따위는 상관도 않고 제 하고 싶은 대로 할 줄 알았다. 전례 없는 짓을 벌이고 있는 하경을 보며 최 회장이 혀를 끗끗 찼다. 그리고 연우의 할머니와 고모의 얼굴이 벌게졌다.

하경은 연우의 허리를 끌어안고 그대로 제 입술을 그녀의 입술로 가져갔다. 벌어지는 작은 입술을 틈 타 뜨거운 혀를 있는 대로 집어넣어 그녀에게 열기를 불어넣었다. 그의 예상치 못한 행동에 하경을 제지할 줄 알았던 연우는 손을 들어 남자의 목을 감싸 안았다.

뜨거운 신랑, 신부의 만행에 식장이 술렁이기 시작했을 때 하경이 살짝 입술을 떼어 내고 속삭였다.

"괜찮아. 나만 보면 돼."

그리고 그는 다시 뜨거운 입술을 그녀에게 맞추었다.

후기

7년이란 시간을 함께했던 연인과 헤어진다면 생각처럼 그렇게 쉽게 털어 낼 수 있을까.

물론, 죽어라 미워한다면 가능은 하겠지만 그렇게 다 털어 버리기엔 7년이란 시간은 너무나 긴 시간이다. 그래서 글을 쓰면서도 그 부분이 가장 나를 힘들게 했다. 헤어졌으니 우린 이제 끝이야, 라고 돌아서면 좋겠지만 7년 동안 사랑을 나누었던 연인 중에 단호하고, 깔끔하게 헤어지는 커플이 얼마나 많을까. 더구나 서로에게 아직 마음이 남은 상태라면.

어쨌거나 두 사람은 해피엔딩이라는 거…… 그게 가장 중요한 거니까.

벌써 두 번째 함께 작업하고 있는 정 팀장님과 예쁜 표지 만들어 주신 디자이너님.

우리 정 여사와 반 사장님.

그리고 다시, 고백과 함께해 주신 분들께 감사 인사 전합니다.

늘 행복하시길.

-반해수 드림.

www.bbulmedia.com

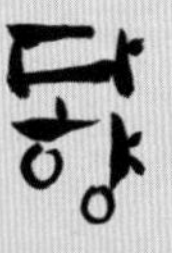

www.bbulmedia.com